MW00477552

Un millón de luces

Clara Sánchez

Un millón de luces

2004, Clara Sánchez
© De esta edición:
2004, Distribuidora y Editora Aguilar, Altea, Taurus, Alfaguara, S. A.
Calle 80 N° 10-23
Teléfono (571) 6 35 12 00
Fax (571) 2 36 93 82
Bogotá - Colombia

• Aguilar, Altea, Taurus, Alfaguara, S. A.
Beazley 3860. 1437 Buenos Aires. Argentina

• Aguilar, Altea, Taurus, Alfaguara S. A., de C. V.
Avda. Universidad, 767, Col. del Valle,
México, D.F. C. P. 03100. México

• Santillana Ediciones Generales, S. L.
Torrelaguna, 60. 28043 Madrid

ISBN: 958-704-138-0

Impreso en Colombia - Printed in Colombia

Diseño:
Proyecto de Enric Satué

© Cubierta:
Sole Pérez-Cotapos

En el mundo del trabajo he conocido las mayores miserias y grandezas. Esta novela se la dedico a quienes han logrado sobrevivir a ambas.

La Torre de Cristal

Si aquel día no hubiese entrado en la Torre de Cristal, probablemente nada de esto habría ocurrido. Nadie habría muerto, nadie habría perdido la cabeza y los secretos habrían permanecido bajo llave en sus cofres. Pero a veces parece necesario intervenir en la vida de los demás y otras veces, aunque no se quiera, también se interviene.

La Torre de Cristal se parece mucho a un edificio que durante dos años más o menos se ha estado construyendo frente a mi casa. He pasado tantas horas contemplando las grúas gigantescas y las palas excavadoras, que conozco la profundidad de sus cimientos y cuántas clases de vigas tiene. Podría describir uno por uno a los operarios negros que entrelazaban laboriosamente los hierros con que cubrían el suelo antes de llenarlos de cemento. Y a los que, vestidos de caqui y con cascos blancos, daban la impresión de estar de safari. Y a las aparejadoras, tan delgadas y flexibles que, cuando el viento hacía aletear los grandes planos en sus manos, parecían elevarse unos centímetros sobre los hierros entrelazados.

No he vuelto a ver grúas como éstas. Giraban sobre los edificios y los árboles de alrededor con los brazos extendidos, hundiendo sus terminaciones en los rayos de sol, por lo que resultaban ser los brazos más largos e indestructibles que jamás se hayan abierto ante mí. Y mientras perdía miserablemente el tiempo pensando en esto y en que tendría que estar escribiendo una novela, resulta que en cierto modo ya lo estaba haciendo.

Sin embargo, la verdadera Torre de Cristal de esta historia no está frente a mi casa, sino en una zona de oficinas y grandes bancos situada en el paseo de la Castellana, entre otras fachadas también forradas de cristales, de modo que unas se reflejan en otras con el instante impreso de coches que pasan, árboles que se mueven, pájaros que vuelan y aviones que salen de las nubes, produciendo el conjunto una gran sensación de irrealidad.

Éste es el lugar donde voy a trabajar a partir de hoy, al principio por pura necesidad de dinero, y después porque esta necesidad se fundirá con otras y con los acontecimientos y con las personas que conoceré, de la misma forma que se funden el cobre y el estaño o el oxígeno y el hidrógeno, y me quedaré aquí sin saber por qué. Todo comenzó cuando Raúl y yo nos separamos tras ocho años de convivencia. Durante ese tiempo me había dedicado a publicar artículos aquí y allá y a intentar escribir la novela, tan ambiciosa que nunca lograba arrancar con ella. La verdad es que jamás consideré que escribir fuera un verdadero trabajo puesto que no había sueldo fijo, ni horario, ni jefes, ni compañeros, por lo que vivía en un permanente estado de inseguridad y de desarraigo, de no pertenecer a nada ni a nadie en serio. Y ahora, por fin, iba a tener un sitio donde ir todas las mañanas y personas con las que hablar todos los días e iba a recibir dinero todos los meses.

Raúl, que no soportaba la idea de verme pasando calamidades, pero que tampoco estaba dispuesto a volverse atrás en su decisión de marcharse de casa, fue quien me dirigió hacia la Torre de Cristal y me escribió una carta de recomendación para Emilio Ríos, el presidente y dueño de la empresa Ríos, más conocida como la Torre de Cristal. Y se podría decir que es a partir de este momento cuando los infinitos brazos de la grúa comienzan a contraerse en otros más pequeños y humanos.

Al día de hoy no puedo explicar con exactitud a todo lo que se dedica. En líneas generales, su éxito consiste en aportar una metodología propia para mejorar la calidad y reputación de otras empresas y facilitarles bases sobre las que avanzar. Por ejemplo, la idea de asociar productos en las grandes superficies, no por marcas o familias de productos como se hacía hasta ahora, pastas en un lado, tomate frito en otro, sino por categorías complementarias, como pueda ser todo lo relacionado con el desayuno, leche, café, azúcar, cereales, galletas en un mismo apartado, surgió aquí y supuso unos enormes beneficios para la casa porque transformó las relaciones entre fabricante, distribuidor y consumidor, de forma que se ha convertido en una necesidad idear nuevas agrupaciones que originen más ventas.

Así que una mañana de primavera, vestida con la ropa más clásica que tengo, algo antigua puesto que hasta ahora he tenido bastante con los vaqueros para todo, y con la carta de recomendación que Raúl ha escrito para mí, cruzo la ciudad para llegar a este lugar creado por la España emergente y moderna de los setenta, decidida a entrevistarme con Emilio Ríos. He de pasar, con la intensidad emocional que imprime tener que pedir algo, por una puerta giratoria, cuya funcionalidad, como la de todas las puertas giratorias del mundo, no logro entender, a no ser como instrumento de tortura por la claustrofobia y la angustia que provoca. Respiro cuando me arroja a un vestíbulo bastante amplio, donde al menos no me ahogo, con vidrieras modernistas y un largo mostrador-recepción como los de los hoteles. Tras él hay un empleado, que al aproximarme levanta la vista de lo que está haciendo dispuesto a prestarme atención, la cual me es arrebatada a mitad de la frase por alguien que pasa.

—¿Qué tal va todo? —pregunta un hombre de unos cincuenta y cinco años, con voz de treinta y unos ojos nada perezosos que enseguida descubren la carta que sostengo entre los dedos sobre el mostrador.

—¿Es para mí? —pregunta.

A partir de aquí, se producen unas cuantas frases de identificación por parte de ambos con las que queda claro que él es Emilio Ríos y que yo traigo una carta de recomendación para él. Considero como una señal favorable que las cosas no estén ocurriendo con la formalidad que esperaba.

—Acompáñame —dice—. Tengo una reunión urgente, pero podemos ir hablando en el coche.

También me parece una señal favorable no tener que traspasar el umbral de un despacho imponente, en que me sentiría el ser más insignificante y raro de este mundo. En respuesta a su ofrecimiento no digo nada y salgo detrás de él por la dichosa puerta giratoria, donde alguien podría quedar atrapado dando vueltas sin cesar, sin respirar y sin moverse, hasta morir.

Un chófer alto y de unas características que entran más en la palabra apuesto que en las de atractivo o guapo me abre la puerta negra del coche. Paso dentro como quien pasa a un saloncito con sofá de piel e incluso televisión, aunque es mejor que un saloncito tradicional porque éste se mueve y el paisaje no es fijo. En mi lugar, cualquiera sabría en qué tipo de coche estoy, pero yo no entiendo nada de coches. No sólo no conduzco, sino que soy incapaz de distinguir un Renault de un Peugeot o de un Citroën y mucho menos los distintos modelos de una misma marca. Aunque nunca me lo confesó, creo que esta carencia, junto con mi poco sentido de la orientación, me hacía parecer bastante endeble a los ojos de Raúl. Ni siquiera suelo fijarme en si tienen dos o cuatro puertas, que es algo básico, más bien me dejo impresionar por la carrocería. Todos los coches metalizados me parecen buenos.

Y por la tapicería. Si la tapicería es de cuero auténtico necesariamente el coche no debe de ser barato. Así que permanezco callada para no meter la pata y no alabo el coche.

Para algunos el gran misterio de la vida es cómo acertar con los demás, cómo caer bien. Hay personas con una gracia innata para gustar, es como nacer alto o con un oído muy fino, no tienen que esforzarse. Otros, en cambio, se torturan buscando las palabras adecuadas o el gesto más conveniente, leen libros de autoayuda, asisten a cursos para poder hablar en público, se desesperan. Yo podría haber estado al borde de hacer todo esto, que ya jamás haré porque acabo de entrar en el grupo de los que nada más tienen que ser ellos mismos. Simplemente por no abrir la boca, por no alabar su coche, le caigo bien a Emilio Ríos.

—Eres la única persona —dice— que al entrar aquí no se ha puesto a hablar del coche, ¿verdad, Jorge?

Y Jorge, o sea, el chófer, deja ver su asentimiento ladeando un poco la cara hacia nosotros. Yo acabo de leer *El alquilado,* una novela inglesa, cuya trama se desarrolla en un coche como éste entre una dama y un chófer clavado a Jorge, que jamás se me habría ocurrido que pudiera existir fuera de ese libro.

Por salir al mundo y dejar de intentar escribir, he pasado en un instante de un edificio de cristal de cualquier ciudad a un lujoso coche negro conducido por un chófer de novela. Dicho así suena a irreal aunque el mundo esté lleno de edificios de cristal y coches negros. Pero no me importa, no tengo interés en vivir en el mundo real, porque en el mundo real no se puede tener todo.

Emilio Ríos rasga el sobre y saca la carta. También saca del interior de la chaqueta unas gafas para leerla. Por lo general, el uso puntual al que están condenadas las gafas de cerca produce tal efecto de concentración e intensidad en las personas que se las ponen que, al quitárselas, han de cerrar los ojos un segundo o han de ir desprendiéndolas lentamente de la cara, se diría que tomándose tiempo para volver a su estado anterior. Emilio Ríos es de los primeros y tarda más de lo razonable en abrirlos. Cuando lo hace su mirada ha variado, se ha vuelto más lejana, como si la hubiese lanzado a mil kilómetros de distancia.

—Así que quieres trabajar con nosotros.

No digo nada, dejo que mis ojos marrones rodeados de abundantes pestañas negras, lo que más le gustaba de mí a Raúl, contesten en mi lugar.

—Está bien, ¿qué sabes hacer? —pregunta mientras marca los pliegues de la carta con las uñas, lo que me obliga a fijarme en que son grandes y planas, lunas blancas en medio de una piel bastante pigmentada.

Le hablo de mis estudios, de mi escasa experiencia laboral, y le digo que me considero preparada para aprender cualquier cosa.

Le suena tan vago como a mí. Permanece atento a la espera de que añada algo más, el pelo castaño un poco caído sobre la frente, los labios ni gruesos ni finos, las orejas ni grandes ni pequeñas y lo mismo la nariz. Si cometiese un crimen, tendría un retrato robot muy difícil. Mientras trato de rebuscar algo que decir, percibo que es la clase de hombre que envejece sin cambios bruscos, de forma que en sus rasgos maduros se aprecian simultáneamente los rasgos de la juventud e incluso de la niñez. Tampoco se echa de menos nada en su persona que no tenga, está bien como está.

—Veré qué puedo hacer —dice introduciendo la carta en el sobre—. En nuestra empresa tenemos economistas, psicólogos, publicistas, biólogos, abogados, informáticos, químicos, consultores de comunicación. Seguro que tu aportación será valiosa. ¿Por qué no le envías el currículo a mi secretaria?

Su petición me desfonda, me hunde, porque creo que ya se ha formado una opinión y que un insignificante currículo como el mío no la va a mejorar. Entiendo que es una manera de deshacerse de mí y de dar por zanjada la entrevista, así que la magnífica sensación que he tenido hace un momento de ser una elegida ahora se vuelve desagradable, agria. No es la primera vez que me rechazan sin que parezca que me rechazan. No es la primera vez que me gustaría salir corriendo de mí misma y dejar atrás mi cuerpo y todo lo que los otros han rechazado.

El coche se detiene ante un edificio de la misma familia que la Torre de Cristal, aunque blanco y desnudo como un hueso pelado.

—Jorge te llevará donde desees —dice cogiendo una cartera de mano y poniendo en movimiento toda la textura del traje para salir.

Jorge ladea media cara a la espera de instrucciones, y yo le doy la dirección de mi casa, no se me ocurre otra. Me acomodo en el asiento, estiro las piernas, me dejo tragar por el cuero, cierro los ojos y luego los abro para contemplar por los cristales ahumados cómo pasa la vida, pero procuro no excederme porque no quiero que Jorge piense que estoy disfrutando después de que he dejado escapar la que habría podido ser una gran oportunidad.

Al entrar en casa, me despojo de mis ropajes de entrevista y me pongo rápidamente a ver la televisión. Me concentro tanto en la pantalla que cuando cierro los ojos veo luces de colores. Sólo me levanto para beberme una cerveza y comer algo, algo que no tenga que ser cocinado porque en ese rato podrían venirme pensamientos a la cabeza, pensamientos oscuros, pensamientos premonitorios de un futuro plagado de fracasos, o lo que es peor, toda la conversación palabra por palabra que he mantenido con Emilio Ríos. Tengo la facultad de poder recordar fielmente conversaciones enteras de gente sentada en el autobús, en la mesa de al lado del restaurante, sus gestos, sus titubeos, sus tonos de voz, y de mí misma con cualquiera siempre que no se trate de algo a lo que haya que prestar una auténtica atención como fechas, nombres y hazañas. A algún sitio ha de ir a parar la ganga, lo que sobra, el desecho de la información, lo que no sirve para nada, y ese sitio soy yo.

Lo que sin duda me ayuda a equivocarme en mis apreciaciones sobre mí y sobre la vida en general, de modo que a veces, cuando las cosas me parece que van bien, en realidad van mal, y cuando me parece que van mal, están yendo de perlas, como lo demuestra el que, a los quince días de enviar con gran desgana e incluso asco el dichoso currículo, me llamen del departamento de Recursos Humanos de la Torre de Cristal y me citen para una mañana de mayo. De nuevo cruzo la ciudad hasta su zona más nueva y moderna, que las guías turísticas llaman zona financiera. En el edificio rebota la luz con tantas ganas que casi desaparece entre sus propios reflejos. Se ve mejor su sombra, alargada y perfectamente definida sobre la calle como una alfombra, que he de pisar para entrar.

La Torre de Cristal tiene treinta pisos, altura suficiente para que desde el último se divise gran parte de Madrid. A mí me destinan a la planta cero, al vestíbulo, al mostrador-recepción, al que me dirigí en mi primera entrada aquí. Al empleado que medio me atendió en aquella ocasión se le acabó el contrato y lo sustituyen por mí, lo que resulta muy extraño si lo pienso, porque entonces él estaba dentro del mostrador y yo fuera, a él le pagaban por estar aquí y a mí no, y ahora todo es al revés. Se podría decir que desde aquí veo la vida de abajo arriba y debo, por tanto, de sentir lo contrario que los que la ven desde los amplios ventanales de los despachos a la altura de los pájaros y cerca de las nubes. En cambio yo tengo la oportunidad de ver otras cosas.

Veo, por ejemplo, que Emilio Ríos tiene una señora Ríos. Se trata de una esposa tardía con la que al parecer lleva casado tan sólo tres años. Es rubia natural, menuda y mucho más joven que él. Sin ser una belleza tiene algo de joya antigua, de hada pequeña y despeinada al carboncillo. De todos modos, tiendo a ver a las mujeres más etéreas de lo que en realidad son por culpa de las de mi familia, adictas al tinte negro azabache que les remarca y endurece las facciones, y a los tacones descomunales que las elevan sobre sus maridos. Aún recuerdo la impresión de vértigo cuando de niña me alzaban hasta sus caras para darme un beso. Vértigo y seguridad al mismo tiempo. Más o menos ésta ha sido siempre la sensación que me inspiraba mi madre y la maternidad en general. Y que por tanto nunca podrá inspirarme la señora Ríos. La señora Ríos me sugiere otras cosas, sobre todo cuando en sus cercanías se halla Jorge, lo que es bastante habitual puesto que cuando Jorge no ejerce de chófer del presidente, ejerce de chófer de su esposa.

Tal vez por haber leído *El alquilado,* la imagen de la señora Ríos y el chófer juntos, aunque sea mínimamente juntos, me resulta inquietante y pecaminosa, erótica y pornográfica. Sólo con verlos bajo el mismo techo o encerrados en la puerta giratoria y no digamos sentados en el interior del coche, a cuyo ritmo se mueven sus respiraciones y palabras, sólo con verlos a él delante y a ella detrás con los ojos clavados en su robusta nuca, se me llena la cabeza de imágenes.

Me los imagino en los asientos traseros, que por muy amplios que sean no llegan a tener la holgura de una cama pequeña. Las largas piernas de Jorge buscando un punto de apoyo para no aplastar a la vaporosa y excitada señora Ríos. Únicamente pensar en ellos me hace perder el hilo de lo que esté haciendo, me hace perder interés por las llamadas que llegan a mi centralita Domo, y por los papeles, e incluso por mi carrera en esta empresa, y me lanza a fantasear sobre Jorge aparcando en una cuneta y volviéndose a mirar a la señora Ríos, no como un empleado, o sea, como un ser neutro, sino como un hombre llamado Jorge.

Veo a la señora Ríos abrir la puerta y salir disparada desplegando sus alas de mariposa. Veo el uniforme grande y oscuro de él tratando de atraparla torpemente, y por fin veo su pene en erección hincándose en la suave tela de flores de la señora Ríos. Lo raro es que nadie parece darse cuenta de algo tan evidente, ni siquiera Emilio Ríos. Tendría que haber escrito «el pobre Emilio Ríos», pero al ser tan rico me ha parecido una incongruencia porque si es pobre en algo lo será por puro capricho. Ella, aunque debe de estar viviendo una tensión terrible, tampoco me da mucha pena, me es imposible sentir compasión por una mujer que nunca tiene que tomar el metro ni el autobús. Es alemana y pronuncia el español con una voz algo pastosa y oscura, lo que aún la hace más rara. Sin embargo, no tiene apellido propio. Al casarse, siguiendo la tradición de su país, adoptó el de su marido, como le ocurrió a Jackie, que pasó de llamarse Jackie Kennedy, primero, a Jackie Onassis, después. De modo que la pobre Jackie da la sensación de haber ido pasando de mano en mano.

Y apenas si le queda una reminiscencia, un soplo, de nombre propio, Hanna, porque nadie, al menos en la empresa, la llama así, sólo algunos socios de su marido. No puedo imaginarme cómo se comportará Hanna al quedarse en casa a solas con su marido después de haber estado con Jorge. Una mujer normal se pondría a ver con intensidad la televisión mientras sigue recreándose en las sensaciones del coche en la cuneta. Pero dudo que Hanna se comporte como una mujer normal.

Entonces ¿qué hace Hanna cuando está en casa? Ésta es una de las miles de preguntas expulsadas al vacío constantemente, naves sin rumbo al espacio infinito, que se olvidan en cuanto se forman en la cabeza, por lo que el espacio infinito debe de ser como un basurero. A lo largo del día y a veces también cuando se duerme, las mentes se van llenando de preguntas como los árboles de pájaros y el aire de insectos y el agua de bacterias, y al final tenemos la cabeza tan llena de preguntas como el cuerpo de células. Con la diferencia de que mientras que las células son imprescindibles para vivir, para tener huesos y pelo y ojos, se podría prescindir de casi todas las preguntas y sobre todo de las respuestas.

Aun así, no puedo evitar saturar el basurero con otra más: si Jorge se atreverá a llamarla Hanna en la intimidad, en esa frágil intimidad de endebles paredes de chapa y cristales ahumados o de árboles y lejanía en alguna carretera perdida. No hay que olvidar que la posición de Jorge en esta relación es extremadamente delicada. Él va delante en el coche y ella detrás. Él va de uniforme y ella como le da la gana. Él cobra y ella, indirectamente, le paga.

Aunque escriba uniforme, nadie debe imaginarse una chaqueta con doble fila de botones y gorra de plato. Eso ya no se lleva. La misma palabra chófer ha caído en desuso, como la de mecánico, que solía utilizar la gente bien, y tienden a ser sustituidas por conductor, de significado mucho más general. El traje reglamentario de Jorge es oscuro, con camisa azul claro perfectamente limpia y planchada, corbata discreta y zapatos preferiblemente negros y brillantes. Por eso, cuando acompaña a la señora Ríos a la puerta giratoria o cruzan juntos el vestíbulo, no hay ningún signo visible que impida tomarlos por una pareja.

Continúo sin entender cómo ninguno de mis compañeros se percata de la tensión que la presencia de Hanna saliendo de los ascensores produce en los músculos de Jorge, la rigidez que le acomete, sobre todo en la nuca, donde suele colocarse la mano, en cuanto la ve caminar hacia él. Normalmente, la espera apoyado en el mostrador charlando conmigo de coches, cámaras de vídeo, de los últimos modelos de dvd y de cualquier artilugio mecánico.

Parece que le atrae lo concreto e inanimado. La existencia de cosas que se puedan montar, desmontar y programar le dan la vida, hacen que le brille la mirada y que parezca un hombre enamorado. Y a mí, que no me interesa casi nada de lo que habla, me agrada escucharle, me agrada su voz, que es un poco áspera y remota como las arenas del desierto, y en alguna ocasión he sentido una momentánea envidia por la aventura de la señora Ríos. A veces aparece con una corbata nueva más cara que el traje, probable regalo de Hanna, y melancólicas ojeras, posible regalo igualmente de Hanna. Se acoda en mi mostrador y comienza a pasar las hojas del periódico casi sin tocarlas, con una suavidad que me pone nerviosa. Así que para que las deje quietas le pregunto si no piensa abandonar nunca el coche y dedicarse a la mecánica. Entonces me cuenta lo de la nave a la que ha echado el ojo en un polígono industrial cercano a su casa para montar un taller.

A Hanna la encuentro lejana aunque esté al lado, se diría que cuando su imagen logra llegar hasta mí ya la han arrastrado las olas, la ha descolorido el sol y la ha zarandeado el viento. Lo más sólido de su persona es el móvil por el que siempre está hablando. Si no fuese por su contrapeso, se elevaría hacia las vidrieras y desde allí seguiría hablando por los siglos de los siglos. También el sólido Jorge actúa para ella de roca imantada, de gran sombra, de pared tras la cual revolotea el universo, de modo que a su lado Hanna parece una florecilla adherida a un tronco o a una roca.

Con su ligereza Hanna actúa como un fluido, como un gas entontecedor, cuyo principal efecto es no dejar pensar ni decidir ni tener conciencia de estar bajo su poder. De ninguna otra forma se entiende que Jorge arriesgue así su trabajo. Porque un día, cuando el escándalo estalle o cuando ella se canse de él y no pueda soportar más su presencia porque le recuerde todo lo que no debería haber hecho e hizo y que ahora le da asco hacer, lo despedirán, y yo lo sentiré profundamente porque respeto su pasión por la mecánica y porque tal vez a él le deba algún día mi ascenso a los despachos.

Emilio Ríos es un poco más alto que Hanna. Y tiene la robustez que todo hombre, por endeble que sea, ostenta al lado de una mujer, menos al lado de mi madre y mis tías, claro. Pero no es un centro de gravedad como Jorge ni arroja su sombra de catedral o de montaña, por lo que su sola presencia no basta para que Hanna se sienta segura, así que ha de sujetarla por el codo cuando andan por el vestíbulo o por la acera hasta el coche, dando la impresión de que está guiando a una ciega. La personalidad de Ríos no reside en ningún rasgo físico sino en su forma de andar, de mirar y de hablar. Camina arrastrando los pies, dejando su marca en cada milímetro de suelo por el que pasa. Su voz es fina, pero fría y cortante como un cristal roto, que deja claro que él es el señor de este castillo. No encuentro otra comparación mejor que castillo para estas torres de cristal encargadas de proteger a sus moradores de la excesiva realidad de la calle.

A veces el presidente de este castillo se dirige a mí para preguntarme si me he adaptado bien a la casa, si me encuentro a gusto, lo que me produce una alegría inusitada no experimentada desde que era una niña. Por el contrario, otras veces pasa sobre su ligero arrastrar de pies y mirando al suelo, sumido en sus pensamientos e ignorando mi presencia, lo que me produce un desagrado doloroso. Al principio, como me molestaba que influyera tanto en mis estados de ánimo, prefería no verle y en cuanto oía el arrastrar de pies hacía como que buscaba algo debajo del mostrador o me volvía hacia mis archivadores, donde almacenaba todo lo que una recepcionista debe saber sobre su empresa y empleados. Hasta que me di cuenta de que más o menos a todo el personal le ocurría lo mismo. Hay consejeros que se animan extraordinariamente cuando al encontrárselos en el vestíbulo les da una palmada en la espalda y bromea con ellos, o que se desaniman cuando no les hace ni caso. Y lo mismo les sucede a los conserjes, al personal de limpieza y a todos cuantos nos encontramos bajo su influencia. Me equivoqué aquel primer día en su coche en que creí que gustarle o no dependía de mí.

Así que no entiendo lo de su esposa con Jorge. Tal vez pierda parte de su poder al salir del castillo, como los que pierden su atractivo al bajar del descapotable y quitarse las gafas de sol. Claro que de momento, hasta que no suba el siguiente peldaño de mi carrera dentro de cinco meses, sólo los veo en el paréntesis del vestíbulo y no sé cómo se comportan antes de entrar y después de salir. El vestíbulo es un lugar de paso, si se piensa bien, tan de paso como la propia vida. Por lo que estoy acostumbrada a ver gente una sola vez. Y estoy acostumbrada a olvidarla en cuanto sale por la puerta giratoria, aunque no se trata exactamente de olvidar puesto que no llego a recordarla. Es increíble la facilidad con la que se borran los ojos, las bocas, los gestos. Ahora están y ahora ya no están, aparecen y desaparecen, no son reales. Son visiones, se deshacen, no sé cómo viven ni si llegan a morir porque se deshacen antes. Sólo quienes pasan muchas veces, quienes se repiten una y otra vez, se graban en el aire del vestíbulo.

Una de estas personas es Teresa, la mano derecha de Emilio Ríos. Es la que más deprisa anda por esta planta cero, desprendiendo un halo de eficacia y seguridad en sí misma que acobardan. Por su forma de hablar y de comportarse da la impresión de que todos le parecemos tontos. Ronda mi edad, yo tengo treinta y dos y ella treinta y cinco años, y siempre va armada de móvil, portátil y agenda voluminosa. Tiene unas piernas impresionantes pegadas a un tronco y una cara completamente anodinos, por lo que en ella las piernas resultan un detalle monstruoso.

Los detalles monstruosos lo son no por feos, sino por estar en el cuerpo equivocado. Manos delicadas en brazos toscos, cuellos anchos y fuertes sosteniendo rostros pequeños, voces profundas emergiendo de cuerpos menudos, ojos espectaculares en caras insignificantes. Casi todo el mundo tiene algún detalle monstruoso, sólo es cuestión de fijarse bien. Aunque en el caso de Teresa no es necesario porque las piernas te saltan a la cara, nadie puede dejar de mirarlas, ni siquiera el presidente. Sin embargo, enseguida se intuye que es imposible que ella y Ríos se acuesten juntos ni que tengan ni hayan tenido jamás el más mínimo roce corporal. Su relación es de corte castrense, de general a sargento, o algo así. Lo que no me impide suponerle a Teresa una profunda admiración por él. De otra manera no se entiende que llegue todas las mañanas, sin faltar una, arreglada y en perfecta forma, como si todo lo que existe fuera de la Torre de Cristal sirviera tan sólo para preparar de nuevo la entrada aquí, la entrada en el tiempo verdadero y en la vida verdadera. Suele llevar el pelo recogido en moño o trenza y pendientes de bolas plateadas, y blusas de seda, y mucho rímel en unas pestañas que se abren y cierran sobre unos ojos funcionales, hechos sólo para ver, no para ser mirados, por lo que hasta la cintura resulta bastante tradicional e incluso chapada a la antigua, y en cambio, de cintura para abajo hace pensar en esas que se contorsionan alrededor de una barra de acero.

A veces Teresa acompaña a Emilio Ríos en alguno de sus viajes y entonces es como si el edificio perdiera fuerza, se diría que este organismo gigante acusa la ausencia de su dueño, la somatiza, y se debilita hasta que sus propias luces brillan menos de lo acostumbrado. La puerta gira lo imprescindible y todo queda sumergido en un silencio casi inmóvil, por lo que no es raro que quien más y quien menos se relaje, no porque no quiera trabajar, sino porque le falta impulso.

Y si alguna vez el presidente regresa antes de lo previsto, como la vez que ni siquiera pudo embarcar por el atentado de las Torres Gemelas, aviso corriendo a Jorge porque me resulta horrible la idea de que lo pille con su mujer, eso sí con un pretexto cualquiera, pues Jorge no debe saber que sospecho lo suyo con Hanna. Aun así noto que se ha creado un fuerte lazo de solidaridad entre nosotros y que, cuando le cuento en una de nuestras charlas que he echado una solicitud porque me gustaría tener un cargo de más responsabilidad que éste, porque creo que aquí me estoy desperdiciando, podría jurar que Jorge se lo dice a Hanna, y que Hanna habla con su marido, y que su marido habla con el director de Recursos Humanos. De no ser así no se entiende que a los quince días el director de Recursos Humanos me llame para que suba a verle.

Mi madre siempre me decía que hay que portarse bien con todo el mundo porque nunca se sabe de quién nos puede venir la ayuda. Puede que tuviese razón.

No hay otro sitio como el trabajo para conocerse a uno mismo ni ningún otro sitio para que los defectos de los demás crezcan como flores gigantes.

El director de Recursos Humanos tiene el pelo ondulado y peinado hacia atrás y una enfermedad en los ojos que hace que las pupilas se le muevan constantemente de un lado a otro. Y no parece que le guste la gente ambiciosa como yo, que a los cinco meses de entrar en una torre de cristal ya quiere algo mejor.

Tomo el ascensor número dos que sube al piso décimo y las puertas se abren ante una estructura de paneles a media altura sobre los que pasan el aire y la luz, y que desde arriba debe de semejar un laberinto con casillas a medio cerrar. En cada casilla hay alguien con un ordenador y un teléfono. Se encuentran tan absortos en lo que están haciendo que ni siquiera me ven pasar. Y de este modo, sorteando piernas y papeleras, sintiéndome una intrusa hacia la cual alguna vez asciende una mirada indiferente, llego a una puerta de cristal biselado abierta de par en par.

El director de Recursos Humanos desvía la vista del ordenador y me invita a sentarme con un gesto, sin ni siquiera estrecharme la mano. Los sillones son tan funcionales como el resto, ligeros como los paneles y las puertas de cristal, evanescentes como la información que resbala por las pantallas de los ordenadores. Trata de centrar en mí sus pupilas, que se mueven lentamente a derecha e izquierda a punto de hipnotizarme. Desde aquí la planta décima da la impresión de ser un lugar plagado de misterios que su director busca sin descanso con la mirada.

—Hemos recibido tu solicitud —dice—. ¿No estás a gusto en recepción?

¿No estás a gusto en recepción?, repiten las pupilas, que parecen movidas por detrás de las cuencas por un dedo.

—Estás a gusto, pero quieres mejorar, ¿verdad? Eres ambiciosa —dice sin esperar a que conteste.

Eres ambiciosa, repiten las pupilas.

—Es natural —dice—. Es humano. He visto mucha ambición entre estas cuatro paredes.

Y las pupilas repiten: entre estas cuatro paredes.

Yo asiento, aunque sólo él puede saber si lo ha visto o no.

—En fin —dice—, si es lo que quieres, no puedo negarme. Serás la jefa de gabinete de Sebastián Trenas, el vicepresidente, ¿te parece bien?

¿Te parece bien?, ¿te parece bien?, repiten las pupilas a mayor ritmo que antes, como si estuviesen en el tramo final de un orgasmo.

Yo asiento también varias veces.

—Empezarás mañana mismo. La vicepresidencia está situada en la planta diecinueve.

Y yo asiento de nuevo porque conozco perfectamente la localización de la presidencia, la vicepresidencia, los consejeros, los asesores, las direcciones generales, las subdirecciones, jefaturas y secciones.

Ya no dice más, sin embargo, las pupilas siguen moviéndose unos segundos sin dar por finalizada la entrevista. Tic-tac, tic-tac. El cerebro me cosquillea. Tras él, tras la ventana, el día está borrascoso, empieza el otoño. Pienso que quizá no sea tan gilipollas y le doy las gracias, pero su silencio me hace comprender que no está de acuerdo con el cambio y que la recepción le parece más que suficiente para mí. También comprendo que he alterado su orden de las cosas, que ahora tendrá que buscar otro recepcionista, y que no le soy simpática. Me levanto muy lentamente, como si millones de muelles se me tuviesen que ir accionando por todo el cuerpo. Él se limita a seguir mirando con los brazos cruzados sobre la mesa. Tic-tac, tic-tac, y salgo.

Sólo me despido de Jorge. Como es de esperar, no se sorprende al anunciarle que dejo la recepción. Es un día lluvioso, por lo que los coches pitan más que de costumbre y en el vestíbulo escurre el agua de los paraguas. La puerta giratoria trae y lleva caras lánguidas y tonos grises. En estas circunstancias una mudanza, aunque quepa en una bolsa de plástico, puede resultar desasosegante.

—Enhorabuena —dice—. Creo que es lo que querías.

—Ahora nos veremos poco —digo—. La planta diecinueve está muy lejos de aquí.

—Espero que no nos olvides —dice él.

Le pregunto si por fin se ha decidido por la nave del polígono industrial y me contesta que todo está muy caro y que es una tontería pensar en esas cosas. Me da muy mala espina la forma de decirlo, con una voz más áspera que nunca, arrastrándose por una garganta seca y por un cuerpo seco, cuyos jugos supongo absorbidos por Hanna. Y siento dejarlo en el lado del pasado.

Me ayuda a trasladar mis cosas al ascensor número cuatro y así, por fin, puedo darle las gracias. Se las doy de todo corazón, y después le digo, buena suerte, y de inmediato me arrepiento de haberlo dicho porque es la tontería más grande que se pueda decir. ¿Qué es la suerte?

Sebastián Trenas

Desde el despacho de Sebastián Trenas, en el piso diecinueve, hay una buena panorámica de Madrid. Calles, parques, coches, gente. Se puede divisar hasta un perro, un gato es más difícil, las ratas y ratones casi imposible sin prismáticos y las cucarachas imposible del todo. Tanto estas ventanas como las de todo el edificio son fijas, no se pueden abrir por si a alguno le da la tentación de arrojarse por ellas, así que no se puede comprobar si a esta altura circulan moscas y mosquitos.

Cuando entro, el vicepresidente está leyendo el periódico. Lo tiene doblado en la mano de tal forma que de entre sus hojas parece desprenderse una esquela por aquí, una foto del rey Juan Carlos por allá y un trapezoide de texto por otro lado. Con el transcurso de los días me daré cuenta de que ésta es su forma de leer el periódico. Me pide que me siente en unos sillones tapizados con pana aterciopelada verde oscuro.

Lo conozco de verlo por el vestíbulo, sobre todo cuando Emilio Ríos se marchaba de viaje y él asumía el mando de la compañía. Es el hombre más elegante que haya visto en mi vida y el que más debe de gastarse en trajes, corbatas, zapatos y en betún. En él, el traje más que ropa se diría que es un sitio, la casa donde aloja su cuerpo, la casa de la que asoman sus grandes manos y sus grandes globos oculares, que apenas pueden cubrir los párpados, para ponerse en contacto con el mundo. Pero al mundo no le gustan los buenazos como el vicepresidente y no le hace mucho caso. Lo recuerdo esforzándose por ocupar el lugar de su superior, lo recuerdo saludando con efusividad a los que se iba cruzando por el vestíbulo y a mí misma, y cómo tanto ellos como yo respondíamos sin ningún entusiasmo y vagamente a su saludo. Será ahora cuando me dé cuenta de que el silencio y la ensoñación que reinan en la Torre de Cristal durante los viajes del presidente en realidad no se deben a la ausencia del presidente, sino a la presencia de Sebastián Trenas.

—Así que es usted mi mano derecha —dice.

Le expreso mi satisfacción por serlo. Le digo que cuando eché la solicitud para subir a las oficinas jamás me imaginé que me fuesen a destinar a la vicepresidencia y a un puesto de tanta responsabilidad. Se me queda mirando con una extraña insistencia, como si acabase de descubrir lo que me espera en la vida o que tengo alguna rara enfermedad. Así que para que deje de mirarme y para que sepa que soy más interesante de lo que aparento le confieso que mi auténtica vocación es la de escribir. Y surte efecto porque se levanta y anda por el despacho del mismo modo que anda por el vestíbulo camino de los ascensores, con la mirada al frente, sin prisa, como si contase los pasos, como midiendo el suelo. Un metro, dos, tres. Su corpulencia está bastante desaprovechada a no ser porque sirve para sostener la caída del traje, el brillo de los zapatos, el pelo perfectamente cortado y peinado. Desprende un olor que será característico en él, un agradable olor a whisky, que no tiene nada que ver con el pestazo alcohólico de los borrachos de mi barrio, sino que tiene más que ver con alguna fragancia de agua de colonia, en la que a partir de ahora me reconoceré.

—También a mí me gustaba mucho escribir, imaginar cosas —dice remontando la mirada y el tono de voz al pasado.

—Bien, ¿por dónde empiezo? —pregunto.

—Por donde quieras —dice pasando del usted al tuteo, lo que aligera la atmósfera y hace que me sienta más compenetrada con la tapicería de los sillones. Yo, sin embargo, no me encuentro cómoda tuteándole y sigo con el usted. Él no parece reparar en esta desigualdad.

Se acerca a la librería chapada en nogal. Sus manos son almohadones en forma de manos. Grandes, blandas, los dedos un poco aplastados. Con ellos extrae varios libros por los lomos con la desenvoltura y seguridad con que un veterinario cogería a unos gatitos recién nacidos. No parecen manos de vicepresidente y yo parezco un simulacro de ayudante de vicepresidente. Es uno de esos pensamientos que sin querer siguen trabajando por su cuenta, excavando su pequeño pozo de desilusión o de certeza. Mejor que pozo, sima, algo grande y profundo en torno a mi mesa sin ordenador.

Desde este rincón en el laberinto correspondiente a la planta diecinueve no veo la calle, veo a mis compañeros. Pero mis compañeros no me ven a mí. Me han saludado por encima. Permanecen absortos en sus respectivos ordenadores, con sus respectivos pensamientos, en una intimidad sin paredes ni puertas, una intimidad de su propio cuerpo.

No tengo mucho que hacer. Estoy sentada en esta cómoda silla rodante como podría estar en medio del campo sentada en una piedra viendo pasar las nubes, sólo que lo que es normal en el campo no lo es en un lugar como éste construido para producir y que te paguen por ello. Me siento atrapada en una situación sin sentido y me siento bastante incómoda. El primer día ordeno muy bien los folios, los rotuladores por colores y limpio la mesa y los cajones a conciencia con un clínex. El segundo día tan sólo atiendo una llamada de Estados Unidos del hijo de mi jefe. Al tercer día a mi jefe le da por acercarse a mi mesa.

Me pregunta qué tal va la cosa, y yo le contesto que muy bien, ¿qué le voy a contestar? Todos nos oyen. Mis compañeros parece que no se enteran de nada, pero se enteran de todo. Tienen la capacidad de ver lo que ocurre a su alrededor sin desviar la mirada de la pantalla del ordenador, de escuchar sin poner cara de estar escuchando. Están abstraídos y al mismo tiempo no están abstraídos. Si hubiesen tenido la oportunidad de ver a Jorge y a la señora Ríos juntos, como los he visto yo, se habrían dado cuenta de todo.

Tras el saludo, a mi jefe le da por recorrer el laberinto interesándose por sus empleados. Es entonces cuando oigo tras el panel a mi espalda «Por ahí viene». Y un poco más allá «Por ahí viene». El rumor avanza como una ola gigantesca «Por ahí viene». El vicepresidente tiene ganas de hablar, lo que no es nada extraño puesto que se pasa horas y horas encerrado en el despacho. En cambio, sus subordinados no están dispuestos a darle conversación y entretenerle, le contestan lacónicamente, con evasivas. Según sus pasos se van acercando hacia ellos, dirigen sus músculos, facciones y pensamientos con tal intensidad a la pantalla, que la penetran, se funden con ella. Hablarles en esos momentos es lo más parecido a interrumpir un instante de éxtasis, por lo que la posición del vicepresidente no resulta airosa precisamente. Las manos se le hacen más grandes y el cuerpo más inútil, el brillo de los zapatos se desborda sobre la moqueta y su mirada está a punto de desprenderse de sus ojos y volar al techo.

—Señor Trenas —le digo para arrancarle de aquí—. Hay un asunto urgente que debería ver.

Me mira sorprendido. Los demás encajan la sorpresa de mi jefe con su impasibilidad habitual.

—¿Vamos a su despacho?

—Claro —dice.

Cuento diez pasos de los suyos. Y al cerrar la puerta comenta:

—Son bárbaros estos chicos. Trabajan mucho.

Con el transcurso de los días me daré cuenta de que «bárbaro» es una de sus palabras preferidas. Todo lo que sea bueno, grande, sorprendente o todo lo contrario será bárbaro a partir de ahora. También dirá «No hay más cera que la que arde» para describir la irreversible realidad.

—¿Cuál es ese asunto? —pregunta sentándose en el sillón, cuyo respaldo de pana verde oscuro sobresale por detrás de la cabeza, y cogiendo un bolígrafo, que desaparece en uno de los pliegues de la mano.

—Deberíamos establecer un plan de trabajo. No sé qué hacer ahí afuera —digo.

Y él me mira con esos ojos moldeados para expresar ternura, bondad, indulgencia, lo que en los tiempos que corren produce bastante irritación.

—No tenemos trabajo. Lo siento.

—¿Cómo que no tenemos trabajo?

—No, no tenemos.

—¿Entonces? —pregunto recordando el maligno vaivén de los ojos del director de Recursos Humanos.

—Esta vicepresidencia es un adorno del organigrama de la empresa, y tú eres un adorno de la vicepresidencia. Pero en realidad no contamos para nada. Cobramos nuestro sueldo a final de mes y ya está.

—No lo entiendo —digo—. Podríamos hacer algo aunque fuese poco.

—Soy un inútil, hija mía. Querría no serlo, pero lo soy, y creo que todos lo saben. Casi prefiero no tener responsabilidades y no perjudicar a nadie.

Tiene la autoestima más baja que yo cuando la tengo tan baja que sólo quiero dormir para soñar que no soy yo.

—Pero asiste a los consejos de administración y a las comisiones, a las reuniones, y cuando el presidente se marcha de viaje usted dirige la empresa.

—Bueno, sí, asisto a esos actos y me aburro bárbaramente. Tengo que estar dos o tres horas, a veces cuatro, con las piernas cruzadas y las manos entrelazadas o la barbilla apoyada en una mano. En ocasiones los miembros del consejo se quitan las chaquetas para manejar los papeles con más soltura, pero en mi caso sería absurdo quitármela para seguir en la misma postura. No quiero engañarte, aquí no harás carrera.

—¿Y qué hace tanto tiempo metido en el despacho?

—Leo. Leo mucho. Desde que estoy en esta situación me he leído todo Balzac, Galdós, Flaubert y Proust. Mis hijos y mi mujer me tienen idealizado. La mayor se llama Anabel y vive en Francia y el pequeño, Conrado, en Estados Unidos. Nieves, mi esposa, como ya habrás comprobado, ni siquiera llama por teléfono para no molestarme. Es bárbara, muy comprensiva, dice que mi trabajo es lo primero. Mi trabajo es sagrado para ella, ¿comprendes? Está chapada a la antigua. Si supiese la verdad, su vida no tendría sentido. A veces me gustaría marcharme antes a casa, ponerme cómodo y cavar un poco en el jardín, pero eso la desmoronaría. No soporta a los jubilados ni a los hombres sin importancia. Cuando llego, se empeña en que me meta en el despacho y en que nadie me moleste. Y otra vez a leer, ¿qué voy a hacer? Hubo un momento en que pensé que no podía ir contra corriente y empecé a dejarme llevar por todo esto. Ahora ya no hay vuelta atrás.

Mientras el vicepresidente habla, me vienen a la mente algunas escenas de él entre los otros consejeros saliendo del ascensor y cruzando el vestíbulo. En apariencia todos charlan animadamente, pero si se desmenuza la situación, si no me dejo engañar por el barullo, me doy cuenta de que siempre es el vicepresidente el que se dirige a los demás y de que nadie se dirige a él, de que las palmadas las da él y sin embargo no recibe ninguna, y de que si no se mete a presión en el grupo, lo dejarían atrás, completamente atrás.

En estos primeros instantes, soy injusta con Sebastián Trenas. Pienso que si no es respetado por sus colegas ni por los subordinados por algo será, que tendrá que existir algún rasgo en él que produzca rechazo. En el transcurso de los días comprenderé que simplemente no le temen. Y ahora que acabo de tener conocimiento de lo que ya sabe todo el mundo, de que ni él ni yo pintamos nada, ¿con qué cara podré mirar a mis compañeros? Ni siquiera me encuentro con fuerza para exigir que me instalen de una vez por todas el ordenador. También mi autoestima declina peligrosamente. He de permanecer muchas horas al día aislada en mi casilla y excluida del juego.

Por fortuna, en la pared de enfrente, a unos quince metros de mi mesa y a cinco en línea horizontal de los ascensores, están los baños señalados con los típicos iconos de una pipa y un abanico. Los veo nada más levantar la vista. Me quedo contemplándolos cuando ya estoy cansada de mirar mis cuatro cosas y unas piernas junto a una papelera a mi derecha, y un codo a la izquierda, y una enorme cabellera rizada a lo afro más allá sobresaliendo del panel, y una pequeña nube de humo de un cigarrillo, y gente que pasa sin que me mire y a la que tampoco miro abiertamente, aunque me gustaría observarla hasta la extenuación porque no tengo otra cosa que hacer. La puerta del abanico me atrae irresistiblemente. Y en cuanto la empujo una luz muy blanca me transporta al mundo de los grifos de acero azulado, los espejos y el agua corriendo por los lavabos como manantiales. Al sentarme en la taza y echar el cerrojo me quedo contemplando el portarrollos de Roca, los dibujos del corcho de las paredes y del suelo, que por desgracia se va moteando de gotas de meado a lo largo del día, y pienso que mi sitio debe de estar en otra parte, aunque en el fondo dudo de que ese sitio exista puesto que en treinta años no lo he encontrado.

Precisamente es aquí, bajo la luz del halógeno del techo y sentada en la tapa de la taza, cuando tomo la determinación de generar mi propio trabajo. Le pido permiso a Sebastián Trenas para ordenar su biblioteca y para archivar unas carpetas amarillentas con papeles mecanografiados todavía a máquina y anteriores por tanto a este edificio, que hay apiladas en un rincón del despacho.

—No sirven para nada —dice—, se pueden tirar. Las tengo ahí para que hagan bulto.

Le pregunto si no guarda las actas de las reuniones a las que asiste y dice que ni siquiera las recoge, que para qué. Le pido que, por favor, de ahora en adelante las traiga para que yo pueda archivarlas. Encargo carpetas de colores y más rotuladores y me dedico a clasificar cartas y documentos, que casi se deshacen entre los dedos como papiros milenarios, y que me hacen estornudar, situación a la que, sin duda, mis compañeros asisten desde su inaccesible mundo interior. Pero son las fugas al baño y estos papeles los que me salvan de salir corriendo y por tanto de fracasar. Y aunque el fracaso como todo en esta vida es relativo, cuando se fracasa se fracasa, o sea, se tiene la sensación de fracasar en todo, se fracasa hasta el fondo, y todo el mundo se entera. Aún no me encuentro preparada para sentirme fracasada y por eso lucho.

En cuanto tengo la primera acta en mi poder me aventuro hasta la fotocopiadora para hacer una copia de seguridad, lo que es completamente absurdo. Noto sobre mí esas miradas que parece que no miran. Alguien dice por lo bajo «¿Pero qué hace?». Y más allá otro repite «¿Pero qué hace?». Y un rumor como una ola gigante barre el laberinto, «¿Pero qué hace, pero qué hace, pero qué hace?». Sin embargo, no permito que estos comentarios me alteren y permanezco junto a la fotocopiadora todo el tiempo necesario. Su luz verde me envuelve como si estuviera en el claro de un bosque. Y no me conformo sólo con esto, sino que decido solicitar todas las actas atrasadas a los distintos departamentos. «¿Para qué las quieres?», preguntan voces incrédulas al otro lado del teléfono. Yo contesto que es el vicepresidente quien las reclama y que no tengo acceso a esa información. Las actas me llegan por correo interno. Los sobres van formando un montón, por lo que la mesa adquiere un aspecto más dinámico. Ya no tengo que ingeniármelas para que parezca que hago algo, ahora siempre hay sobres que abrir y contenidos que examinar. Me impongo además la tarea de fotocopiarlas todas, por lo que me paso más tiempo junto a la fotocopiadora que en los lavabos. Y cuando en las mañanas oscuras emprendo el largo camino desde mi casa a la Torre de Cristal siento que me espera una tarea, aunque sea una falsa tarea, que justifica este paseo y el sueldo que me pagan. Y al encapsularme en la puerta giratoria ya se ha hecho de día.

Un día, a media mañana, estoy enfrascada en la tarea de fotocopiar las dichosas actas cuando un conocido almohadón en forma de mano cierra la tapa de la máquina y se queda posada sobre ella en medio de verdes destellos.

—¿No has pensado que estás expuesta a una gran radiactividad pasando tanto tiempo junto a este aparato?

Me extraña que la llegada de Trenas no haya estado precedida de algún rumor, así que lo miro sorprendida al tiempo que recojo de la bandeja un buen montón de folios.

—Vamos a mi despacho —dice—. He de comentarte algo.

Le sigo. Parece preocupado, por lo que no se entretiene en tratar de entablar conversación con los extraños habitantes del laberinto, ni siquiera se entretiene en saludarles, lo que supongo con gran regocijo que les está desconcertando. Él, sin embargo, vive al margen de esta realidad, no hay nada más que entrar en su despacho y ver en la mesa el periódico, del que se escapa volando la cara de Bin Laden, y un libro abierto por la mitad, y el mundo abajo, a lo lejos, ligeramente tembloroso tras las cristaleras. Se sienta y se queda absorto en él.

—¿Conoces las historias de Polifemo y Galatea, de Psique y Cupido, de Píramo y Tisbe, de Hero y Leandro? Son hermosas historias de amor, que algún día te contaré.

Seguramente no recuerda lo de mi vocación de escritora y que esas desgraciadas historias no tienen que serme desconocidas. Pero opto por callar porque es una pregunta que no va dirigida a mí, sino a él mismo.

—El amor es bárbaro —dice como conclusión a todo lo que ha estado pensando frente a la ventana—. Hoy ha ocurrido un milagro —continúa, sin que lo que va a decir tenga ninguna relación con lo anterior—. Hoy, en un solo día, me han llamado varios consejeros al móvil. Con la primera llamada me he sobresaltado pensando que pudiera haber sufrido un accidente alguno de mis hijos o mi mujer. En la segunda ya no. En la segunda enseguida comprendí que se trataba de otro consejero.

Estoy sentada en uno de los sillones destinado a las visitas con la sensación de que me falta el bolígrafo y la carpeta con folios en blanco que suelo sostener en las manos, aunque nunca lleguemos a utilizarlos, y que en esta ocasión no he tenido tiempo de recoger de mi mesa. De modo que me siento indefensa ante las palabras del vicepresidente.

—Varios consejeros —esto ya lo ha dicho— están intrigados. Quieren que les aclare mi repentino interés por unas actas que ya han perdido actualidad, quieren saber si he encontrado algún error. Errar es humano, han dicho. Pero quieren saber —dice volviendo sus enormes ojos y sus labios rojos hacia mí—. Quieren que les tranquilice. Evidentemente, si les hubiese dicho la verdad, que mi ayudante está dispuesta a trabajar inútilmente, no se lo habrían creído, así que les he dicho, ¿sabes lo que les he dicho?

Como se trata de otra falsa pregunta, no digo nada. Mis manos permanecen entrelazadas sobre las rodillas. Mis ojos marrones, rodeados de abundantes pestañas negras, que con tanta frecuencia me contemplo en los espejos de los lavabos pensando en Raúl, lo observan. Observan su bondadosa mirada vagar por la civilización soleada y primitiva de allá abajo, observan su corbata ondulándose sobre el cinturón. Y, sin poder evitarlo, observan el contorno de lo que debe de ser la polla adherida al muslo. Y como continúa distraído mirando por la ventana, mis ojos marrones no pueden dejar de observar que al descruzar las piernas todo el aparato genital se le suelta en los holgados pantalones de pinzas, como si no llevase calzoncillos o como si los calzoncillos no se lo recogiesen debidamente.

—Les he dicho que no tienen por qué preocuparse y luego me he reído un poco para que comprendan que todo esto es una tontería. ¿Y crees que acaso se han reído? —dice.

Al despegar la vista de sus pantalones, reparo en que hay sitio de sobra en el despacho para instalar un archivador de seguridad, que se tenga que abrir por medio de una combinación como las cajas fuertes. Llevo pensando en ello algún tiempo ante la desagradable idea de que alguno de mis compañeros, aparentemente indiferentes, pero curiosos hasta la médula, se dé cuenta de que en mi poder no obra ni un solo papel de valor.

—Pues no se han reído. Se lo toman en serio —se vuelve hacia mí con cierta excitación en los ojos—. Me han puesto un poco nervioso.

He de recordarle a este hombre de gran aparato que no hacemos nada malo, sólo trabajar. Le digo que no me parece muy buen ejemplo que precisamente su jefa de gabinete esté mano sobre mano y que no sería mala idea que él mismo esparciera algunos folios por encima de la mesa, que no deje tan a la vista libros como el que ahora está abierto por la mitad, y sobre todo que cuando visite el laberinto lo haga con paso rápido y sin saludar, y también que por favor alguna vez me llame desde la puerta del despacho con voz apremiante.

Trenas me escucha con la boca abierta.

—No puedo hacer eso —dice—. Tú haz lo que quieras, comprendo que tengas alguna dignidad que salvar. Eres joven, emprendedora, has subido a este piso desde el vestíbulo. Te comprendo perfectamente y tienes mi admiración, pero no me pidas que me comporte como un vicepresidente de verdad sin serlo, es demasiado.

—Pero el caso es que lo es.

—No, no lo soy. No he sabido retener mi cargo, no he sabido estar a la altura, lo he ido perdiendo poco a poco, como se pierden otras cosas en la vida que uno nunca se cree que vaya a perder.

—Eso habrá que verlo —digo indignada por su humildad y porque me recuerda vagamente a mi madre, me recuerda cómo fue consumiéndose en la cama sin quejarse, cómo las piernas y los brazos se le fueron adelgazando, adelgazando hasta que en el colchón quedó impresa su figura larga, desmadejada, expresionista. Sus ojos asombrados vueltos hacia mí. Vaya mierda de vida.

—No me merezco seguir ocupando este sillón —dice.

—¿Y quién se merece lo que tiene?

Se queda pensando muy serio, seguramente se queda pensando si la gente que conoce se merece lo que tiene. Piensa en uno y cierra un instante los ojos, piensa en otro y cierra un instante los ojos y así hasta cinco veces, como si desfilaran en orden por su mente.

—No sé qué decirte. Por una parte se lo merecen y por otra no.

No le digo que todo eso del merecimiento me parece un cuento, porque no hay un baremo universal para medir el merecimiento, y recuerdo a mi pobre madre, que solía comentar de los que salían en televisión que si estaban ahí por algo sería. Así que le digo:

—Si es usted y no otro quien está aquí por algo será.

Y permanece mirándome, hasta que cierro la puerta.

Con el discurrir de los días, la paz de los lavabos se amplía ligeramente al propio laberinto. Ocurre al mediodía cuando todos se marchan a tomarse un menú de ocho euros por los alrededores. Hasta que regresan a las dos horas medio eructando y algo soñolientos, las mesas están mudas, algunos ordenadores apagados y otros con salvapantallas, cuya elección expresa mucho de sus dueños, los papeles en la posición que tuviesen en el momento de dar el reloj las dos. Algunas sillas encajadas en la mesa y otras tal como quedaron al salir de estampida sus ocupantes. El aspecto general es de haber sido barridos por una bomba que desintegre a los seres vivos pero no a las cosas. La paz es general, silenciosa y quieta. Me paseo por las casillas del laberinto, por las mesas dormidas, por la ausencia de toda esta gentuza, y me encuentro tan bien que puedo pensar casi como sentada en la taza del váter. Pienso que no ayuda a la autoestima saber que se trabaja en una falsa vicepresidencia. Pero también pienso que a final de mes me pagan como si fuese auténtica, por lo que la frontera entre lo falso y lo real no debe de estar tan clara. Así que me marco la tarea de redactar la petición para el archivador de seguridad y para el ordenador. Y también, en cuanto termine con las actas, me dedicaré a pasar a limpio todos los decrépitos escritos que el vicepresidente pensaba tirar.

Mi actividad es tan frenética que trasciende a otros despachos y a otras plantas. Me he fijado fechas y objetivos que figuran en la agenda que Recursos Humanos nos facilita a los empleados. Nadie se atreve a negarme el ordenador. De momento, he elegido un salvapantallas con una imagen espacial en que un astronauta da incansables vueltas alrededor de la Tierra mientras que el fondo estelar emite puntos luminosos sin cesar. Tampoco me niegan el archivador, que luce imponente en el despacho de mi jefe. Guardo en él las actas y sus copias, y Trenas una botella de whisky, vasos y unas zapatillas, que ha usado en el despacho para estar cómodo desde que nadie venía a verle. Ahora sé que en mi primer día de trabajo no pudo levantarse y acompañarme a la puerta del despacho, tal como sus modales le dictaban, porque las llevaba puestas.

Al final de la jornada cierro el archivador mediante una combinación que sólo él y yo conocemos. A veces, tal como le he sugerido, el vicepresidente llama con voz imperiosa desde la puerta de su despacho y yo acudo diligente.

—Descansa un rato, hija mía —dice cuando entro—. Me da pena ver cómo te desgastas para nada.

Se queda contemplando el tráfico con las manos metidas en los bolsillos.

—¿Cuál podrá más, nuestro instinto de destrucción o el de conservación?

Sin duda es una pregunta filosófica, así que callo respetuosamente. Trenas tiene tanto tiempo para reflexionar en este despacho que con sus reflexiones podría haber escrito ya varios ensayos.

—Es lo que llamamos la lucha entre el bien y el mal, por llamarlo de alguna manera. ¿Has leído hoy los periódicos? —dice.

La prensa del día descansa en la mesa convertida en flores grandotas forradas de papel de periódico. En una de ellas sobresale parte de la cara de niño viejo de George Bush. Mi jefe, en una lógica asociación de ideas, salta del presidente de Estados Unidos a su hijo, que vive en Estados Unidos.

—Me gustaría que conocieses a Conrado, mi hijo. No se parece a mí —dice con aire orgulloso—. Es resuelto, no se deja acobardar. No hace mucho le pegó un par de hostias al director de la compañía donde trabaja. Perdón —dice, molesto porque se le haya escapado un taco—. Y ni siquiera lo han echado, ¿qué te parece? —añade sonriendo, no a mí, sino a su hijo ausente.

—Le harían algo grave —digo.

—No necesariamente grave, mi hijo tiene poco aguante. Eso es lo que más me gusta de él, que no espera a que las cosas se pongan mal para reaccionar.

Sin duda es una manera de verlo.

—¿Y su hija? —pregunto más que nada para verificar que Sebastián Trenas de verdad es algo más que lo que veo aquí.

—La pobre Anabel —dice moviendo la cabeza negativamente como si hubiese muerto o estuviera muy enferma.

Según cuenta, con la lentitud de quien tiene que ir sacando cada palabra de un cajón distinto y cada recuerdo de entre telarañas, a Anabel le falta empuje, seguridad, autocontrol, fe en la vida. Tiene veintiséis años y vive en Francia. De niña lloraba por nada, por una palabra más alta que otra, porque no se le contestase a tiempo. Digamos que, entre unas cosas y otras, se pasaba el día llorando, era casi imposible verle la cara en un estado normal, relajada, siempre la tenía enrojecida, alterada, con las mejillas temblando o al borde del temblor. Hasta tal punto le resultaba a su padre angustioso verla que se quedaba más tiempo en el despacho para que a su llegada ya estuviera dormida. Lo malo era que también se dormía Conrado y no podía jugar un rato con él. Pero lo peor eran los fines de semana. El vicepresidente tenía la costumbre de preparar el domingo por la mañana el desayuno para todos y luego sacar, tal como había visto hacer a su padre y su padre al suyo, y el padre de su padre a su padre y así hasta perder la cuenta, una caja, donde estaban perfectamente ordenados betunes y cepillos, y limpiar el calzado de toda la familia. Tal como había hecho su padre con él, nombró ayudante a Conrado para que le alcanzara el cepillo grande, el cepillo pequeño, la cajita marrón, la neutra. El olor de los betunes se mezclaba con los restos de olor de las tostadas y el café, fijando así la atmósfera de los domingos por la mañana para la futura memoria de sus hijos, tal como había sido fijada para él por su abuelo, bisabuelo, tatarabuelo y probablemente su retatarabuelo. Sin embargo, Anabel no dejaba que las cosas transcurrieran como debían, desplazaba a su hermano y se empeñaba en ser ella quien le tendiese los cepillos y quien alineara los zapatos, cuando ya era demasiado mayor para esta tarea. A continuación se le sentaba en las rodillas y pretendía leerle las redacciones que había escrito durante la semana, después quería que se fuesen a dar una vuelta en bicicleta, desplazando así a su hermano, que aún no sabía montar. Y después se le ocurría otra cosa y después, otra. Era posesiva, opresiva, asfixiante. Trenas procuraba ser paciente con ella, pero llegaba un momento en que ya no podía más y le pedía por favor a Anabel que también le dejase espacio a su hermano, que su hermano al ser más pequeño requería más atenciones, y él mismo un poco de tranquilidad. Entonces Anabel lloraba con desgarro y desesperación. Seguramente él no sabía tratarla y seguramente tendrían que haberla llevado a un psicólogo. Trenas le dijo a Nieves, su esposa, que tendría que ver a la niña alguno, y ella le contestó que quien necesitaba un psicólogo era él.

—Quién sabe —dice moviendo sombríamente la cabeza.

Por el contrario, al mencionar a Conrado, le asoma de nuevo la sonrisa a los labios, a unos labios tal vez demasiado rojos para estar en un hombre. El chico es lo opuesto a su hermana. Ha llorado y se ha quejado muy poco, nunca ha ido de víctima, se podría asegurar que no le ha tomado el pelo nadie desde que iba a la guardería. Es bárbaro.

Una noche, cuando Conrado tenía quince años, alguien entró furtivamente en el chalet donde vivían y aún viven. Hacía unos meses la mafia rusa había asesinado a una familia entera en Marbella en un chalet semejante al suyo.

El asesinato de Marbella parecía el argumento comprimido de *A sangre fría,* porque sólo había durado una hora. Al padre lo habían apuñalado en el vientre dándole vueltas al cuchillo como quien excava un hoyo en el jardín, sin dejar de charlar entre ellos. A la madre le habían rebanado el cuello y a la niña se lo rompieron con un ágil movimiento de las manos. A continuación sacaron del mueble bar unas botellas de whisky, ginebra y vodka y se las bebieron. Por lo visto les hizo gracia que en aquella casa tan alejada de Rusia hubiese genuino vodka ruso y lo celebraron a su modo. Después fueron cargando en la furgoneta lo que encontraron de valor: televisores, vídeos y ordenadores, se metieron en los bolsillos los relojes que llevaban puestos los finados y algunas joyas. Y pararon en un puticlub de carretera a repostar vodka. Querían pagar con las joyas robadas y las putas protestaron un poco, pero enseguida se callaron porque comprendieron que eran de la mafia rusa y si había gente que les daba más miedo que sus chulos era precisamente la mafia rusa. La policía los detuvo al cabo de ocho horas en otro puticlub donde habían puesto encima de la barra del bar una minicadena como forma de pago.

Yo había leído la noticia en el periódico y comprendía que Trenas, al oír aquella noche ruidos nada habituales, ruidos de intrusos, hubiese empezado a cubrirse de un sudor frío y a mandar mensajes de pánico a piernas, brazos y corazón, porque quien fuese había empezado a subir la escalera de madera. Se encontraba impotente para salvar a su familia. ¿Cómo avisarlos sin alertar al intruso? Los cuartos estaban bastante alejados entre sí, incluido el de su esposa. Bajó de la cama y decidió que lo esperaría en el rellano armado con un perro de bronce y sus manos temblorosas, aunque sabía que nada podría contra la mafia rusa y su experiencia en matar. Esperaba oculto en el rellano. El otro subía. Tal vez eran más de uno. Esta idea le hacía sudar más. También le hacía sudar la imagen del posible gran cuchillo que empuñase o la gran pistola negra, por lo que en toda su vida, ni en los días más calurosos, había sudado tanto. El perro se le escurría de la mano. Todo estaba perdido.

Todo estaba irremediablemente perdido, cuando de pronto, detrás de él, surgió un ruido de guerra, una furia que le pasó por el lado y se lanzó salvajemente escaleras abajo sin darle tiempo a reaccionar y seguramente tampoco al intruso. La furia podía corresponder a un solo hombre o a un ejército. Trenas se quedó paralizado con el perro en alto, no sabía qué estaba pasando, no veía apenas y no se atrevía a dar la luz, hasta que comprendió que se trataba de su hijo, que no cesaba de gritar de un modo que él no había oído jamás, ni siquiera en la mili.

Mientras tanto, Nieves y Anabel ya habían saltado de las camas y salido corriendo de sus respectivas habitaciones. Habían encendido las luces y ahora se podía ver con toda nitidez los calzoncillos y la camiseta de Conrado manchados de sangre, por lo que toda la familia se lanzó hacia él.

—Estoy bien —dijo Conrado interponiendo entre ellos y él una barra de acero igualmente ensangrentada. A los pies de la escalera yacía un hombre con el pelo tan embarrado de sangre que no se sabía si era moreno o rubio—. Puede que haya alguno más en el salón o en la cocina —dijo limpiándose el sudor con la manga de la camiseta.

—Yo voy —dijo Trenas, contagiado por la valentía de su hijo y arrebatándole la barra de las manos—. Vosotros id llamando a la policía.

Jamás olvidaría aquel momento ni la sensación de que ardía por dentro. No tuvo miedo. Saltó como un muchacho el peldaño donde había caído un largo cuchillo de cocina. O sea, que venían con cuchillos. Y saltó sobre el cuerpo tendido al final de la escalera. Fue hasta el centro de la cocina con la barra entre las manos. La barra quemaba pero no había sudor. Luego fue hasta el centro del salón, donde observó que las puertas correderas del jardín estaban abiertas. O sea, que había entrado por ahí. Salió fuera. La luna dejaba caer una capa blanquecina en los picos de las hojas. Notó la musculatura de los brazos en tensión como si poseyera los brazos de Schwarzenegger y también sus piernas y su tórax. Era una prolongación de Conrado y si había alguien escondido entre los arbustos, los árboles frutales y los macizos de flores, lo encontraría y lo mataría. Tal vez en el garaje tuviese más suerte. Giró sobre sus implacables talones y se dirigió allí. La sombra de Schwarzenegger se proyectó sobre la nevada fantasmal. Entró en la casa.

—No hay nadie más —dijo ante su familia desperdigada por los escalones del salón.

Anabel, como era de esperar, y aunque ya tenía diecisiete años, estaba llorando. Tal vez el ver a su hija le hizo recuperar su antiguo ser. Y con los ojos de su antiguo ser vio el cuerpo del extraño, del extranjero, que no había llamado para entrar, tendido al final de la escalera con la cabeza cubierta de sangre, y vio el cuchillo en el peldaño. Colocó la barra de acero junto al ruso. Vio las fotografías en la repisa de la chimenea como siempre y los conocidos sofás y las conocidas cortinas y las conocidas alfombras y paredes y cuadros y mesas. Nunca lo que le rodeaba le había resultado tan familiar y conocido como en presencia del extraño, nunca le había parecido tan suyo, y los extraños nunca le habían parecido tan extraños como aquel hombre.

Se sentó en otro peldaño, cerró los ojos y trató de relajarse. Pero fue imposible, los músculos de piernas y brazos se le habían contraído de tal forma que no había manera de que se aflojaran. Sentía un dolor espantoso. Los músculos eran piedras doloridas. Apenas podía ponerse en pie, así que permaneció tumbado en las escaleras junto al agresor. Nieves trató de masajearle las pantorrillas y los brazos, pero era imposible hacer nada.

—Tienes fuertes contracturas —dijo.

Anabel, al verle en aquel estado, empezó a llorar más. Se diría que su llanto actuaba como la música apropiada para esta escena espantosa. Así que Trenas no pudo reprimir su irritación, la irritación del dolor, y gritó que por favor alguien le quitase de la vista a aquella llorona insoportable. Que no quería verla ni oírla más en su vida.

A los del Samur hubo que aclararles cuál de los dos cuerpos tendidos era el del agresor. Al pobre vicepresidente se le iba la cabeza por el dolor. Su esposa pidió que le atendieran a él antes que al asesino, pero los médicos sopesaron la gravedad de ambos y decidieron atender al segundo. Trenas tuvo que ver cómo intubaban al ruso y le buscaban una vía. Confusamente sentía que aquel ser extraño, venido del mundo exterior, de momento estaba vivo y puede que continuara vivo durante muchos años. Ni siquiera sabía qué cara tenía, el pelo y la sangre se la tapaban. Tampoco el otro le había visto a él, por tanto, el odio entre él y el agresor sería un odio abstracto, sin rostro, en lo ocurrido no había habido nada personal. Fue Conrado, que había encontrado tiempo y aplomo para cambiarse de ropa, quien le contó a la policía lo sucedido. A Trenas le pareció percibir, según estaba tirado, entre los párpados semicerrados por el dolor, que Nieves se había cambiado el camisón por un favorecedor pijama de seda, sin duda para estar presentable cuando llegaran la ambulancia y la policía, y que se había recogido el pelo y que estaba muy guapa. Los pantalones eran muy suaves y anchos y flotaban sobre sus piernas al subir y bajar las escaleras.

Trenas tuvo que permanecer dos días en el hospital y, a su regreso, la casa estaba en perfectas condiciones. Al parecer Conrado aquella misma noche estuvo limpiando la sangre hasta el amanecer porque, según dijo, eliminar hasta el más mínimo rastro de sangre cuesta mucho trabajo. Trenas llegó curado del dolor muscular, que enseguida fue sustituido por otro mayor si cabe, el dolor por Anabel. Anabel rehuía su presencia y por más empeño que puso en solucionar las cosas no lo logró.

Él mismo es de la opinión de que para ser despreciable no hace falta ser un estafador ni un asesino ni un traidor. Por este comportamiento con Anabel, aunque sólo haya sido una vez, ya es despreciable para toda la vida. Y cada vez que la ve su presencia se lo recuerda. Anabel desde luego se apartó de su vista porque Nieves decidió que lo mejor sería enviarla a estudiar al extranjero, donde acabó haciéndose un sitio como modelo.

—Cuando algo se rompe, se rompe, y no hay más cera que la que arde —dice.

Yo toda la culpa de lo sucedido entre mi jefe y su hija Anabel se la echo a la tal Nieves. Nunca la he visto y ni tan siquiera he hablado con ella por teléfono, debido seguramente a su manía de no querer molestarle en el trabajo. Sin embargo, la información indirecta que su marido poco a poco va aportando sobre ella ha ido forjando la imagen de un ser bastante antipático y egoísta, que a su vez evoca a las mujeres más asquerosas de que conservo memoria. La primera, una maestra de suave melenita rubia que un día me preguntó con cara de horror si aquella mujer de pelo negro azabache que hablaba tan alto era mi madre. La segunda, una doctora de pelo corto, gafas y cara de hija de puta que casi la condujo a la muerte con un tratamiento puesto a lo loco porque ese día se sentía agobiada y tenía que quitarse de en medio a los enfermos fuera como fuera. La tercera, una niñera que me hacía jugar a que yo le chupara los pezones. He conocido a unas cuantas más, que en el fondo son versiones de las anteriores.

He de decir como descargo a lo que vendrá más tarde que todo mi tesón está centrado en darle contenido a mi puesto de trabajo, en trasladar mi casilla, con mesa, ordenador y papelera incluidos, de la no existencia, de la pura fábula, a la existencia real. Quiero formar parte de la misma dimensión que el resto de mis compañeros. Siempre he tenido una idea muy clara de lo que es el trabajo. El trabajo no tiene que gustar y el trabajo tiene que costar, porque si el trabajo gusta y no cuesta ya no es trabajo y no tienen que pagarte por ello. Por eso se han inventado los compañeros, los jefes y las torres de cristal, para darle consistencia a la idea de trabajo, para que no se piense que el trabajo es como cualquier otra cosa que se hace por gusto, como escribir o dibujar, siempre que escribir o dibujar resulte placentero y no un sufrimiento. Y cuando en el colegio nos preguntaban qué queríamos ser de mayores, mezclando en la pregunta lo que nos gustaba hacer con la manera en que nos íbamos a ganar la vida, las respuestas de mis compañeros —bombero, enfermera, maestra, modelo, actriz, peluquera, el acomodador del cine, el que pica los billetes en el tren— me parecía que no encajaban con lo que veía a mi alrededor. Nunca vi, por ejemplo, que mi padre volviese contento del trabajo. Raúl a veces tampoco, pero la mayoría del tiempo estaba bastante conforme e incluso disfrutaba de él, por lo que me parecía que no se ganaba lo que le pagaban. En mi caso, no se puede decir que desarrolle un trabajo auténtico, pero sufro todos sus inconvenientes y además tampoco me encuentro a gusto en la Torre de Cristal, por lo que no me parece mal que me paguen.

Me he impuesto la tarea de reescribir de nuevo en el ordenador los viejos papeles que el vicepresidente pensaba tirar. Es una manera de hacerle el rodaje al teclado y al mismo tiempo de mirar por el ojo de una cerradura, que es algo que jamás haría en circunstancias normales, jamás espiaría por una ventana, ni por un agujero, ni por ninguna abertura de ningún tipo, porque nunca sabría con lo que me podría encontrar, porque me desagradaría sobresaltarme o sentir una gran repugnancia ante lo que viese. Incluso estos papeles los leo con cierta prevención, como si de pronto de entre ellos fuese a saltar una rata y me fuese a morder, porque a los que no nos atrae mirar por el ojo de la cerradura cuando miramos lo hacemos con gran temor y precaución.

Hay documentos de todo tipo y bastante correspondencia que se remonta a los años de estudiantes de Trenas y Emilio Ríos. Es sorprendente la gran diferencia existente entre las cartas de uno y otro. Las de Emilio Ríos son las propias de un tarugo, que no conoce las más básicas reglas de acentuación, lo que es bastante decepcionante en un hombre como él, digamos que es su detalle monstruoso. Las de mi jefe son como los bordados de un mantel. Me lo puedo imaginar puliendo cada una de las palabras con una lima de uñas bajo sus abarcadores ojos. Alguien así no puede pasar por alto el asunto de los acentos sin una mueca de repugnancia, alguien así tiene que despreciar a Emilio Ríos. Sin embargo, el joven Sebastián desde el principio parece aceptar ser el segundo de a bordo. El joven Emilio es el emprendedor, el que tiene las ideas arriesgadas y el que cambia de estado de ánimo con harta frecuencia. Sebastián es el tesón, el que da forma a los proyectos, el que concreta y hace realidad las intuiciones de Emilio.

Según se desprende de la documentación, su primera gran intuición, la que les dio prestigio, fue la creación de compañías de seguridad privada. Asociado a esta idea aparece continuamente el nombre de J. Codes hasta que lo van dejando de lado. Hay cartas de Codes sin contestar que van subiendo de tono según pasa el tiempo, los llama sinvergüenzas por apropiarse de su proyecto y no compartirlo con él, les amenaza con denunciarles, les recuerda que no es tan joven como ellos y que necesita algún tipo de compensación. Les recuerda el día que fueron a verle y le prometieron que si su idea era viable y podían venderla le harían socio de la empresa. Les recuerda lo que trabajó para ellos. Me da bastante pena el viejo J. Codes, sin embargo, a ellos no parece darles ninguna y de repente desaparece sin dejar rastro, como si se lo hubiese tragado la tierra. Sebastián y Emilio por fin venden la idea a una empresa en declive, que se hace de oro, y así comienza su reputación y encumbramiento. En ningún sitio figura que Codes recibiera un duro por esto. Tal vez ya había muerto, tal vez no era verdad lo que decía y quería aprovecharse del éxito de Ríos y Trenas. O tal vez se había resignado a vagar por ese mundo de ahí abajo, hecho para ser visto desde estas ventanas de aquí arriba. Lo que me lleva a pensar que la forma más rápida de perder la inocencia es mirar por el ojo de una cerradura. Pero quién quiere perder la inocencia.

El engaño y la verdad tienen en común que es tan impactante descubrir uno como otra. Por otro lado, descubrir un engaño también es descubrir una verdad. Solamente el que engaña conoce la línea que los separa, mientras que para los demás todo es más confuso. Nadie más que el vicepresidente y yo misma sabemos que aunque yo trabaje mucho en realidad no estoy trabajando. No hago nada de utilidad para la empresa y encima me aprovecho de la calefacción, del teléfono y consumo electricidad, café de la máquina, folios y papel higiénico. Sin embargo, siempre estoy ensimismada en mi ordenador, por lo que para los demás soy un elemento confuso en su mente. No pueden decir que no trabaje, ni tampoco sabrían decir qué hago. Así que cuando alguien se me acerca a la mesa y se queda mirando la pantalla me incomoda bastante, por lo que tengo programado el salvapantallas de fondo espacial para que al minuto de inactividad caiga como un telón. De modo que cuando Teresa, la secretaria personal de Emilio Ríos, viene a verme, lo que últimamente hace con cierta frecuencia, no le da tiempo de fisgar, aun así se queda mirando los puntos luminosos procedentes del espacio interestelar, como si intentara ver lo que hay debajo.

Así pues, Teresa, la mujer de las dos mitades, llega a mi mesa, empuja las descoloridas carpetas a un lado y se sienta en el espacio que ha dejado libre. Las piernas quedan en el aire casi a la altura de mis ojos. Van enfundadas en unas medias de un sutil material que acentúa las pequeñas concavidades de rodillas y las aristas de los tobillos y perfila los huesos como si las piernas ya estuviesen fotografiadas en una revista. Dan ganas de tocarlas, del mismo modo que en los museos no se puede evitar pasar la mano por las estatuas de mármol sin que este acto signifique nada, ningún tipo de deseo. Con toda seguridad, los hombres tendrán que sentirse muy confusos en los momentos de intimidad con Teresa, ya que no podrán centrarse en mirarle únicamente las piernas, no podrán hablarle a las piernas, ni besarle únicamente las piernas, también tendrán que atender a la otra mitad.

—Te veo muy atareada —dice dándole vueltas con una cucharilla de plástico a un café de máquina. Las bolas de plata de las orejas centellean sin fuerza. Es una mañana tan gris que incluso el cuarto de baño me ha parecido desangelado.

—Bueno, ya sabes —digo para no decir nada.

—He estado pensando que deberíamos coordinarnos más, que deberíamos formar un equipo. Así podríamos ayudarnos. Has debido de encontrarte con mucho papeleo atrasado.

Mi atención se centra en las manos, que de un momento a otro van a abrir la carpeta como por descuido. Luce un anillo en el dedo anular a juego con los pendientes, la pulsera y la gargantilla, lo que introduce una nota de recargamiento en su persona. Tendría que existir una ley universal que impidiese llevar al mismo tiempo gargantilla, pendientes, anillo y pulsera; o gargantilla y pendientes; o pulsera, gargantilla y pendientes; o anillo y pulsera. Mientras que se podría combinar anillo y pendientes; o pulsera y gargantilla; o gargantilla y anillo. De todos modos, también sugiere un despacho perfectamente organizado, y cajones, armarios, bolsos y cuarto de baño con un sitio para cada cosa y cada cosa en su sitio. De pronto, noto aliviada que la carpeta no le importa. Le importa más el despacho del vicepresidente, hacia el que se le va la vista de vez en cuando. Mira la puerta de una forma que parece más grande y maciza de lo que es, como si dentro en lugar de un despacho fuese a haber una sala de armas medieval.

—Está bien —dice cansada ante mi falta de contestación—. ¿Qué ocurre con las actas?

—¿Con las actas? —repito haciendo tiempo para pensar—. ¿Qué puede ocurrir con las actas?

—¿Por qué crees que le interesan ahora, así, de repente, las actas a Sebastián? —pregunta muy, pero que muy intrigada, incluso empequeñeciendo los ojos.

—¿Y qué tiene de particular que le interesen? —pregunto a mi vez.

—Resulta, ¿cómo te diría?, extravagante. Un capricho que no se entiende.

—Creo que quiere poner en orden esta vicepresidencia —le digo—, que todo esté bajo control.

—Es un trabajo inútil. Las actas atrasadas no tienen importancia.

—Él no lo considera así. Considera que constituyen la memoria de la empresa —digo—. Revisando los errores del pasado se puede corregir el presente.

—¿Y esto qué es? —pregunta descruzando las piernas y cogiendo una de las ajadas carpetas, que retiro suavemente de entre sus dedos.

—Documentos —contesto cortante, con sequedad.

A ella no parece molestarle esta sequedad porque tiene preocupaciones más importantes. Aprender a leer en sus inexpresivos ojos supone un ejercicio muy fino, como apreciar los matices de sombras que tanto admiran los japoneses.

—Me gustaría que desayunásemos juntas —dice inesperadamente.

No hay mejor forma de conocer las alianzas y afinidades de los pobladores de la Torre de Cristal que subir a la cafetería a la hora del desayuno y observar los corrillos. Los que desayunan juntos son amigos, los que no, sólo conocidos o enemigos. Aquí desayunar juntos es casi como irse a la cama. Por eso la proposición de Teresa me sorprende. Hasta ahora he tomado sus visitas a mi celda como una forma de control o supervisión. Siempre hace lo mismo: llega, se sienta en la mesa como ahora, lanza ojeadas a la puerta-muro de mi jefe y me hace pasar un mal rato preguntándome esto y lo otro hasta que se marcha. Me temo que sea una manera de inspeccionar mi trabajo ideada por el director de Recursos Humanos para comprobar y, en el peor de los casos, certificar que mi puesto no es necesario. Por lo que se me ocurre que pretenda aprovechar el desayuno para avisarme de mi inminente despido. También cabe la remota posibilidad de que me esté brindando su amistad.

Parece amistad, no sé de qué otro modo podría llamar a nuestra relación, aunque desde luego no es el tipo de amistad idealizada por mí, tipo don Quijote y Sancho, Batman y Robin o Thelma y Louise. Pensar que esas amistades existen me produce un gran vacío en el corazón, como los amores apasionados de los que habla el vicepresidente. En el fondo son creaciones de nuestra incapacidad para vivir de verdad.

Nos citamos para desayunar en la cafetería del último piso. Hoy ha salido el sol, y no hay nada más alegre que el sol del invierno. Una flota de nubes blancas se desplaza a la deriva. Después del váter con el cerrojo echado, también me siento bien aquí. Es como ir en avión y encontrarse en ese punto en que el aparato se acaba de estabilizar, pero sin haber perdido de vista el suelo, entre las nubes y la ciudad. Me dan ganas de decir adiós. Otra ventaja es que se puede hablar admirando el paisaje y sin tener que mantener la atención en el interlocutor. Se puede uno librar de sostener la mirada y el movimiento de las facciones en las pupilas del otro, lo que supone mayor esfuerzo que dejar vagar la vista. Aquí hablar con la cabeza ladeada no es una descortesía, todo el mundo lo hace, todo el mundo habla contemplando el infinito, de la misma forma que cuando se está en la playa se habla mirando al mar, a las olas, a los que entran y salen del agua, al sol reverberante. Creo que lo que más le gusta a Teresa es que le cuente cosas de mi jefe, lo que siente por su hijo, lo que no siente por su hija, lo solo que está, lo culto que es, lo bien que viste, y Teresa me escucha poniendo toda su atención en las antenas parabólicas, las grandes letras de El Corte Inglés o del BBVA y en lejanos puntos negros que traspasan el aire azul.

En febrero se convoca una junta extraordinaria. Tanto las juntas extraordinarias como otras reuniones de alto nivel se celebran en una sala del piso treinta, que siempre está cerrada y con las cortinas echadas y cuyo acceso fuera de las reuniones está restringido a Teresa. Si alguna vez las puertas están entreabiertas, todo el mundo siente la tentación de asomar la cabeza para ver cómo es el sitio donde se decide todo lo importante, las líneas a seguir de la empresa, donde lo abstracto se convierte en concreto y el plomo en oro. A veces las sesiones se prolongan hasta las tres o las cuatro de la madrugada. Y por la mañana, al pasar junto a la sala, se puede percibir el olor de la batalla y de las tormentas de ideas. Así que me siento una elegida, a pesar de que no se trate del cometido de una jefa de gabinete, cuando Teresa me pide que la ayude en la junta a tomar notas y a darle la vuelta a la cinta de la grabadora, a marcar ciertos números de teléfono que se solicitan sobre la marcha o a buscar informes y a llamar al camarero si hace falta. En las reuniones de este calibre surgen mil problemas prácticos que hay que resolver. Me advierte de que nada de lo que aquí se escuche puede ser repetido fuera porque la sala de juntas no es una simple sala de juntas, es un santuario. Un santuario. Ella confía en mí, y yo soy su prolongación, por lo que antes de aventurarme a hacer nada, debo mirarla, para que con un gesto de la cabeza afirme o niegue. Si alguien se dirige a mí directamente, he de llamarla, y entonces ella decidirá lo que he de hacer. Sólo recibiré sus órdenes, no de los demás.

Por la tarde lo dejamos todo listo para la mañana siguiente. Como no queremos perder tiempo, nos tomamos un sándwich en la cafetería mirador. Masticamos sentadas ante la inmensidad del mundo y del universo, ante millones de posibilidades, ante millones de vidas, ante una civilización ya primitiva, que empieza a ahogarse. Y cuando el resto del personal aún no ha afluido a la Torre de Cristal, cuando la Torre de Cristal aún no los ha atraído con su poderoso imán y sacado de decenas de bares y restaurantes de los alrededores para succionarlos y alimentarse de ellos, en ese tiempo muerto nosotras ya estamos recogiendo del despacho de Teresa las carpetas que ha preparado para los miembros de la junta. Pasamos, no por la puerta que da al pasillo, sino por un acceso directo desde el despacho de Emilio Ríos. La madera cruje al cruzar por aquí. Seguramente estamos aprovechando el momento que él invierte en alguna comida de negocios para no molestarle. Teresa se mueve con total familiaridad por estos territorios.

La puerta del santuario es muy bonita, alta, de laca negra, parece una sombra, y da la impresión de que al abrirla se abre la sombra, y que al entrar se entra dentro de la sombra. Sin duda, está cargada de intención porque se sale de la línea decorativa del resto del edificio. Teresa descorre las cortinas, de algodón muy fino, y entra una luz de diamante que podría cortarnos por la mitad. La mesa oval también está lacada en negro. Es tan grande que se podrían sacrificar dos vacas en ella. Por sus dimensiones tiene que haber sido construida en la misma sala. Distribuimos carpetas hechas de material reciclado en su satinada superficie. Cada una lleva un nombre y hay que colocarlas ante los letreros que les correspondan. Teresa consulta unas notas y cambia algunos letreros de sitio, entre ellos el de mi jefe, lo que no me da buena espina. Luego saca de un discreto armarito unas copas, que sin entender de copas se aprecia que son muy buenas y caras. Las deposita ella misma junto a cada letrero. Los camareros no deben pasar del umbral, dice, no deben pisar aquí dentro. Sobre una repisa hay grandes velones por si se va la luz, que dan un aire espiritual al ambiente. Teresa agita un spray que llena el aire de diminutas burbujas, alguna de las cuales cae en las carpetas, luego cierra las ventanas y echa las cortinas. El sol las agujerea, de manera que parecen tiroteadas, rotas.

El día señalado el vicepresidente llega si cabe más elegante que el resto de los días. Lleva un traje de lana fría de color negro y una camisa y corbata también oscuras, siguiendo la moda de los hombres maduros vestidos de negro. Se frota las manos admirando el espectáculo de la línea blanquecina al fondo, muy al fondo, donde parece que acaben carreteras, edificios y todo signo de vida. Según la teoría de los mundos paralelos, lo que aquí ocurre también ocurre en otro lugar, tras otra línea blanquecina. Así que en algún punto del universo hay otra Tierra donde estamos Trenas y yo contemplando el horizonte.

Da unas cuantas zancadas por el despacho. Un, dos, tres, cuatro, cinco metros.

—Va muy elegante —digo.

—Demasiado, creo —dice sentándose en uno de los sillones destinados a las visitas—. A mi mujer le emocionan las juntas extraordinarias como si fuesen bodas, los consejos como si fuesen bautizos. Tengo tres armarios de cuatro cuerpos repletos de trajes. A veces me parece que únicamente he de salir de casa cada mañana y he de venir aquí para darle alguna utilidad a los trajes. Desde hace varios años, y esto es terrible reconocerlo, lo único que tengo en la cabeza al levantarme es cómo combinar la camisa con la corbata. A veces permanezco tanto rato indeciso que es ella quien elige. No te preocupes, verás como todo se arregla, dice. Cree que me acucian los problemas. ¿Qué te parece?

Me encojo de hombros, no físicamente, claro. Me encojo de hombros mentalmente al no decir nada, porque el gesto real de encogerse de hombros es un gesto absurdo, que no se entiende, y que según los casos podría resultar incluso grosero. Cruza las piernas. Lleva calcetines negros de ejecutivo casi tan finos como las medias de una mujer sobre los que sube y baja la pernera del pantalón. Comprendo que, aunque no quiera reconocerlo, también le excita la idea de una junta extraordinaria que le recuerde los viejos tiempos, cuando él tenía un papel activo en ella. Le pregunto si desea que le prepare un dossier con la última acta y algunas observaciones que se me han ocurrido al leerla, sobre todo referidas a algunas ambigüedades del texto, que deja bastante que desear.

—Olvídate de la forma, es una pérdida de tiempo. Sólo interesan las ideas. Un acta no es una obra literaria. Un acta da fe de lo que ha ocurrido de la manera más tosca posible. Ni siquiera las obras literarias deberían ser obras literarias. Avísame a las once menos cinco —dice.

Conociendo su meticulosa forma de escribir, estas palabras resultan muy reveladoras. Duda de sí mismo, de su forma de conducirse en la vida y de si no habría sido mejor ir más al grano, como Emilio Ríos.

No hace falta que le avise, a menos diez está dirigiéndose a los ascensores. Lleva una cartera de piel de mano con el acta y el orden del día dentro. Salgo tras él, le sigo a unos pasos de distancia, sobre todo porque no puedo abarcar su zancada. Teresa ya está en la puerta del santuario que da al pasillo.

—Tú quédate aquí —dice—. No tienes que hablar ni que saludar, yo les diré todo lo que haya que decir y los iré colocando.

Veo que mi jefe va derecho a sentarse junto al sillón del presidente, pero que Teresa le indica otro alejado al extremo contrario, entonces mi jefe le dice que el letrero está confundido de lugar, y ella con mucha delicadeza le contesta que no y le acompaña hasta su sitio, luego le recomienda por lo bajo que no se preocupe. Esto mismo les sucede a unos cuantos, que se miran alterados unos a otros y con cierta incomodidad. Los camareros llegan hasta la puerta sosteniendo bandejas con tazas y cafeteras que Teresa y yo colocamos en una mesa auxiliar. Los miembros de la junta van levantándose y sirviéndose, también mi jefe, que no suele tomar café. Al rato llega Emilio Ríos. Buenos días a todos, dice, y se sienta a la cabecera de la mesa. En el otro extremo se sitúa Trenas, cuyo letrero antes estaba a la derecha del presidente. Percibo su contrariedad, su dolor. A los lados del presidente se han sentado, presumo que por primera vez, dos jóvenes que miran el resto de la mesa como territorio conquistado. No hay nada más que verlos para saber que acaban de derrotar a mi jefe. Se llaman Alexandro y Jano Dorado, así que son hermanos. A la derecha de Jano se sienta el director de Desarrollo de Proyectos, de nombre Xavier Climent, y enfrente la directora económica, Lorena Serna.

Más allá, perdido entre otros consejeros, está el director de Recursos Humanos con su tic-tac, a quien no puedo mirar sin que me adormezca. Mi jefe ya ha apoyado el codo en la mesa y el mentón en la mano. Se le ha olvidado abrir la carpeta de material reciclado, como han hecho los demás. Si me mirase, le haría alguna señal para que la abriese, pero no mira, ni siquiera está aquí, se ha teletransportado a su jardín y se ha puesto un mono para echarle abono a los rosales. Alexandro lee el primer punto del informe que figura en el interior de la dichosa carpeta. Mi jefe cambia de postura, se apoya en el brazo izquierdo y permanece observándole con fingida atención, y a continuación a cada uno de los que intervienen.

Lorena defiende su posición de una forma temible, se revela como la más agresiva, la que más propuestas tiene, la que más alto habla, se esfuerza porque su voz suene lo más desagradable posible y lo consigue. No está dispuesta a que se la pase por alto por ser mujer y llamarse Lorena. Yo tendría que solidarizarme moralmente con ella, pero no puedo, no me cae bien. El presidente escucha a unos y a otros y de vez en cuando solicita cifras que hay que pedir corriendo a la sección correspondiente, también pide llamadas de teléfono, más folios en blanco, más café, agua, pide muchas cosas. Los presentes se quitan las chaquetas, menos mi jefe. Observo la grabadora por si se le acaba la cinta. Hay un problema de números, se ha pinchado en una de las inversiones y hay que buscar una solución. Lorena tiene una, las energías renovables y limpias, los motores verdes. Lo ha estudiado, es el momento de subirse al carro, y reparte un pequeño dossier. Le ayudo a hacérselo llegar, tras consultarle con la vista a Teresa, a los más alejados como mi jefe, y de paso aprovecho para abrirle la carpeta, que ha mantenido cerrada todo el tiempo, y le pongo el bolígrafo en la mano. Él levanta la cara hacia mí, parece estar saliendo de un sueño, creo que suspira.

Los compañeros de Lorena la miran con incredulidad.

—¿Motores verdes? —preguntan con sonrisas de cabrones.

Emilio Ríos se lo está pensando, le parece una chica lista, pero prefiere indagar en las reacciones de los demás, los observa para ver cómo la miran. Comprende que no están con ella, no piensan apoyarla, les cae peor que a mí. Alexandro y Jano guardan el dossier en la carpeta sin consultarlo apenas, lo que parece definitivo para el presidente. Lorena resiste como puede el rechazo y aparenta mantenerse fuerte. Si ahora mismo supiese lo que dentro de un tiempo llegaré a saber, comprendería lo injustamente que la están tratando, aunque no deberá darme pena por estar ella contribuyendo a la situación de aislamiento y abandono de mi jefe. Ni tampoco mi jefe, que dejó en la estacada a aquel tal J. Codes, de quien nunca más se supo.

—Así no hacemos nada —les grita Lorena—. Vais frenados.

—Tal vez deberíamos reconsiderarlo. No es tan mala idea —dice Xavier, el director de Desarrollo de Proyectos, a favor de Lorena, lo que obliga a que todos centremos la atención en él.

Para mí este personaje es una completa novedad. Es sorprendente ver cómo, según va transcurriendo la sesión, su figura se va desarticulando, lo que es una constante en él porque en todas las reuniones venideras sufrirá el mismo proceso de descomposición: el primer botón de la camisa desabrochado, el nudo de la corbata más bajo, los pies dentro y fuera de los zapatos, que a veces ruedan debajo de la mesa, las hombreras de la chaqueta se desequilibran y los botones se desorientan, se pasa las manos por el pelo sin darse cuenta de que se despeina. Y cuando por fin todos se levantan, él parece que acaba de salir de una pelea a brazo partido. Y a continuación se dispara corriendo hacia los ascensores mientras que el resto lo hace lentamente y desgranando unas últimas palabras. Tiene alrededor de cuarenta años y lleva gafitas redondas. Lo envuelve el intenso aire solitario de los que hasta hace un minuto han estado muy acompañados, continuamente acompañados, y de pronto, mágicamente, ya no tienen a nadie a su lado, como si se talara un bosque dejando en pie un solo árbol. La suya se podría considerar la soledad de las soledades. Tanto Lorena, como yo misma, como cualquiera que tenga entrañas, no puede dejar de sentir ternura hacia Xavier.

Los azules ojos de Lorena se agrandan al oír el comentario de Xavier. Los ojos de Lorena me llaman la atención porque por lo general veo más ojos oscuros que claros. En mi familia, por ejemplo, a lo más que se ha llegado es a los ojos verdosos, grisáceos, pero no totalmente verdes o grises y, sobre todo, no se ha dado el salto al azul claro. Esto no quiere decir que los ojos de Lorena sean bonitos, no lo son, y yo no los admiro por bonitos, sino por azules. Me parece raro que los ojos puedan ser azules como el cielo y también violetas como las violetas, es algo que no me entra en la cabeza.

Transcurren cuatro horas de discusiones que han dejado de interesarme hace mucho y que por supuesto llevan ya mil años sin tener nada que ver con mi jefe, en quien admiro la compostura y el saber estar. Soy de la opinión de que en muchos momentos los miembros de la junta discuten tan acaloradamente para no dormirse.

Jano, que hasta ahora no ha abierto el pico, dice que necesita despejar una duda y dejarla zanjada para siempre. Su voz es muy semejante a la de Alexandro. Una voz agradable, endurecida por la fe en sí mismo, que inesperadamente se dirige a mi jefe.

—Me gustaría saber, y creo que es tu deber aclarármelo, qué ocurre con las actas, por qué te has interesado por todas y cada una de ellas, por qué has vuelto a revisarlas, a fotocopiarlas, ¿qué pretendes? —el silencio comienza en la cabecera de la mesa y se va propagando a lo largo de ella como una sábana blanca.

A mí me desagrada que un tipejo, que debe de ser más joven que yo, tutee a mi jefe, me molesta mucho.

—Si has encontrado algún fallo referido a contratos o cualquier otro aspecto legal que pueda comprometernos, deberías decirlo ahora —dice Emilio Ríos de una forma menos agresiva.

Todos giran las cabezas hacia mi jefe. Desde donde estoy, parece una postura ensayada anteriormente. Me preparo para apoyar a Trenas cuando confiese que todo es cosa mía, que se trata de no estar de brazos cruzados en un gabinete en que no hay absolutamente nada que hacer.

El vicepresidente despierta ligeramente y cruza los brazos sobre la mesa, mira alrededor como quien acaba de aterrizar en un paraje extraño. Es comprensible, por tanto, que le cueste reaccionar, tiene que pensar, mirarme de reojo, componer alguna frase. Le animo todo lo que se puede animar con los ojos.

—No tengo nada que decir —contesta por fin—. Todo lo que hago forma parte de mi trabajo.

Las cabezas se vuelven unas hacia otras, el rumor crece y crece. Jano cruza una breve mirada con Alexandro y otra con Emilio Ríos. Es evidente que su breve respuesta ha sido tomada como una provocación. Emilio Ríos se vuelve hacia Teresa, y ella le entrega unos folios escritos. Los ánimos se han vuelto a alterar. Así transcurren por lo menos tres minutos de caos total, durante los cuales me creo en la obligación de hablar, de aclarar las cosas. Miro a Teresa, está pálida seguramente por el cansancio. Ahora, me digo, ahora es el momento de hablar, de que diga que se trata de un malentendido, de que yo soy la culpable de todo por mi manía de darle contenido a mi puesto de trabajo, de que él es inocente, de que están siendo injustos. Pero siempre hay alguien que abre la boca antes que yo.

Xavier Climent le dice que no tiene nada personal contra él, que podría ser su padre y que le produce una gran incomodidad hablarle así, pero que llegados a este punto sería conveniente que se explicase mejor. Esta frase le ha dado tiempo a Xavier para desanudarse y anudarse varias veces la corbata, lo que ha creado más desasosiego aún en los presentes.

Casi ninguno se resigna a no acosar con preguntas a mi jefe, incluso uno se atreve a decirle que hace tiempo que se esperaba algo así de él.

Ahora sí que es el momento de poner fin a todo esto, ahora sí que no puedo callar más. El corazón se me acelera. Estoy situada en un lugar discreto junto a la mesa de las bebidas, por lo que si hablase debería hacerlo en voz bastante alta para que comprendieran que me dirijo a ellos, porque sería un hecho sorprendente que yo me atreviera a intervenir en la junta. Así que tendría que abrir la boca lo suficiente para dejar salir un sonido con cierta potencia. Y es el abrir la boca, ese momento inicial de despegar los labios, lo que más trabajo cuesta. Sin embargo, ya se me están tensando los pulmones y las cuerdas vocales, ya estoy dispuesta a soltar la primera palabra, cuando el presidente toca con una cucharilla en su bonita copa de agua pidiendo atención, lo que me obliga a volver a mi estado anterior. Ahora sé que ya no voy a defender a mi jefe.

Alexandro explica que se ha introducido a última hora un nuevo punto: la renovación de la junta. Trenas despierta un poco más. Lorena aprieta las mandíbulas y también parece que aprieta el iris, la retina, el blanco y el azul de los ojos, las pestañas, el pelo. Un consejero pretende fumar, y Lorena le advierte que sobre su cadáver. El consejero rompe el cigarrillo entre los dedos y lo arroja con violencia al cenicero. Los inexpresivos ojos de Teresa buscan los míos, algo va a suceder. Ha oscurecido y fuera un millón de luces comienza a iluminar esa oscuridad. ¿Y si todo esto no estuviera ocurriendo de verdad?

Emilio Ríos dice que agradece de todo corazón los servicios prestados por la actual junta, pero que nada puede permanecer eternamente, que una empresa como ésta, basada en el dinamismo, no debe inmovilizar sus cargos directivos. No se oye una mosca. Los cerebros trabajan a toda velocidad. Se dirige a mi jefe sin mirarle. Le pone por las nubes, pero finalmente dice que la vicepresidencia la ocuparán a partir de quince días conjuntamente Alexandro y Jano Dorado. Piensa que va a redundar en beneficio de todos. Sabe que su querido amigo Sebastián Trenas le comprende perfectamente y está seguro de que comparte y aprueba esta decisión. Por otra parte, Sebastián no se marcha, permanece como vocal con voz, pero sin voto.

Me dan ganas de salir corriendo a abrazar a mi jefe. Ni por lo más remoto se esperaba este trago. Sin embargo, levanta la mano, una mano grande, una mano tranquilizadora ante el Emilio Ríos de la otra punta de la mesa hundido en el sillón, para que no tenga que seguir disculpándose.

—Yo ya he cumplido —dice, tragándose su amor propio y su dolor—. Ahora el turno les corresponde a otros. Espero que les vaya tan bien como a mí.

Nadie aplaude, juraría que no le han escuchado, que están ensimismados en lo propio. A Lorena le está costando reaccionar. Sin duda esperaba que la vicepresidencia fuera para ella. Está conteniendo la rabia como puede, empujándola con su cuerpo menudo. Los elegidos han sido felicitados por el presidente, no expresan alegría, ninguna emoción. Se diría que se lo toman como un acto de servicio.

Es bastante tarde cuando terminamos. La gente ya debe de haber cenado y estará viendo la televisión en sus casas. Las luces que se ven son sus vidas, vidas como la mía, sólo que a mí ahora me toca estar aquí. El santuario parece un basurero, todo se ha multiplicado por tres o cuatro, las tazas, los platillos, los vasos, las coca-colas, las botellas de agua, los papeles, las carpetas, las chaquetas. Xavier se abrocha el cinturón. Los demás también van recogiendo sus cosas. Mi jefe no se lleva nada más que la cartera de mano que ha traído, le cuelga dramáticamente de los dedos. Lo sigo hasta nuestro piso diecinueve.

El laberinto está vacío, a oscuras y en silencio, un silencio mortal. No enciendo las luces, nos ilumina la luna. Se aprecian los contornos de los paneles y de los ordenadores. El ya ex vicepresidente entra en su despacho, que al iluminarse parece una ventana solitaria con un enfermo dentro en mitad de la noche. Y a los cinco minutos, después de revisar el correo electrónico en penumbra, también entro yo porque pienso que necesitará alguien con quien desahogarse. Se oye correr el agua de su cuarto de baño y me siento a esperar, al rato sale limpiándose la cara y las manos con una toalla de papel. Juraría que ha soltado algunas lágrimas, lo que me resulta insoportable de imaginar. Se sienta en su sillón y une las yemas de los dedos de ambas manos, mantiene la cabeza baja y los ojos medio cerrados.

—Siento mucho lo que ha ocurrido. Lo siento mucho —repito—. Todo ha sido culpa mía.

—Estoy muy cansado —dice.

Callo respetuosamente porque él es la prueba de que siempre se puede ser humillado un poco más.

—En el fondo es un alivio —dice—. Estaba harto de fingir. Pero me ha dolido la actitud de Emilio, que no me lo comunicara a mí antes. ¿Qué te parece la sorpresa que me ha dado? ¡Qué bárbaro! Me conoce desde que teníamos veinte años. He trabajado más que él en esta empresa, salvo en los últimos tiempos. Hemos sido amigos íntimos y hoy estaba borroso, lejano, hablándome desde la otra punta de la mesa como si fuese un extraño. Si no fuera por mi mujer y mis hijos jamás volvería a entrar en esa sala y mucho menos como un simple vocal. Si no fuese por ellos, recogería ahora mismo mis cosas y me marcharía, ni siquiera recogería nada, me marcharía dando un portazo. Borrón y cuenta nueva.

Me dan ganas de aconsejarle que lo haga, que en la próxima junta abra la puerta de esa espantosa sala y los mande a todos a la mierda, que salve su dignidad, y si su mujer quiere un triunfador que también la mande a la mierda y que a veces hay que pegar un puñetazo en la mesa.

Estoy a punto de consolarle diciéndole que con toda seguridad sus hijos le querrán igual aunque no sea el vicepresidente de la compañía y que no debe permitir que lo traten así, y al mismo tiempo pienso que si él se marcha, tal vez yo también tenga que marcharme.

—Puede que mañana todo se vea de otra manera —le digo sacando la botella de whisky del archivador para servirle un vaso—. Puede que mañana el presidente le dé alguna explicación.

—No puede haberla. Ninguna honrosa para mí, y Emilio lo sabe. Lo ha consentido todo. Ha visto cómo ese niñato me vapuleaba, cómo todos me despreciaban y cómo me hundía ante sus ojos y no ha hecho nada. Nada. ¿Qué le diré a Nieves? Le diré —comenta para sí— que hemos tratado asuntos de trámite y me meteré en la cama sin cenar. Hoy no tengo hambre.

La lealtad es algo grande, es épica. ¿A quién no le gustaría ser épico, un Cid Campeador, una Juana de Arco? Se debe de sentir una gran satisfacción, un orgullo de sí mismo tan fuerte como las drogas que a los yonquis de mi barrio les sientan mejor que nada en la vida. Seguramente nada puede contra ese orgullo, esa dignidad, esa solidez interna. Yo casi he estado a punto de serle leal a Sebastián Trenas. He estado a un paso de contar la verdad en el santuario, de confesar que la culpa del asunto de las actas es mía y que no hay nada sospechoso en esta actuación y que estaba dispuesta a correr la suerte que corriese él. Pero en el fondo preferí acogerme al reiterado consejo de mi padre según el cual siempre debo contar hasta cien antes de tomar cualquier decisión. Si no llegué a hablar fue porque comprendí —aunque en ese instante no me di cuenta de estar comprendiéndolo— que lo de las actas era una excusa, la única que habían encontrado, y que me había limitado a acelerar lo inevitable poniéndoles un motivo en las manos. Aun así, no me siento precisamente épica, me considero una rata. Aparte de que la lealtad también tendrá límites, no se puede ser leal sin fin, habrá personas que nunca se encuentren suficientemente leales, lo que les puede ocasionar incluso un daño psíquico. Y al revés, personas a quienes nunca les parezca que los demás son suficientemente leales con ellos, lo que igualmente puede derivar en un trastorno.

Pero, aun rata y todo, no puedo soportar la pena que me da el ex vicepresidente, cada vez más triste, más cabizbajo y más inseguro, tanto que a veces permanece quieto a la salida del ascensor, mirando a todos los lados con cara de angustia sin saber hacia dónde tirar, como si de pronto se encontrase en una selva cuyos caminos han sido cubiertos por la maleza. Hasta que salgo en su auxilio y como quien no quiere la cosa lo conduzco al despacho. Menos esta tarde. Esta tarde sale muy animado del despacho, llega al laberinto, da unas buenas tardes generales y me entrega un papel escrito a mano para que lo teclee en el ordenador.

—No tienes que preocuparte de nada —dice con una sonrisa de hombre que ya no tiene nada que perder.

Se trata de una carta de felicitación dirigida a sus sucesores, los hermanos Dorado. Con su redacción impecable y florida les desea toda clase de éxitos y me recomienda para continuar en mi puesto. Dice que no ha conocido a nadie más leal, ni más capaz que yo en el desempeño de este trabajo, y que por si fuese poco, mi afición a las letras añade una nota de buen gusto a todo lo que hago. Me sonrojo de vergüenza. Si he aprendido algo sobre mí misma en los últimos tiempos es que no tengo tantos escrúpulos como creía.

Le digo que tal vez sea él quien me necesite en su nuevo puesto de vocal. Este comentario, no sé por qué, le hace gracia y le anima a sonreír.

Tecleo la carta, la imprimo y se la paso a la firma. Está tal como lo encontré la primera vez que lo vi, el periódico doblado y desdoblado al mismo tiempo en su amplia y pacífica mano, de la que se desprende un trozo de ministro por aquí y unas piernas de futbolista por allá.

—No son buenos tiempos para nadie —dice sentencioso.

Le agradezco las buenas cosas que dice de mí a sus sustitutos.

—No me lo merezco —digo sinceramente a modo de confesión indirecta.

Entonces me dirige sus bondadosos ojos.

—No creo que me equivocase al confiar en ti.

Habría preferido que me dijese que se ha dado cuenta de que soy una rata. ¿Por qué nos portamos tan mal con él la junta en pleno, el presidente, su propia esposa, los habitantes del laberinto, yo? De una forma o de otra todos le hacemos daño. Aunque puede que también él le hiciera daño a J. Codes y a su hija Anabel.

Vicky

Cuando iba al colegio tenía una compañera de pupitre con el pelo largo, rizado y pelirrojo, que la mayoría de las veces se sujetaba con una cinta del mismo color que la blusa. Por el bolsillo de las blusas y chaquetas asomaba el pico de un pañuelito bordado, que no servía para sonarse, sino para adornar los bolsillos. Se sentaba muy derecha y su cara rectangular y pecosa se sostenía sobre un cuello rosa y delgado. La mirada siempre estaba dirigida al frente, hacia el profesor. Como en las estatuas egipcias, incluso sentada de lado, la mirada era frontal. Me avergüenza pensar cuánto debí de observarla, de escudriñarla para que después de tantos años, después de todo lo que he visto, entre millones de imágenes su recuerdo emerja intacto. Su pulcritud, su orden, ni un pelo fuera de la cinta, sus lápices con las puntas perfectas. Usaba HB del uno y del dos y medio y un sacapuntas de acero, cuyas cuchillas de alta precisión despedían virutas transparentes. Me la imaginaba siendo muy importante de mayor con joyas y trajes de noche y unos niños pelirrojos y pulcros como ella. Ahora tengo la sensación de que aquella niña, cuyo nombre no recuerdo, no me miró ni una sola vez por propia voluntad de tan concentrada que estaba en la pizarra y las explicaciones, tan sólo cuando le hablaba o reclamaba su atención, y que por el contrario yo la miraba siempre y no me cansaba de mirarla. El pañuelito, las faldas de tablas, las medias de lana hasta la rodilla, las manos rosas como el cuello. Y como me ha ocurrido con otros seres de la infancia, a veces he creído reconocerla en alguna adulta, aunque en su caso desechando a cuantas no sean notarias, registradoras de la propiedad o juezas. Sin embargo, en cuanto veo a Vicky, su delgadez y su pelo rojo me la traen a la mente como si el tiempo se hubiera plegado y hubiese unido pasado y presente.

Me encuentro con ella uno de esos mediodías en que, como siempre, los habitantes del laberinto dan un bote en los asientos y en un instante se produce un silencio nuclear sobre un campo de batalla abandonado, que también parecería un paraje del Oeste si circularan cuervos por el cielo. Pero es entonces cuando todos los objetos comienzan a relacionarse unos con otros y a dejar de ser extraños y ajenos, la mesa con la silla, la silla con la moqueta, la moqueta con la papelera, la papelera con los cajones, y de pronto todo cobra sentido, un sentido reconfortante, al que dedico unos diez minutos. Es como entrar en una iglesia vacía inmediatamente después de que se haya ido todo el mundo. Luego empujo la puerta del abanico de los lavabos.

En un primer momento me decepciona ver que está ocupado por una de las habitantes del laberinto. Está inclinada sobre el lavabo.

—Hola —digo. Y ella se vuelve tan desconcertada como yo.

—Vaya, creía que no quedaba nadie —dice.

Ésta es Vicky, aunque yo aún no sepa que se llama así. Hasta ahora apenas he reparado en ella. Se sienta en la parte más alejada de mi casilla, en una zona sembrada de papel continuo lleno de números. Sus impresoras siempre están en funcionamiento, produciendo un sonido constante como el oleaje del mar, pero sin parecerse en nada al oleaje del mar. Tiene un pelo bastante bonito, rojizo, largo y rizado, y el rizo parece natural. Y juraría que la he pillado haciéndose una raya de coca. Vi tantas veces esnifar a Raúl que reconozco cada uno de los átomos de los gestos y movimientos de este acto. La afea una dentadura grisácea, debido a que probablemente lleve puestos los empastes más baratos del mercado. Por lo demás, Raúl habría dicho que es pellejo y huesos. Su voz es amigable, aunque parece que hable por un teléfono roto.

Se sienta en el poyete de la ventana de espaldas al sol que le embellece aún más el pelo, aunque a un pelo así sería mejor llamarlo cabello, cabello sedoso, cabello cobrizo, cabello en cascada.

—Me llamo Vicky —dice—. ¿Qué tal te va con el vice?

Me sorprende la pregunta, y también me agrada. Por fin alguien del laberinto se interesa por mí, aunque a buenas horas. Le digo que me va bien y le doy las gracias. Le ofrezco uno de los dos sándwiches con que pensaba alimentarme. Y lo coge.

—Dicen que le queda poco, que en la última junta le han dado la patada.

Asiento, no puedo hacer otra cosa.

—Dicen que te crees mejor que nosotros, que desde que estás aquí no le has dirigido la palabra a nadie. Cuando te vayas no les va a dar ninguna pena.

—Ya —digo yo—. ¿Y a ti?

—A mí me da igual —dice dándole vueltas al sándwich entre los dedos y mirándolo fijamente, pero sin decidirse a morderlo.

—¿Y por qué me cuentas todo esto?

—No lo sé, por hablar.

Se cansa de mirar el sándwich, lo deja junto al lavabo con las huellas de los dedos clavadas en él y se enciende un cigarrillo.

—Sólo tengo éste, si quieres puedes darle alguna calada.

Ante la visión de su dentadura, declino la oferta.

Le pregunto si no sale a comer y me confiesa que nunca lo hace, que le gusta disfrutar de este momento del día en que el monstruo se queda en coma. Me pregunto cómo no nos habremos encontrado nunca en ningún otro mediodía, cómo no la habré descubierto en mis paseos por el laberinto. Y mientras lo pienso, ella me contempla con una mirada más pura que la de un niño de cinco años.

Al día siguiente, aunque no dispongo de actas para fotocopiar porque ya no nos las envían, porque ya nadie nos envía nada, me aventuro a la fotocopiadora con un papel cualquiera en la mano. Lo hago con la intención de ver a Vicky, lo que no resulta fácil. Está medio sepultada por suaves colinas de papel y por el ramaje de su propio cabello. Como es improbable que mire en mi dirección, me aproximo a ella.

—Hola —digo.

Tarda unos segundos en levantar unas enormes gafas, que debe de usar para trabajar, y después tarda en reaccionar varios segundos más, por lo que mi situación aquí, de pie, esperando ser saludada, no es muy airosa que digamos, sobre todo cuando estoy segura de que el resto de habitantes está pendiente de nosotras.

—Hola —contesta por fin—. Estoy repasando el balance. Luego nos vemos.

—De acuerdo —contesto, y paso de largo de la fotocopiadora, de repente ya no es necesario representar más, el teatro se ha acabado.

Continúo con mi plan de trabajo el resto de la mañana, o sea, mirando por el ojo de la cerradura de los expedientes antiguos, y paso un par de veces a llevarle café a Trenas porque desde lo de la junta está completamente recluido en el despacho. Su situación es atroz. Nadie le ha dicho una palabra desde entonces, aún no le han adjudicado nuevo despacho, ni siquiera sabe si va a tener uno. Cada hora me pregunta, por si se me ha olvidado, si le han llamado, si he oído algo por los pasillos, si se ha recibido algún comunicado de los nuevos vicepresidentes. Se me parte el corazón. Todos, absolutamente todos, con Emilio Ríos a la cabeza, son unos cabrones despreciables y cobardes, incluida yo misma, que, en el fondo, preferiría no verle.

Como el día anterior, cuando a las dos se desaloja el laberinto, espero a que Vicky dé señales de vida y venga a buscarme a mi mesa para que pasemos juntas la hora de la comida. Y a las dos y media, harta de esperar, empujo la puerta del abanico dispuesta a comerme una manzana sentada en el poyete de la ventana calentándome al sol. Y ahí está ella, no comprendo cómo no la he visto pasar. Parece mimetizarse con el mobiliario del laberinto. En el transcurso de los días me daré cuenta de que una de las grandes cualidades de Vicky es pasar inadvertida de la misma forma que un saltamontes pasa inadvertido en la hierba y que una serpiente pasa inadvertida en el árbol.

—Toma, te invito —dice abriendo la palma de la mano y ofreciéndome unas pastillas de colores variados.

Le doy las gracias y le digo que ahora no me apetece.

—¿No te metes nada? —pregunta con sencillez, sinceridad e ingenuidad deslumbrantes.

Los ojos son grises, como los de mi bisabuelo. Tengo comprobado que los ojos grises se mantienen puros e infantiles aun en las caras más viejas que uno se pueda imaginar, y que por tanto hay que desconfiar un poco de ellos.

—¿Y para qué las tomas tú?

—Son vitaminas para reforzar la memoria —dice tragándoselas con un poco de agua del grifo.

La miro sin comprender.

—A veces se me va.

Dice que quiere acordarse de un día hace ocho años en Navacerrada.

Se acuerda de Navacerrada, del sol reverberando en la nieve y cegándola, de algunos niños deslizándose en trozos de plástico, de algunos esquiadores con atuendos chillones, y de nada más, el resto del tiempo, no sólo de aquel día, sino de todo el año, se le ha borrado de la mente. Detrás de esta extraña amnesia hay un hombre del que apenas tampoco recuerda nada, sólo que es el padre de su hijo y que era él quien la acompañaba en ese momento en que la nieve ardía y que cree que la quería y que ella también lo quería a él. Desde entonces está obsesionada con llegar a desvelar aquella madeja.

Le pregunto si no ha recurrido a ningún psiquiatra o neurólogo y la pregunta la ofende, así que me callo.

—¿A ti te quieren? —pregunta.

Aunque no me hace ninguna gracia pensar en Raúl a estas horas, pienso un instante en él llamándome desde el móvil cuando sale a tirar la basura para interesarse por cómo me va. Y niego con la cabeza.

—Vivía con uno, pero me dejó por otra. Es una buena persona. Creo que me quería un poco, pero no como Polifemo a Galatea.

—¿Como quién?

—Como en las pelis de amor, ¿comprendes?

—Ya —dice Vicky, liándose un porro—. De las pelis no hay que hacer caso, si no, te amargas.

—¿Quieres? —le digo, ofreciéndole la manzana y esperando que la rechace porque me daría verdadero asco que dejase las huellas de sus dientes.

—¿Y tú a él?

—No lo sé. No es ninguna maravilla, a veces me gusta más ahora que sólo hablo con él por teléfono que cuando le veía.

—Lo del amor es un invento de mierda —dice de una manera tan despectiva que me arrepiento de haber mencionado a Raúl. De pronto creo que le estoy siendo tan desleal como a Sebastián Trenas—. El amor es una mierda —repite machaconamente. Ya ha dicho mierda dos veces.

Éste es otro de los problemas de Vicky, que tiende a engancharse con algunas ideas. Para que la suelte, le pregunto por qué nunca baja a comer con los compañeros.

—Porque estoy ahorrando, y comer como comen ellos es un despilfarro.

No le pregunto más, doy por supuesto que ahorra para proveerse de las sustancias que consume, de vitaminas como ella dice. Pero en su mirada gris, ya de por sí cándida, ahora además brilla la ilusión.

—Ahorro para mi casa —dice, sacando del bolsillo del pantalón una página doblada.

Contemplo la casa para la que Vicky ahorra, que no podrá comprar a no ser que le toque la lotería. La vio un día en una revista de decoración y desde entonces el resto de casas del mundo, por muy fabulosas que sean, le parecen una porquería. Tal vez el estar manejando todo el día cifras astronómicas, el estar acostumbrada a grandes sumas de dinero, aunque sea en números, le esté haciendo fantasear más de la cuenta, por lo que comprendo que tenga que tomar algo. Aunque también podría ser al revés, que por tomar tenga la cabeza como la tiene.

—En cuanto caigo dormida aparece la casa y yo estoy dentro o estoy pasando dentro, y mi hijo juega por allí, y los dos estamos muy contentos.

Sebastián Trenas

Cerca de mediodía recibo una llamada. Cualquier llamada es bienvenida para salir del impasse en que transcurren los días. Me encanta tener que apartarme de lo que esté aparentando que hago para coger el teléfono y así crear sensación de actividad ante las miradas furtivas de las furtivas sombras que pueblan el laberinto. Deseo que sea Raúl para pedirme que vayamos al cine esta tarde. Pero no, es mi jefe informándome que se marcha a comer y que regresará sobre las cinco. La llamada es por completo irrelevante, pero puesto que todo lo que nosotros hacemos y nuestra propia presencia y sentido en la empresa son irrelevantes, me parece muy oportuna.

Le pido a Vicky que comamos por los alrededores porque hoy noto que necesito un plato de lentejas grasientas y una rodaja de merluza congelada a la romana.

—No se puede sobrevivir a base de sándwiches de jamón de york, manzanas y yogures, debilitan la mente —le digo.

Vicky niega testaruda con la cabeza. Se diría que jamás la voy a ver fuera de aquí, que forma parte del edificio, como el mobiliario. Creo que se apaga cuando por la noche los guardias de seguridad desconectan el cuadro de luces, momento en que me la imagino cayendo como una muñeca de trapo sobre sus fardos de papeles hasta que por la mañana se activan los ordenadores y el aire acondicionado y entonces revive.

Para qué forzar las cosas. Decido marcharme sola. Me meto en el ascensor con otros de la sección que venían hablando y que se callan al verme. Todos miramos hacia las puertas cerradas hasta que se abren y salimos. En recepción se han producido varios cambios desde que la abandoné, y ahora hay un chico espigado y moreno. No tiene ni un pelo en los brazos, seguramente tampoco en el pecho, su piel debe de ser como el alabastro o la seda. Me sonríe al verme pasar porque sabe que fui antecesora suya y porque alguna vez me he interesado por cómo le va. Desde la puerta giratoria compruebo que en cuanto dejo de pasar deja de sonreír y vuelve a su hermetismo habitual. A veces le doy recuerdos para Jorge, y él me los devuelve y me cuenta que mientras Jorge espera al presidente apoyado en el mostrador está aprovechando para diseñar todos los detalles de un taller mecánico. La verdad es que cuando veo el mostrador y que ya no estoy ahí, me da por pensar, me da por pensar que el tiempo pasa.

La Torre de Cristal junto con otros edificios de oficinas parecidos a ella forman un triángulo lleno de restaurantes y tiendas de ropa de precio medio destinados al consumo de los que trabajamos en los bloques. Camino por el triángulo entre intensas sombras abiertas en una claridad de cristal. Me veo en los escaparates, desmembrada entre bolsos, zapatos, relojes, y me alegro de que el pelo se pierda en el fondo de la decoración porque el pelo es lo que más me deprime de mi persona, tanto que he aprendido a sustituirlo mentalmente por otro más bonito, de la misma forma que no me cuesta trabajo imaginarme los zapatos del escaparate en mis pies sin tener que probármelos. En los espejos de los ascensores y de los lavabos públicos y de la oficina me imagino con ese otro pelo. Tal vez Vicky se vea con otra dentadura más blanca. Dudo que haya alguien capaz de enfrentarse a sí mismo exactamente como es. Procuro pasar de largo de aquellos restaurantes en los que reconozco caras. Y me meto en uno algo alejado del triángulo, pero donde de pronto descubro a Lorena Serna, la directora económica, y a Xavier Climent, el director de Desarrollo de Proyectos.

Xavier lleva una camisa verde. El verde le favorece bastante. Se está comiendo un plato combinado en el que ha practicado un destrozo de tal calibre que no se puede saber qué está comiendo. Lorena nunca mira ese plato, tampoco el suyo, en el que todo está intacto, la pechuga de pollo a la plancha, el tomate en rodajas y una tortilla francesa, se limita a beber agua de Vichy en la propia botella como si le diese asco el vaso, lo que no queda demasiado elegante. Sólo veo sus perfiles, lo suficiente para comprobar que Lorena rebosa ternura, quizá yo también rebosaría ternura si estuviese cerca de él, pero estoy lejos y la distancia te presenta las cosas de otra manera. Lo que la distancia me presenta es a un Xavier incómodo por la ternura de Lorena y que no encuentra el momento de largarse, también me presenta a una Lorena que paga su parte y por tanto a un Xavier tacaño, que abre su pequeña cartera y escruta en ella como un ratón. Me pido un plato como el de Lorena, al que me entrego en cuerpo y alma.

Soy la última en llegar a mi planta. La actividad es más lenta que por la mañana. Me sitúo ante el astronauta sin rumbo del ordenador pensando aún en Xavier y Lorena, en que se percibe una historia dramática en esa relación. Luego me meto en los lavabos y me siento un buen rato en la tapa de la taza recostada en la dura cisterna, lo que no me impide quedarme traspuesta hasta que me despierta la monótona cháchara de dos chicas de la sección, a las que no me apetece ver. Espero a que se marchen y salgo. Hago unas cuantas llamadas a antiguos conocidos y a Raúl para proponerle ir al cine, aunque luego no se lo propongo porque él se muestra más bien seco. Pero a eso de las cinco y media comienza a parecerme raro que mi jefe no me haya preguntado si le ha llamado alguien en su ausencia, así que marco el número de su despacho, sin respuesta. Pasados diez minutos se me ocurre sacar un capuchino de la máquina y llevárselo.

Hoy se ha puesto el mismo traje que vistió en la fatídica junta, un elemento inquietante en el submundo de la mente donde va a parar lo más inútil de la información basura que constantemente absorbo. Tiene la cabeza inclinada a un lado y como siempre el periódico descompuesto sobre la mesa.

—Don Sebastián —digo.

Le llamo don Sebastián desde lo de la junta para reforzar su autoestima. Sin embargo, no contesta. Puede que se haya quedado traspuesto, como yo en el váter.

—Don Sebastián —repito.

Como sigue sin contestar, pongo el capuchino en la mesa, la rodeo y le toco en un hombro. Le zarandeo un poco más y ante su falta de reacción considero que le ha ocurrido algo. Tengo el valor de rozarle el dorso de la mano con un dedo y de comprobar que está fría, mientras que al submundo de la información va a parar el dato de que lleva puestos los zapatos más nuevos e incómodos que tiene. Salgo de aquí confusa, dispuesta a gritar, pero la indiferencia de los paneles del laberinto me detiene, luego pienso a toda velocidad que sus pobladores estarán enfrascados en los respectivos ordenadores y que van a tardar en reaccionar, así que gritar se convierte en algo absurdo. Me parece más práctico llamar a Teresa, y vuelvo al despacho procurando no mirar a Trenas, pero sin poder evitar que en mi campo de visión entren una mano, un trozo de corbata y otro de manga. Según voy marcando su número los dedos comienzan a temblarme.

Es ahora cuando empieza a hacerse realidad la muerte de Trenas.

—Creo que está muerto —le digo con gran emoción.

Teresa se queda en silencio y cuelga. Tarda siete minutos en aparecer con el médico y la enfermera de la empresa. Se les oye correr hasta la puerta. Durante esos siete minutos trato de calmarme ante los ventanales y por un instante aún espero que mi jefe se levante y se sitúe a mi lado y se quede mirando conmigo la vida. Estos ventanales son los ojos de un mundo indiferente a mi jefe y tal vez también a mí. Hay gente que muere de indiferencia aunque parezca que muere de otra cosa. Ancianos en sus solitarias casas, amantes abandonados, mujeres junto a un teléfono que nunca suena, hombres a quienes nadie quiere, Sebastián Trenas a quien nadie necesitaba.

Cuando vuelvo a mirarle ya tengo la certeza de que está muerto y dudo si cerrarle los ojos, pero me impresionaría tanto tocarle la cara que no lo hago, no porque esté muerto, sino porque jamás le he tocado la cara y ahora sería hacerlo sin su permiso, tocarle sin estar él presente.

Teresa, el médico y la enfermera entran corriendo, el médico se abalanza sobre mi jefe, y la enfermera a sus pies abre un maletín. Teresa se queda a mi lado. A los pocos minutos aparece el director de Recursos Humanos.

—No hay nada que hacer —dice el médico—. Ha fallecido —mira el reloj—. Probablemente ha sido un infarto.

Dicho esto, le cierra los ojos, así que me alegro de no habérselos cerrado yo precipitadamente. Frente a los inertes de mi jefe, los ojos del director de Recursos Humanos son incapaces de quedarse quietos.

Alguien trae una manta de viaje de Iberia y le cubre el torso con ella. Y más que un cadáver parece un mueble tapado para que no coja polvo. También Emilio Ríos hace su aparición. Al entrar en el despacho todos nos hacemos a los lados como las aguas del Mar Rojo ante Moisés.

—¿Quién lo ha encontrado? —pregunta.

Y yo salgo de la fila de la derecha.

—¿Te has asustado?

Contesto que un poco e íntimamente le agradezco que se preocupe más por mí que por el pobre Trenas. A continuación mira al médico y sin necesidad de que le pregunte éste le dice que ha sido un fallo cardiaco.

—¿Ha sufrido? —pregunta.

—Un ligero malestar, creo que ni se ha dado cuenta —dice el médico y hace el amago de retirar la manta, pero ante el gesto negativo del presidente retrocede.

—Estaba como siempre, al principio no me he dado cuenta —digo yo.

—Vayamos a mi despacho —les dice Ríos al médico y al director de Recursos Humanos—. He de llamar a su viuda, es terrible.

El director de Recursos Humanos me dice que nadie, absolutamente nadie, ni yo misma, puede entrar en el despacho hasta que no sepa con claridad cuál es el siguiente paso a dar, luego mueve negativamente la cabeza, reafirmándose con toda seguridad en la idea de que yo nunca debí salir de recepción. Y tiene razón, mi presencia no le ha hecho ningún bien al pobre Sebastián Trenas, incluso puede que al sentirse mal me haya estado llamando mientras que yo estaba perdiendo el tiempo comiendo por ahí o sentada en el váter. En este instante, ante las pupilas erráticas del director de Recursos Humanos, siento deseos de que me tiemble la cara y de llorar, de llorar con gritos. Siento ganas de expresar toda la tragedia del momento, un momento mío puesto que yo he encontrado el cadáver y yo me he llevado el susto, así que me dirijo corriendo a la puerta del abanico y una vez dentro echo el pestillo de la puerta de entrada para que nadie me moleste y toda la cara me estalla en una mueca de dolor, y lloro como cuando tengo crisis de llanto, sujetándome el estómago para expulsar mejor el dolor o la rabia o el demonio o a mí misma retenida en ese interior durante tanto y tanto tiempo. Este ataque dura más o menos media hora, periodo en que se han producido algunos intentos de entrar por parte de los habitantes del laberinto y lúgubres frases preguntándome si estoy bien. Pero éste es mi momento y grito que me dejen en paz. Me encuentro en pleno proceso de cambio de piel, como si saliera de mí misma, como si saliera de mi vaina. Es un momento extraño, de ciencia ficción. Y cuando termina y me miro al espejo el rostro está deformado por el esfuerzo, pero estoy conforme porque se ha producido en la situación oportuna, en la situación en que algo así puede suceder, o sea, si tenía que desesperarme he hecho bien en esperar a desesperarme ahora, en esta circunstancia, porque ahora esta desesperación está bien y es justa.

Al salir, todos los habitantes del laberinto se levantan de las mesas y abandonan sus casillas y me miran atónitos, seguramente no comprenden que se pueda llorar así por Sebastián Trenas. Alguien me trae un café de la máquina y otro dice que un café me pondrá más nerviosa. Busco a Vicky con la mirada, sé que está por allí mimetizada con algo o alguien, así que hago un esfuerzo por distinguirla, y ante mí empieza a individualizarse su cabello sedoso y sus ojos grises y sus labios algo morados, que comienzan a moverse lentamente.

—Cariño, ¿es verdad que se ha muerto? Te he traído un valium —dice y me lo pone en la boca con algo de presión para que entre, pero se encuentra con la barrera de los dientes, que yo no estoy dispuesta a separar. Le digo que me lo tomaré después y me siento en mi sitio.

Todos siguen de pie como árboles y arbustos, árboles y arbustos más altos y más bajos, más anchos y más estrechos, más toscos y más finos, de copas más pobladas y menos.

—Dicen —dice Vicky señalándolos— que les gustaría saber qué ha ocurrido.

Les pido que se hagan cargo de mi estado, que tal vez mañana me encuentre en mejores condiciones. Tardan un poco en emprender la retirada, pero no tienen más remedio que hacerlo, insistirme más sería inhumano. No tienen más remedio que quedarse con las ganas de saber de primera mano lo que ha sucedido. Y esto es algo que le debo a mi jefe y a mí misma: levantar un muro infranqueable entre el interior de ese despacho y su curiosidad. Ellos se lo han buscado.

Al momento, de los ascensores se precipita una tromba de gente: el director de Recursos Humanos, el médico, dos o tres consejeros, los hermanos Dorado, o sea, los nuevos vicepresidentes, unos camilleros y el que debe de ser el forense. Me levanto y me uno a ellos. Los del laberinto asoman las cabezas por encima de los paneles. Cierro la puerta detrás de mí.

—Tal vez hay aquí demasiada gente —dice el forense—. ¿Quién encontró el cuerpo?

—Yo —digo, levantando la mano.

—Bien, usted quédese, el médico también, los demás que se marchen.

Las oportunidades se presentan de la forma más inesperada. Y la mía para continuar en esta Torre de Cristal puede que acabe de producirse ahora mismo, cuando le informo al forense de quiénes son Alexandro y Jano y de la conveniencia de que se queden.

—Está bien —dice el forense tendiéndoles la mano para saludarlos.

Después retira la manta, y yo contesto a sus preguntas sobre cómo y cuándo encontré el cadáver, y noto con enorme satisfacción que la curiosidad de los vicepresidentes también queda saciada.

—Tenemos que hablar, te llamaremos —me dice uno de ellos en voz baja.

Y cuando el forense va a cubrir de nuevo el cuerpo entran Emilio Ríos, Teresa y la que debe de ser Nieves, la viuda del vicepresidente. Los tres permanecen contemplando a mi pobre jefe en silencio. Emilio Ríos abraza a la viuda por los hombros, y ella dice de su marido:

—Parece que está pensando.

Entonces se aproxima a él y le acaricia una mano.

—No me lo puedo creer —nos dice mirándonos con los ojos ahora llenos de lágrimas.

Para no decepcionar a esta mujer, mi difunto jefe ha hecho innumerables sacrificios. Tiene un aspecto duro a lo Joan Crawford, mandíbulas marcadas y cejas negras. Las lágrimas en esta cara resultan monumentales.

Emilio Ríos se ha vuelto hacia la puerta para dejar de ver esta escena. Y el forense dice:

—Ya se lo pueden llevar.

El problema de que alguien muera reside en el cuerpo y su descomposición. El cuerpo del vicepresidente es muy grande y ocupa bastante espacio, tiene órganos grandes, huesos grandes y mucha carne, carne que tiene que pudrirse. Verle como siempre en el sillón produce una sensación muy rara porque está, pero en realidad no está, y no se le puede dejar ahí, hay que retirarlo. Hay que retirar su pelo perfectamente peinado, sus labios rojos y sus hombros, sobre los que tan bien caen las chaquetas, y los grandes globos oculares, que ya no volverán a abrirse ante mí ni ante la ventana. Ya no podré volver a entrar en el despacho y verle leyendo el periódico, ni le llevaré un café. Y la interrupción violenta de estas acciones repetidas es lo que a la postre parece que significa la muerte.

Sólo en el despacho vi llorar un poco a Nieves, la viuda de mi jefe, porque en el entierro lleva gafas de sol y no puedo asegurar que llore, más bien se da por supuesto que lo hace. Asistimos al sepelio ella, los hijos, la junta de socios en pleno con su presidente a la cabeza, la esposa del presidente, Teresa, yo y personas que no conozco en absoluto, que deben de ser amigos íntimos y familiares. El resto de empleados tendrá que esperar al funeral. Yo me he encargado de todo, desde las flores hasta la elección de la caja, de caoba, muy bonita, con remaches de bronce y forro de seda. También de las esquelas, los anuncios en los periódicos, de avisar personalmente a la gente. Tal vez sea el único trabajo serio que he hecho para mi jefe y he querido hacerlo bien, he puesto en él los cinco sentidos. Su viuda ha estado más ocupada con la parte de la familia y los amigos, aunque me resulta sorprendente que mi jefe tuviese alguno. El hombre que conocí parecía que no tenía a nadie en este mundo y ahora ante su caja hay un grupo bastante numeroso de personas.

Es un viernes radiante, se diría que se ha escapado de un futuro verano, y todos llevamos gafas de sol. El cura ha celebrado una misa en la capilla y ahora el acto de sellar la tumba es silencioso y más rápido de lo que esperaba. En realidad, estamos asistiendo a una pequeña obra de albañilería por parte de dos empleados con mono azul, que al terminar dicen, ya está. Entonces los presentes permanecemos alelados un minuto, aplastados por el calor, por el olor de los cipreses y del cemento fresco. A todos nos cuesta separarnos de la tumba hasta que alguien inicia la retirada y los demás lo seguimos. Avanzamos despacio, entre lápidas muy antiguas de piedra carcomida y brillante por el sol y casitas perfectamente cuidadas y llenas de silencio, de donde parece que de un momento a otro va a salir alguien a sacudir una alfombra.

Sin embargo, el submundo de mi mente no ha podido dejar de darse cuenta, tanto en la capilla como fuera, de la fuerte conexión entre Nieves y Emilio Ríos. En momentos así, momentos extremos de vida y muerte, nos dejamos llevar por las emociones y se descuidan las formas. Ha sido la manera de cogerla por la cintura y la manera en que ella le ha aproximado los labios a la comisura de la boca lo que me ha puesto sobre la pista. Sin duda son dos cuerpos que se reconocen, y cuando los cuerpos se reconocen, cuando hay intimidad, es difícil disimularlo. Deben de haber mantenido una de esas relaciones largas y tenaces tipo la del príncipe Carlos de Inglaterra y Camilla Parker-Bowles. Una relación que el tiempo y los obstáculos alimentan monstruosamente, una relación intrincada y fuera de control.

Se me ocurre ahora, según caminamos hacia los coches, que puede que Emilio Ríos, de estar enamorado de Nieves, siempre se haya sentido celoso de mi pobre jefe y que haya tratado de bajarle la estima lo más posible, arrinconándole y humillándole. Tal vez Hanna Ríos haya estado celosa de Nieves y haya buscado refugio en Jorge, mientras que el difunto Sebastián Trenas ha estado tan enamorado de su mujer que ha hecho todos los sacrificios posibles para no decepcionarla. Me pregunto a quién le habrá sido más fiel Nieves, si a su marido o a Emilio Ríos.

Los coches están en fila. Junto al del presidente monta guardia Jorge, que me hace un gesto con la cabeza. Le sonrío levemente porque no es momento para gestos de satisfacción, ni de alegría. Como hace ya tiempo que no lo veo, me vuelve a impresionar lo apuesto y atractivo que es, lo varonil, lo bien formado que está.

Teresa me pide que me marche con ella. Apunta con el llavero a un cochazo tipo Audi, BMW o Volvo, que responde de inmediato. Los demás hacen lo mismo, de modo que la fila de coches produce un efecto jocoso. Nada más sentarme a su lado percibo que está rara. Se pone unos guantes sin dedos para conducir, lo que sugiere que debe de ser una experta conductora. Luego saca de la guantera una funda con la marca Gucci y de dentro unas gafas ahumadas, probablemente graduadas, y una pequeña gamuza con que las limpia cuidadosamente, se las pone y vuelve a introducir la gamuza en la funda y la funda en la guantera y la cierra, lo toca todo con delicadeza como si no quisiera dejar huellas. Pone música. Me pregunto por qué no he llegado a ser como ella.

—Vamos a dar un paseo —dice.

No contesto nada, puesto que está decidido y además, después de lo que acabamos de compartir, lo más oportuno es que compartamos un poco de normalidad. Me dejo llevar por sus guantes sin dedos, callejea, intercambia algunos insultos con otros conductores, el submundo de mi mente recoge una agresividad desconocida en Teresa, pero mi mundo consciente está adormecido y cuando reacciona nos encontramos ya en la carretera de Valencia.

—He pensado que nos vendría bien una excursión, comer fuera de Madrid —dice—. Hoy es viernes, no tenemos que volver a la oficina.

—Sí, pero ¿no te parece que conduces muy deprisa?

—¿Deprisa? No me hagas reír. Deprisa. Sebastián es quien ha muerto deprisa, nosotras aún estamos aquí.

Percibo un cierto reproche en la voz porque estemos vivas. Acabo de comprender que me he embarcado en un viaje trágico. La tragedia se proyecta sobre los extensos y desarbolados campos de La Mancha. Teresa está fuera de sí. ¡Capullo!, le grita a un pacífico conductor al pasarle. Y, aunque es imposible que el conductor la haya oído, nos hace un gesto de sorpresa, porque está demostrado que cualquiera que tome un volante entre las manos automáticamente se convierte en un receptor muy fino.

—¿Tú no te diste cuenta de nada?

Le pido que me aclare la pregunta sin perder de vista la autovía, de la que se diría que vamos a despegar de un momento a otro.

—¿No te diste cuenta de que Sebastián ya no podía aguantar más?

—¿A qué te refieres? —digo levantando la voz, contagiada por su mal humor, aunque sabiendo que el submundo de mi mente sí se había dado cuenta de algo, se había dado cuenta de que el Trenas difunto llevaba uno de sus mejores pares de zapatos y que tenía la chaqueta abrochada, el nudo de la corbata perfectamente hecho y la mesa recogida, de que había algo raro, algo demasiado formal en su manera de morir.

—Todo se desmorona —dice Teresa pisando un poco más el acelerador.

Noto la velocidad en la garganta y no es agradable. No me gusta la aventura, encuentro absurdo el riesgo innecesario, la vida ya es bastante incontrolable y me espanta sentir que sea tan rápida, que no me dé tiempo a alcanzarla.

Le pido que pare en un complejo de gasolinera y restaurante que se anuncia a mil metros.

—Estoy mareada —le digo.

Cuando entramos, le propongo que comamos y que regresemos a Madrid.

—¿Estás loca?, ¿regresar ahora? No pensarás en serio que vayamos a comer aquí.

El suelo está lleno de servilletas de papel arrugadas, de colillas, de huesos de aceitunas. El larguísimo mostrador está copado por los viajeros de dos autobuses de Auto Res que han parado a tomarse un café y a hacer sus necesidades, por lo que el bar debe de ser un reflejo de los baños. El restaurante aparece al fondo como un espejismo. Las mesas las cubren blancos manteles de tela e incluso están adornadas con unas florecillas, se diría que pretenden que una vez en ese reducto uno se olvide de lo que ha visto y pisado hasta llegar a él y que pague como si fuese un restaurante de cinco tenedores.

—No sé si te habrás dado cuenta, pero sólo faltan doscientos cincuenta kilómetros para llegar a Alicante.

Ante mi inmenso asombro, dice:

—Voy a comprar algo para picar por el camino. Así nos reservamos para la cena.

—Yo no quiero ir a Alicante. Quiero volver.

—Necesitas tomar el sol. Mira lo blanca que estás. ¿Qué tiene de malo que pasemos dos días en Alicante? Piénsalo, ¿qué tiene de malo?

En el fondo, es innecesaria su insistencia porque estoy en sus manos, no soy alguien capaz de quedarme sola en un bar de carretera y ponerme a buscar el modo de regresar únicamente por un ataque de independencia. Así que la sigo al coche y me siento a su lado, me abrocho el cinturón y me dejo llevar. Teresa es la vida veloz que me deja atrás. Quizá nada más he sido dueña de la situación junto a Sebastián Trenas. Nunca lo olvidaré.

—¿Crees que se ha suicidado?

Tarda tanto en contestar que creo que no me ha oído.

—No te hagas la tonta —dice.

Lo sé, sé que se ha quitado de en medio, no sé cómo, pero lo ha hecho. Estaba demasiado relajado en los últimos días, como si ya nada importara, y se mostraba más preocupado por mi futuro que por él mismo. Recuerdo que se rió de una forma rara cuando le dije que querría continuar con él en su puesto de vocal. Me hizo llamar a su hijo Conrado varias veces a Estados Unidos e intentó hablar sin éxito una vez con Anabel, lo que ahora suena a despedida.

Teresa reserva un hotel por el móvil mientras conduce y se come una empanadilla. Todo lo hace ella, yo ni siquiera hablo, ni siquiera como, soy como un mueble. Tiene hiperactividad de hipertensa. A la gente de tensión baja como yo los de tensión alta nos parecen drogados, y a ellos los de tensión baja, lentos, indecisos y algo atrofiados.

Ya no volvemos a hablar, pone música, y yo me entrego a fantasear con situaciones que me sugiere la música en combinación con el paisaje.

Me tumbo en la cama y me quedo traspuesta. Al levantarme, me doy cuenta de que desde la habitación se ve el mar. El sol acaba de hundirse en él y más que un mar de verdad parece un estadio olímpico cubierto de trozos de plástico. Creo que en otras circunstancias me habría gustado. Cuando llamo a Raúl y le cuento dónde estoy, no se lo puede creer. Dice que no le gusta la gente que obliga a otros a hacer cosas que no quieren hacer, refiriéndose a Teresa.

Me ducho y vuelvo a colocarme las ropas formales con que esta mañana temprano me he vestido pensando en el entierro de mi pobre jefe, un traje pantalón negro con una blusa blanca. Bajo al bar del hotel, donde me he citado con Teresa. En el mostrador se apiña un grupo de jubilados alemanes. Son jubilados jóvenes. Están contentos y felices. A los cinco minutos Teresa sale de los ascensores. Ella sí se ha cambiado de ropa, se diría que siempre va preparada por si le da por salir de viaje. Lleva un atuendo *ad lib* y parece que va disfrazada, sólo conserva de su imagen de secretaria ejecutiva el móvil y el llavero, del que nunca se desprende. Se me queda mirando antes de saludar. No voy a su gusto, pero esto es lo que hay.

—Tenemos una cita —dice.

La frase pone alerta mi adormilada mente.

—Son unos chicos muy simpáticos. Te van a gustar.

Le digo que no me siento de humor para cenar con unos desconocidos.

—Pero eso es lo bueno, que no los conozcamos. Si los conociésemos ya no tendría gracia.

Los ha conocido en el pasillo de su habitación. Ella tiene la 405 y ellos deben de andar por la 420. Son tres. Simpatiquísimos. A Teresa le brillan los ojos, lo que en ella resulta muy extraño. Me inquieta la noche que me espera. Busco la puerta del baño del bar, y ahí está, tras un dibujo tan vanguardista que no se sabe si es de un hombre o de una mujer. Una vez dentro, me quedo pensando unos instantes. Me lavo las manos, me miro mi pelo imaginado. Estoy aquí, pero sin querer estar del todo, tengo la misma sensación que en todas partes.

Cuando salgo, Teresa ya está con los tres. Recorro el camino desde la puerta hasta ellos despacio, analizando la situación, temiéndome que pretendan una orgía de cinco o cosas peores. Dos pasan de los cuarenta y uno no llega a los treinta. El joven ya está bebido y los otros tienen cara de sabérselas todas. Me miran de arriba abajo, me dan ganas de salir corriendo. Nos presentan, emito algo inarticulado a modo de saludo y no hablo más. En los silloncitos del fondo están los jubilados satisfechos de sí y contándose chistes. Los envidio, ellos ya no tienen que hacer estas cosas tan desagradables. No tienen que tener experiencias nuevas ni tienen que sentir que si no las tienen el tiempo se evapora; por fin son dueños de sí mismos.

Teresa se está tomando un combinado de champán en una copa alta. La falda blanca y rizada se desborda sobre el taburete. Las piernas quedan a la vista. El joven le planta la mano en la rodilla.

—Perdona —dice—, casi me caigo.

Los mayores le recriminan que no aguante la bebida. Se llaman Ramón, Luis y Caco. Ni Teresa ni yo preguntamos qué significa Caco, no nos interesa.

Caco es el joven, y no tiene hambre, lo que quiere es bailar. Dice que nos olvidemos de cenar. A mí me mira brevemente, lo que me alivia bastante. Todo su interés vidrioso está centrado en Teresa. Tanto su cuerpo como sus movimientos flexibles hacen pensar que se pase bailando todos los fines de semana. Teresa debe de sacarle unos diez años, yo algo menos. Ha proclamado la edad dos veces: veinticinco años. Cree que a Teresa y a mí nos gusta porque es el más joven, pero está muy confundido. Teresa ya ha elegido al llamado Ramón, y yo preferiría subirme a la habitación a ver la televisión metida en la cama con el ruido del oleaje de fondo. El mundo es una película y de pronto uno se encuentra metido en ciertas secuencias donde evidentemente está de más. Ésta es exactamente mi situación, si pudiera teletransportarme desaparecería ahora mismo de aquí, pero ¿adónde iría? Me gustaría que alguien me explicara cómo ocurren esas historias de amor de las que hablaba el pobre Trenas, que te arrancan de los males del mundo.

Del bar saltamos a un restaurante del puerto. Todos estamos sentados menos el joven Caco, que va y viene continuamente del cuarto de baño. Ramón y Luis examinan la carta de vinos, de una rápida ojeada saben cuál es el mejor. Es como si los hubiese visto toda mi vida haciendo esto. De pronto, unos que pasan por nuestra mesa los saludan. Aclaran que no se encuentran de vacaciones, sino en una convención de visitadores médicos y que no nos extrañe que se crucen con más colegas. Teresa pregunta cosas que no le interesan en absoluto del tipo en qué consiste su trabajo, cuáles son los productos que venden, qué laboratorios los fabrican. Ellos tratan de responder con la mayor precisión posible, como si se tratase de una venta. A ella le entra por un oído y le sale por otro. Va detrás de Ramón, está dispuesta a lo que sea. Es un misterio para mí por qué ha elegido a Ramón y no a Luis. Luis cuenta que el año pasado la convención se celebró en Palma de Mallorca y el anterior en Benidorm. Al oír Benidorm, Ramón se transforma, palidece y se pone serio de verdad.

—Lo siento —dice Luis—. Se me ha ido la cabeza.

Esto sí que capta mi atención, también la de Teresa. Sin duda, algo le ocurrió en Benidorm no muy agradable o quizá demasiado agradable. A Ramón se le llenan los ojos de lágrimas. Luis parece indeciso sobre el camino a seguir. Al joven Caco, que no se entera de nada, se le acaba de derramar la copa de vino en la camisa. Ramón clava la mirada en la mancha y no puede separarla de ella. Seguramente lo que le ocurrió en Benidorm tiene algún parecido con esa mancha de vino, con la sangre por ejemplo, puede que se trate de un crimen o de un accidente. Ramón parece fuera de sí, en plena fuga mental.

Luis, con buen criterio, propone que nos marchemos. Pide la cuenta con la mano y saca del pantalón una cartera extraplana, que apenas si le hace bulto. Aunque no va a ser tan fácil. A Teresa le está irritando mucho el comportamiento de Ramón. Arruga los párpados, el entrecejo, los labios, no es consciente de lo fea que se está poniendo. Pero todos hemos bebido bastante, y Teresa en particular no ha parado desde los combinados del bar del hotel, lo que unido a la agresividad que viene exhibiendo durante todo el día hace que me tema lo peor.

—Perdona —le dice a Ramón cogiéndole del brazo—. No tienes ningún derecho a ponerte así, no delante de mí.

Ramón desvía la vista de la mancha y la pasa a la carita arrugada de Teresa. Le está costando separar el intenso recuerdo de Benidorm de la mancha y de Teresa. Espero que no se tome a mal la presión de la mano de Teresa sobre su brazo. No soporto las situaciones violentas.

—No tienes ni la menor idea de cómo sufro —dice Teresa.

Menos el joven los demás la estamos observando intrigados, yo la que más.

—Hoy hemos enterrado al ser más maravilloso de este mundo. Hoy hemos enterrado a un auténtico santo.

Sin duda, debe de estar refiriéndose a Sebastián Trenas, confirmando así que está como una cuba.

—No sabía que estimabas tanto a Sebastián —digo.

—Tú no sabes nada de mí —dice con violencia, con odio.

Siento una gran curiosidad por ver cómo le salen las lágrimas de los ojos. Pero no acaban de hacerlo, lo que me pone nerviosa. Algo que tiene que salir, que es inminente que salga, y que no sale es en sí mismo irritante.

—Era un santo, un ser superior —me dice amenazante, como si fuese yo quien hubiese matado a Trenas.

En lugar de enfadarme, asiento con la cabeza, hay situaciones en que por mucho que me lo proponga soy incapaz de implicarme de verdad. Luis por fin se levanta guardándose la cartera en el bolsillo, y aprovecho para hacer lo mismo.

Ramón y Teresa no se mueven de sus sitios. Sostienen las miradas sobre los respectivos vasos. Ramón se pasa el dorso de la mano por las lágrimas.

—Me marcho —le digo a Teresa, pero Teresa no contesta. Creo que me llevaría demasiado tiempo comprenderla.

—Venga, vámonos —le dice Luis al joven Caco, y éste nos sigue obediente.

La noche es muy agradable y huele muy bien, de vez en cuando se me mete por la nariz una ráfaga de profundidad marina. El joven desaparece tras la puerta de una discoteca y nosotros seguimos paseando sin prisa.

—Ramón es muy sensible —dice Luis—, no puede soportar la idea de lo que le ocurrió con Dominique, tal vez yo en su caso estaría igual.

Por un instante estoy tentada de animarle a que me cuente esa historia, pero el día ha sido muy largo y ha habido demasiadas cosas en él. Ante mi falta de interés por el asunto de Ramón, Luis decide hacerme la confidencia de que, al contrario que su amigo, él no se toma las cosas tan a la tremenda y que es bastante feliz con su mujer y sus hijos. También me dice que le gusta lo reservada que soy y que sepa mantener la calma, me dice con un tono de absoluta franqueza que tengo unos ojos muy bonitos y que le agradaría bastante hacer el amor conmigo esta noche. Le contesto que a mí lo que realmente me apetece es meterme en la cama y ver un poco la televisión con el ruido del oleaje al fondo. Nos despedimos como camaradas.

Bajo a desayunar a las diez. Los jubilados se están levantando de las mesas llenos de ilusión con trajes de neopreno colgados del brazo. Mientras desayuno parsimoniosamente barajo dos posibilidades, la de comprarme una camiseta en la tienda del hotel y la de llamar a Teresa a su habitación. Sólo llevo a la práctica la primera. Teresa, con toda probabilidad, estará durmiendo la mona.

También me compro unas chanclas. Llamo a Raúl para decirle que estoy viendo el mar desde el hotel y que está precioso. Raúl por su parte me comunica que, aunque quizá no sea el momento más oportuno, no tiene más remedio que pedirme que por favor no le llame tan a menudo. No lo dice exactamente con estas palabras, pero el mensaje es el mismo. Hay gente que se está bañando a pesar de que es temporada baja, y otros toman el sol en hamacas quietos como si estuviesen en un cuadro de Hopper. Le pregunto por qué no quiere hablar conmigo, y él me contesta con toda franqueza que porque existe alguien a quien le molestan mis llamadas. Permanezco en silencio, contemplando la playa, hasta que cuelga.

Decido darme un paseo por la orilla a buen ritmo durante el cual las sensaciones agradables como el contacto de las plantas de los pies con la arena y el agua luchan contra la desagradable de lo que me ha dicho Raúl. Al final he creado tantas endorfinas que me hago a la idea de que Raúl se ha matado en un accidente de tráfico y que no podré ir a su entierro por consideración a su nueva pareja.

Al regresar al hotel, junto con la llave me entregan una nota de Teresa en la que me informa de que se marcha a Madrid. No dice nada más, ni se disculpa, ni me da ninguna explicación, encuentra natural hacer lo que le da la real gana en cada momento. Su abandono intensifica dramáticamente el definitivo abandono de Raúl. Pido un horario de trenes y un taxi para dentro de media hora. Entre tanto, subo a la habitación, me ducho con el placer añadido de dejar el cuarto de baño hecho una mierda con las toallas por el suelo, los pelos en el lavabo, todo salpicado de agua y una capa de vaho en el cristal. Me pongo la blusa y los zapatos y tiro la camiseta y las chanclas a la papelera. La imagen que tengo de mí haciendo esto es de una gran soledad, y para alejarla llamo a mi padre, que me da recuerdos para Raúl, cree que estoy con él.

El taxista, al comprobar que no llevo equipaje y que no obstante salgo de un hotel y me dirijo a tomar el tren, me cataloga como puta, pero me observa intrigado por el retrovisor porque hay algo que se le escapa. Antes de arrancar, veo entrar en el hotel a Ramón y al joven Caco, que a la luz del día y con traje no parece que llegue ni a los veinte, deben de estar yendo o viniendo de alguna de sus reuniones. Ramón, obedeciendo a mi pensamiento, se vuelve y me mira. Su recuerdo y su tormento se quedan con él, también el mar se queda y las hamacas y los agarradores dorados de la puerta del hotel.

No caigo en la tentación de afearle a Teresa su comportamiento impulsivo y egoísta. Acabé harta de los reproches de mi madre hacia la vida, desgranados un día y otro y otro como una letanía humillante para ella. Por supuesto, aún no me doy cuenta del verdadero calado de la conducta de Teresa, tendrá que pasar algún tiempo para comprenderla. Ella, por su parte, no hace ninguna referencia a nuestro viaje, se diría que nunca ha existido y cuando alguna vez intento mencionarlo cambia de conversación. Creo que nunca sabré si pasó la noche con Ramón, ni si éste le reveló el misterio de Benidorm, ni por qué ella se marchó sin mí.

Pero más extraño que este viaje es tener que entrar en el despacho de mi jefe. El mismo lunes, el director de Recursos Humanos en persona me llama por teléfono para decirme que puedo recoger los objetos personales de Sebastián Trenas antes de que se instalen los nuevos vicepresidentes y me ordena que la parte administrativa la deje organizada y explicada con la mayor claridad posible. Sin duda, veladamente, me está aconsejando que también vaya recogiendo mis pertenencias. Creo que le produzco rechazo porque no soy su tipo. Es muy probable que las mujeres para él se dividan en dos clases, las que le gustan y las que le desagradan, y yo estoy en este último grupo y haga lo que haga no lo podré evitar.

El despacho está cerrado con llave, así que cuando la giro en la cerradura el ruido atrae la atención de los habitantes del laberinto, que permanecen absortos en mí hasta que entro. No necesito verlos para saber qué hacen, es un tipo de comunicación celular y eléctrico. Me había temido encontrarme con un vacío desangelado y frío en el despacho cuando es todo lo contrario. Se diría que la mesa, los sillones de pana verde, el archivador, los armarios y el periódico permanecen ligeramente distorsionados bajo un agua luminosa y blanca, como si el gran cuerpo de mi jefe se hubiese pulverizado y lo hubiera inundado todo. Percibo las moléculas de su mano almohadón pacificando el ambiente. Lo percibo con una gran certeza por descabellada que pueda resultar. Trenas está aquí físicamente, aunque convertido en polvo luminoso. Tal vez Teresa tenga razón y haya sido un hombre fuera de lo corriente, una especie de mártir. Si es así ya lo debe de saber todo sobre mí, debe de saber que al guardar deliberadamente silencio en la junta lo traicioné, así que me quedo en el centro del despacho esperando algún castigo, alguna señal. Lo siento, digo, lo siento mucho. Estoy tan convencida de su presencia que no me habría sorprendido ver volar en prueba de ello el cenicero o cualquier otra cosa. Pero no sucede nada, todo sigue en su sitio, Trenas pulverizado, y yo entera y culpable. Suspiro y abro los cajones. Voy revisando objeto por objeto y los voy guardando en una caja de cartón. Exploro bien todos los rincones esperando encontrarme una confesión de suicidio o algún dato que me ponga sobre la pista de lo que le ha sucedido y como es natural no encuentro nada, porque jamás habría querido ser recordado como un suicida.

Sin embargo, la idea persiste, no creo que nadie, salvo que se lo proponga y se prepare para ello, pueda morir de una forma tan impecable. Resulta macabro imaginar cómo esa mañana eligió para morir el mismo traje, corbata y zapatos que llevaba el día de la funesta junta, una venganza extraña e íntima sólo apreciable para los que le observábamos a diario y en la que, de alguna manera, también había reparado Teresa. Si Teresa durante el viaje a Alicante no hubiese alimentado mis sospechas, tal vez no habría seguido pensando en ello.

A partir de aquí, no puedo dormir tranquila, me despierto a media noche asaltada por algún nuevo detalle, que parece que el espíritu del difunto Trenas deja caer en mi mente como una gota de agua. La botella de whisky. La botella de whisky no estaba en el archivador cuando recogí sus cosas, ni la botella ni el vaso, por eso no la eché de menos.

El martes por la mañana soy la primera en llegar a la Torre de Cristal, ni siquiera está todavía el recepcionista, sólo los guardias de seguridad. Abro el despacho de mi jefe, que aún cierro con llave, y busco en el archivador. Miro en los cajones de su mesa, detrás de los libros de las estanterías, de los que por cierto me he reservado algunos para mí porque estoy segura de que él estaría totalmente de acuerdo. El vaso lo descubro junto con los otros cinco con los que hace juego en un armario bajo. Está perfectamente lavado y cabría pensar que la limpiadora lo ha colocado ahí. Voy al cuarto de baño, donde el único lugar en que cabría una botella es en la cisterna. Levanto la tapa y compruebo con un sobresalto que ahí está, llena de agua, y el tapón flotando a su alrededor. El acertar me pone bastante nerviosa porque no es algo a lo que esté acostumbrada. Lo primero que se me viene a la mente es que se haya envenenado y que se haya deshecho así de los restos del veneno. Pero si mezcló el veneno con whisky entonces el cadáver tendría que haber olido a whisky, lo que conduce a pensar que puede que no hubiese whisky en la botella, sino algo que produjese el efecto de un infarto. No toco ni la botella ni el vaso. Al fin y al cabo lo único que importa es que ha muerto, y que, si quería morir, nadie podría habérselo impedido.

A los ocho días de este descubrimiento y once del entierro, cuando considero que ya ha transcurrido un tiempo prudencial, telefoneo a la viuda para comunicarle que he reunido en una caja las pertenencias de su esposo y que están a su disposición. Dice que no se encuentra con ánimo para volver a ese horroroso despacho donde ha visto a su marido por última vez. Dice que en realidad la casa está tan llena de recuerdos suyos que no cree que sea importante lo de la caja, que quizá sus colaboradores deseen conservar algo. Le insisto en que no son cosas de valor, sino más bien sentimentales, y que no me parece apropiado repartírselas a los desconocidos. Ella no da su brazo a torcer, no está dispuesta a recibir la dichosa caja. Estoy a punto de informarle de mis sospechas sobre el suicidio, pero no tengo valor, ni siquiera las ganas de fastidiarla son suficientes, tampoco creo que ella me tomase ni remotamente en serio, y si es verdad lo que tiene con Emilio Ríos puede que el asunto no le interese.

Pero no me resigno, no me quedo a gusto. Es precisamente en momentos como éstos y en una torre de cristal cuando se llegan a hacer cosas que en otras circunstancias no se harían. Es un día aburrido, sin esperanza, inmóvil, un día atrapado en una pieza de ámbar. Y lo que me da por hacer es buscar en los antiguos expedientes el teléfono de J. Codes. Lo encuentro. Surge de entre las páginas como un hallazgo arqueológico, aunque también puede ser que surja del submundo de mi mente.

De vivir aún, sería bastante viejo. Me pregunto cómo le habrá ido, si se olvidaría enseguida de Ríos y Trenas o si durante todo este tiempo habrá estado odiándolos. Me pregunto si habrá tenido hijos, nietos, si habrá logrado triunfar en algo o si habrá sabido resignarse. Me lo imagino sobreviviendo a la amargura y también me lo imagino algo decepcionado a pesar de haber sido feliz. Se diría que los números que tengo delante son meteoritos que viajan de la oscuridad a la luz con una fuerza diabólica, y no tengo más remedio que marcarlos.

Contesta una voz de hombre ya mayor. Como no sé si la jota del nombre corresponde a José, Javier, Jaime o Jorge, me limito a preguntar por el señor Codes.

—No insista, por favor —dice—. Ya les he dicho que no me interesa ese fondo por muy garantizado que esté.

—No le llamo por eso —digo.

—¿Ah, no? —dice—. ¿No es usted del banco?

Su voz expresa fatiga. Tal vez sea la fatiga de la edad o quizá de la resignación, de la impotencia. Debe de rondar los ochenta años y si tuvo hijos y esposa ya no viven con él, porque cuando calla no se oye absolutamente nada, ningún ruido. Da la impresión de que su voz llegue de la nada, de un vacío oscuro, en que sólo existe esa voz. Imaginándomelo, por un instante, me siento como esos científicos que a partir de un hueso son capaces de reconstruir toda una persona.

—Verá —digo—, usted no me conoce. Soy amiga de Sebastián Trenas —aquí hago una pequeña pausa para comprobar cómo reacciona, pero no percibo ningún cambio de frecuencia en su respiración.

—Se ha confundido —dice—. No conozco a ningún Trenas.

—Lo siento —digo—. Sólo quería comunicarle que ha fallecido.

—¿Y por qué quiere comunicármelo? —acaba de cometer un acto fallido, quiere y no quiere volver al pasado.

—Porque creí que le interesaría saberlo.

—Ya, pero yo no soy ese Codes —ha decidido no dar marcha atrás—, soy otro y no tengo nada que ver con eso.

—Entonces lamento haberle molestado.

—No se preocupe, si algo me sobra es tiempo.

Oigo cómo cuelga. Ahora se quedará pensando en lo que le he dicho. Se acordará de aquellos días en que Trenas y Ríos le robaron la idea de las compañías de seguridad privada. Le dará vueltas a la noticia de la muerte de Trenas y luego a la certeza de que también él va a morir. Y se preguntará quién soy yo y por qué le he llamado. Puede que se arrepienta de no haber hablado conmigo. Puede que quiera llamarme, que sienta enormes deseos de localizarme, pero que le resulte por completo imposible porque no dispone de ningún dato mío.

Creo que no he hecho bien, que debería haber dejado las cosas como estaban y no irrumpir en la vida de Codes y perturbarle.

Anabel

La vi por primera vez en el entierro de su padre, pero no reparé apenas en ella porque acapararon mi atención Nieves y Emilio Ríos, esa extraña fuerza que los unía y que obligaba a verlos juntos aunque cada uno estuviese en una punta del cementerio. Es Nieves la que envía a su hija a recoger la caja con las pertenencias del pobre Trenas. Emilio Ríos me llama personalmente y me pide que las suba a su despacho. El despacho de Ríos está situado en la última planta, proyectado sobre el noroeste de Madrid con la ingravidez de un cometa. La competencia por la altura de las torres de cristal del mundo entero demuestra que vivimos en varios niveles de realidad, y Emilio Ríos está en el aéreo, es un hombre-pájaro. Se pasa la vida volando en avión, subiendo y bajando en ascensores, viajando en coches que parecen aviones y mirando a través del vuelo de las ideas. Trenas también fue un hombre-pájaro, al que cortaron las alas.

Me esperan de pie junto al ventanal. Anabel, que es bastante alta, al verme, apoya el brazo en el hombro de Ríos. Se diría que está acostumbrada a que para ella los hombres sean bastones, muebles, en definitiva, puntos de apoyo. Y también que está acostumbrada a que jamás estos puntos de apoyo la rechacen, menos su padre, claro. Tiene los ojos más negros que haya visto en mi vida. No castaños oscuros, o sea, esos ojos oscuros que se aclaran en cuanto les da la luz, como si la luz les quitase una capa de pintura, sino realmente negros. Y un poco hundidos, como lagos entre montañas. No se depila el entrecejo ni las cejas, no le hace falta, su belleza resiste todo. Me produce pudor saber mejor que ella misma que su padre no la quería, tampoco puede saber que me da pena. Los cuerpos sólo sirven para sustentar sentimientos y pensamientos, y los pensamientos son puertas que se abren a otros pensamientos, y en definitiva todo es pensar y pensar y pensar. Anabel mira la caja, que deposito en la mesa ovalada de reuniones. No sé cuántas puertas habrá tenido que abrir para preguntar si yo creo que su padre era feliz. Su voz es un poco varonil, lo que le confiere cierta extrañeza, como si fuese un ser venido de algún sitio de detrás de montañas muy lejanas, y esta peculiaridad suya quizá pudo contribuir a que su padre no llegara a encontrarla cercana.

Le contesto que sí con rotundidad, que era un hombre muy feliz. Ríos asiente. Ríos está radiante y tiene que hacer esfuerzos para no estallar de alegría. Anabel se aproxima a la caja y comienza a sacar cosas de ella: un rodillo para las cervicales, que no usaba nunca, fotos enmarcadas, una pipa, tabaco de pipa, aunque jamás vi a Trenas fumar en pipa, cintas de música clásica, varios cd de historia universal, agendas donde apuntaba las citas con los médicos y las reuniones de trabajo, novelas dedicadas por los autores, ceniceros de cristal de Murano, aún envueltos en papel, seguramente regalos de Navidad de la propia empresa, llaveros, juegos de pluma y bolígrafo y otros objetos por el estilo. Anabel los coge, los mira brevemente y los deja en la mesa. Ríos observa cada uno de sus movimientos como si fuera una obra de arte y creo que se olvida de que estoy presente. Al fin ella dice:

—No sé qué hacer con todo esto. ¿Son importantes estos papeles? —pregunta refiriéndose a las carpetas con correspondencia y otros documentos que me he encargado de atesorar en disquetes de ordenador.

—No, en realidad, no —contesto.

—Cuando pienso en mi padre, a veces lo veo completamente satisfecho de la vida y otras como un hombre al que le faltase algo, lo más importante. No sé —dice dudando con voz profunda e insegura a partes iguales.

—Era un ser maravilloso y era feliz —digo, guardando de nuevo en la caja lo que ha esparcido por la mesa—. Todos le queríamos. Aún le queremos. Y él quería mucho a su familia.

Ella me mira con gratitud y con reserva al mismo tiempo. Ha aprendido con dolor que los seres humanos somos volubles y que ahora decimos una cosa y luego otra y que no se puede estar segura de nada.

De regreso a mi puesto, de nuevo con la caja entre las manos, pienso que me he excedido en mi afán por tranquilizar a esa criatura, a quien le recomendaría que volviese a su vida normal y que se olvidara de todo. Yo sé la verdad y Emilio Ríos también. Trenas, al menos cuando yo le conocí, no era feliz, se veía obligado a fingir y a llevar una vida absurda y las personas que le rodeaban le traicionaron, incluida yo misma, y al final se sintió empujado a quitarse de en medio. Por compasión hacia su hija no he dicho la verdad, pero sobre todo por compasión hacia Trenas. Mi infancia estuvo envuelta en mentiras: los Reyes Magos, las princesas y los príncipes, las casas de chocolate, los duendes y los gigantes, las cocinitas sin fuego, las lavadoras sin agua, cuando a mi madre la internaban en un hospital me decían que estaba descansando en un balneario y cuando mi padre estaba triste y desesperado me decía que le dolía una muela. No me enteraba de nada, aunque a veces la verdad se colaba entre las rendijas como el reflejo de un cuchillo terriblemente afilado. Por aquel entonces yo también mentía por los codos, hasta que un día, alrededor de los trece años, cuando ya era bastante difícil que alguien me engañase, decidí no volver a mentir ni a masturbarme nunca más. Y me convertí en una tía rara.

Hoy he roto esta norma y he vuelto a decir una mentira piadosa, que el padre de Anabel era feliz. Por fortuna, ha llegado un momento en la conversación en que se han terminado las preguntas y las mentiras sobre el padre de Anabel, en que he recogido esas cosas que nadie quiere y en que ya no he tenido nada más que hacer allí y me he despedido. Emilio Ríos me ha dado las gracias, me he ido hacia la puerta y ellos hacia los sillones que bordean el escritorio.

—Siéntate, por favor —le ha pedido Ríos a Anabel—. Tienes que saber que estos momentos son duros.

Me llevo estas últimas palabras conmigo y también la imagen de Anabel, su pelo negro y liso, que la luz ha salpicado de perlas.

Vicky

Vicky ha traído al baño un catálogo de El Corte Inglés con edredones y cortinas a juego, y de albornoces y toallas también a juego. Nos sentamos en el poyete de la ventana a examinarlo. La luz intensifica los colores, los vuelve irresistibles.

—Lo quiero todo así, combinado, cueste lo que cueste —dice con su voz llena de interferencias.

Pero la ceniza del cigarrillo de Vicky va cayendo sobre ellos y al retirarla con el dorso de la mano es como si las sábanas y las toallas ya estuvieran sucias. Mientras, le voy contando lo de Anabel, lo guapa que es y el éxito que debe de tener con los hombres y que sin embargo no parece darle importancia a esas cosas. Lo de Anabel a Vicky no le interesa y si algo tiene Vicky es que no hace ningún caso de lo que no le interesa. Tiene ese aire ausente de quien siempre está tratando de recordar algo.

Dice que quiere una placa dorada en la puerta negra de la entrada de su casa inventada con su nombre y el de su hijo y que de los altos techos cuelguen arañas de cristal que ha visto en anticuarios del Rastro. Quiere muchas más cosas, aunque sobre todo quiere que la cocina sea inmensa y con lo que los decoradores llaman una isla en el centro para cocinar. Le digo que me da que es poco aficionada a guisar.

—Tú no sabes nada de mí. No seas tan lista. Me pasaría el día cortando zanahoria y apio en la isla, pero en mi cocina actual todo parece que está podrido.

La verdad es que envidio sus ganas, su tesón, su capacidad para mantener vivo un deseo que otro habría olvidado a los cinco minutos. No me atrevo a preguntarle si ha logrado acordarse de algo de lo sucedido aquel año oscuro de Navacerrada. En lugar de esto, le pregunto si le va a poner algún nombre a la casa. Sonríe.

—Villa Victoria —dice—. Ya he encargado las letras.

Cástor y Pólux

Tengo la certeza de que Sebastián Trenas ha aceptado mi sincero arrepentimiento y me ha perdonado desde el más allá cuando recibo la llamada de los hermanos Dorado para proponerme seguir trabajando con ellos. Es un alivio no tener que salir de la Torre de Cristal y volver a la realidad, a ras de tierra. Se instalan en el despacho de mi antiguo jefe y hay que sacar su gran escritorio de caoba, en que tantas veces he visto reposar la mano almohadón y el periódico desestructurado, para colocar dos un poco más pequeños. Alexandro y Jano pertenecen a una generación de nombres raros que han sustituido a los tradicionales Lola, Vicente y Pepe, un fenómeno que se empezó a generalizar al final de la transición de la dictadura a la democracia y que se podría interpretar como una forma de ruptura con el pasado.

Al principio los confundía, aunque en realidad uno es más alto que el otro, y uno es más moreno que el otro y uno lleva siempre barba de dos días y el otro no. Pero sobre todo, Jano siempre tiene ojeras que le hunden y ensombrecen la mirada y gracias a esta mirada no parece un niño por completo.

La primera vez que me reúno con ellos en el que ya es su despacho noto cómo sus cuatro ojos me diseccionan fríamente. Hacen que perciba con fuerza mi pelo verdadero, la cintura ancha y las rodillas un poco gordas, las uñas, los zapatos y las zonas sin depilar. Pero enseguida me transmiten la idea de que formamos un equipo donde nos tuteamos y cada uno desempeña sus obligaciones, unos con más responsabilidades que otros, sin ningún culto a la personalidad. Sin embargo, no puedo evitar que una gran nostalgia por Sebastián Trenas me invada. Rondan mi edad, aunque por fuera parecen más jóvenes y por dentro más viejos que yo.

—Vamos a poner esta empresa patas arriba —dice Alexandro, que lleva un cinturón de piel de serpiente, con un efecto kitsch sobre su persona se diría que muy meditado. Nada en ellos es espontáneo aunque a veces produzcan un cierto efecto de espontaneidad. Lo que me lleva a pensar que la espontaneidad en la mayoría de los casos se consigue a base de mucho esfuerzo, porque no es una cualidad natural. Por lo general, la espontaneidad auténtica es insoportable.

—Queremos estar seguros de que contamos contigo al cien por cien en este esfuerzo —dice Jano.

—Se acabaron las tonterías —dice Alexandro.

—Ahora vamos a trabajar. Vas a entrar en un mundo nuevo —dice Jano.

No tienen que mirarse para hablar, parece que se ponen de acuerdo mentalmente sobre lo que tienen que decir y hacer. Y este comportamiento será en adelante una constante en ellos. Sus cerebros están conectados como dos ordenadores, las frases de uno y otro se alternan componiendo un único discurso. Funcionan como un único ser, y a nadie le ha extrañado que se hayan hecho cargo conjuntamente de la vicepresidencia y que ocupen un solo despacho. Es encomiable que logren pasar tanto tiempo uno al lado del otro. Deja de preocuparme cómo me analizan cuando comprendo que con el mundo mantienen una relación funcional y aparentemente también entre sí y por supuesto conmigo. En mi fuero interno los considero seres de última generación, porque mientras que los demás hacemos un gran esfuerzo por entender la vida o simplemente nos rendimos a no entender nada, ellos saben cómo ocurren las cosas, cómo se encadenan y desencadenan los acontecimientos, de la misma forma que un perro sabe que su dueño ha muerto o que alguien se acerca a la casa. Están en posesión de la lógica interna del acaecer, y para ellos el azar es algo así como una superstición. No hay azar, sólo hay desconocimiento de la intrincada complejidad con que todo se relaciona. Digamos que están fusionados con la Torre de Cristal y que su forma de pensar y de sentir recoge la forma de pensar y de sentir de la Torre. Sin querer, envían al submundo de mi mente la idea de que la Torre de Cristal se comporta como un edificio plasmático, tipo el planeta Solaris, y que Alexandro y Jano un día surgen de ese plasma con su forma actual, vestidos, instruidos, con una biografía, formados como soldados. Incluso su padre, un eterno joven viejo, siempre con pañuelo de seda al cuello, también forma parte de ese plasma. Aunque a veces me cuestiono si no serán ellos reales y yo un espejismo plasmático.

Su compenetración es increíble, son un ballet de ideas. Y las ideas son como partículas o moléculas que se van ensamblando unas con otras hasta formar nuevos proyectos, nuevas posibilidades de expansión de la empresa, cuya base es la flexibilidad, o mejor dicho, la maleabilidad. Su lema es «Todo debe cambiar» sustituyendo el tradicional «Todo puede cambiar». Éste es el concepto que tratan de introducir en la mentalidad de la junta y, sobre todo, de Emilio Ríos. Hay que dejar de ser un bloque de acero que navega hacia alguna parte, lo que nos hace estar enclaustrados y rígidos y gastar enormes cantidades de energía para movernos. Hay que cambiar sin moverse del sitio, hay que cambiar sobre sí mismo, no hay que ir hacia las empresas, sino que hay que lograr que las empresas vengan a nosotros, y nosotros engullirlas, absorberlas y modificarnos con ellas. No hay que empeñarse en buscar clientes para un producto determinado, sino buscar productos para satisfacer a los clientes que ya se tienen. Emilio Ríos no sabe qué pensar. Yo en su pellejo tampoco sabría qué hacer. No sé por qué en estos momentos tengo la impresión de que existe alguien que, si quisiera, podría hacer desaparecer este edificio con todos nosotros dentro, simplemente poniendo un dedo sobre la burbuja. Un dedo grande y algo aplastado como los de Trenas.

Ríos mira a Alexandro y a Jano, los mira y los mira con ojos de enamorado. Adelante, dice.

Bajo la dirección de Alexandro y Jano se genera tal volumen de trabajo que hay que remodelar la planta diecinueve entera y se proyecta la construcción de la Torre de Cristal II. Esta planta se ha convertido en el generador de la Torre, su corazón, el órgano creador. Y ahora tengo la impresión de estar más separada del suelo que antes. Me parece que vivo en una colonia lunar o en una plataforma espacial y cada vez veo a la gente y los coches más pequeños y más inofensivos, a escala de juguete. Las pocas veces que aterrizo en la calle ya estoy deseando elevarme otra vez. He adelgazado un poco y trato de adaptarme a ellos, pero me costará tiempo. No fuman, no beben, cuidan la alimentación y hacen mucho deporte, algunos músculos se les tornean suavemente bajo las camisas y los pantalones. Salvo contadas ocasiones, siempre llevan zapatillas de deporte desgastadas y vaqueros. Si mi padre los viera no podría creer que gracias a ellos nos suban los sueldos y que, según los rumores que circulan, Emilio Ríos se haya comprado una isla y un yate para ir a la isla.

Su padre los admira profundamente y los visita de vez en cuando, aunque como ellos no lo pueden atender porque están muy ocupados, suele sentarse en mi semidespacho o da una vuelta por el que sigo llamando laberinto a pesar de que ya no tenga ningún aspecto de laberinto, hablando con unos y con otros. Está jubilado, debe de tener de setenta y cinco a ochenta años y es muy delgado y jovial. Viste trajes cruzados preferentemente azul marino y en lugar de corbata lleva pañuelos de seda. Vaya payaso, pienso, cuando lo veo con el pañuelo al cuello contando chascarrillos, hasta que un día, sentado frente a mí, se me queda mirando con tristeza o cansancio, como si me leyera el pensamiento, y me pregunta qué pienso de él. Le digo que no pienso nada en particular, molesta porque me haga una pregunta tan directa.

—Me gustaría contarte algo —dice.

Por cómo me mira, creo que pongo cara de recelo.

—Es la historia de cómo Jano y Alexandro llegaron a ser hijos míos.

—No sé si ellos querrán que yo lo sepa.

—Cuando tengas mi edad comprenderás que es ridículo llevarse las historias a la tumba.

El doctor Dorado tiene ganas de hablar y si tiene ganas de hablar no habrá quien lo pare. Así que me dispongo a mirar por el ojo de la cerradura con un poco de miedo.

Hace alrededor de treinta años el doctor Dorado tenía cincuenta y era un cirujano plástico de cierta fama. Era soltero. Y tenía dos consultas, la de los ricos, a la que le dedicaba la mayor parte del tiempo, y la de los pobres, a la que le dedicaba los fines de semana y las vacaciones. Por aquel entonces no existían las ONG, ni Médicos sin

Fronteras, ni Médicos del Mundo, y había que actuar por la vía caritativa para paliar las calamidades ajenas. Por supuesto los clientes de la consulta de lujo, situada en una de las mejores zonas de Madrid, y de cuya fachada sobresalía un toldo que le daba aire de hotelito, no tenían ni idea de esa otra actividad del doctor, ni debían tenerla porque les habría disgustado que alguien no pagase nada o muy poco por lo que ellos, en su mayoría ellas, pagaban tanto. La consulta barata, por llamarla de algún modo, estaba completamente alejada de la otra, en uno de los barrios más deprimidos del extrarradio y sólo para ser operados acudían los pacientes a la lujosa. Eran casos de necesidad: quemados, deformaciones, que no se podían costear una cirugía estética. Nadie habría sospechado que el doctor Dorado consumía las vacaciones trabajando por nada. Viéndole con su tradicional pañuelo de seda al cuello, remetido artísticamente por la camisa, chaquetas azul marino y gafas oscuras, era más imaginable en un yate que en un quirófano. Ésta era sin duda una sensación que agradaba a la clientela de lujo, la de que acudir a su clínica era casi como ir de vacaciones.

Un día se presentó en la clínica barata una chica de veintidós años con media cara quemada por un accidente en la infancia. Se llamaba Aurora y se mostraba algo recelosa del mundo porque su vida era muy dura. Tenía dos hijos, uno de un año y otro recién nacido, de nombres Jano y Alexandro, cuyo padre un día se olvidó de regresar a casa. El doctor consideró que sería una gran injusticia no hacer nada por ella. Así que estudió su caso y le informó de que podría someterse a varias intervenciones. Ella aceptó entusiasmada y comenzaron las visitas a la clínica de lujo. A veces no tenía más remedio que ir con los niños porque no contaba con nadie con quien dejarlos, y al doctor le daba pena que regresaran dando tumbos por metro y autobuses. De modo que le pedía que le esperasen y los llevaba en su descapotable. Un día Aurora le propuso quedarse a cenar en su humilde casa y luego hicieron el amor. Él más que nada lo hizo por no herir la sensibilidad de la chica, para que no pensara que le desagradaba, pero salió de allí enamorado. Y cada día se enamoraba más y más, y habría estado con ella y su cara quemada toda la vida, no le importaba en absoluto. Para demostrárselo le pidió que se casara con él.

Aurora fue sincera, le confesó que le quería aunque no apasionadamente, y también que no esperaba conocer ya a ningún hombre mejor que él. Se casaron y formaron una familia. El doctor era más feliz de lo que nunca habría imaginado. Sus amigos se hacían cruces de que estuviese tan enamorado de aquel monstruo. Todo le parecía poco para sus nuevos hijos. Sin embargo, ella no pensaba en otra cosa que en la operación. Hubo tres intervenciones y quedó preciosa, aunque nunca se deshizo de la costumbre de echarse el pelo sobre el lado derecho de la cara. Estaba como loca de contenta. El doctor, en cambio, intuía que acababa de perder algo. Aurora quería recuperar el tiempo y se pasaba todo el día por ahí. Casi no veía a sus hijos, al cuidado siempre de una niñera. Cuando estaban todos juntos, se mostraba completamente distraída, con la cabeza en otra parte, rehuía las relaciones sexuales con su marido o cumplía con ellas mecánicamente. Algunas noches ni siquiera se presentaba a dormir. A él le alteraba tanto su comportamiento que temía perder el control y cometer algún error en su trabajo. Nunca se habría imaginado que el amor auténtico fuera así de cruel.

Un día, Aurora conoció a un marchante de arte y decidió irse con él a recorrer mundo. Le dijo a su marido que le fascinaba aquella vida y que no podía hacerse cargo de los niños, que ahora tenían tres y cuatro años, que algún día volvería. Pero no volvió, jamás tuvieron noticias de ella. Él se volcó en su trabajo y poco a poco fue recobrando la tranquilidad, aunque no pudo olvidar a Aurora. Siempre conservó la pequeña esperanza de que apareciera en algún momento, confiaba en que al menos tuviese curiosidad por ver cómo crecían sus hijos. Jano y Alexandro aprendieron a cuidarse mutuamente, a divertirse juntos, a pensar juntos. Estudiaron juntos y cuando llegó el momento trabajaron juntos.

Bastantes años después del abandono de Aurora, en una fiesta en una embajada, el doctor Dorado reconoció al marchante entre los invitados. El corazón le dio un vuelco espantoso y tuvo que apoyarse en la pared. Observó a la mujer que lo acompañaba. Estaba de espaldas a él, por lo que tuvo que rodear la sala sin fuerza en las piernas hasta verla de frente. Entonces puso en marcha un rápido ejercicio mental superponiendo al rostro joven de Aurora el rostro maduro que tenía delante. Deseaba con toda su alma que fuera ella. Deseaba hablarle de sus hijos y saber qué había hecho durante estos años. Había transcurrido tanto tiempo que ni los reproches ni el rencor tenían ya sentido. Pero por mucho que hubiese cambiado no podía ser Aurora, por desgracia no lo era. Así que se acercó al marchante y se presentó. El principio de la conversación fue bastante desagradable porque tuvo que refrescarle la memoria sobre Aurora.

—Aquella chica —dijo el marchante, que tenía dos terribles surcos en la cara, se diría que repujados en cuero.

Le explicó que estuvieron juntos seis meses y que luego, un buen día, ya no volvió a saber de ella. La buscó por todas partes, pero no la encontró, como si se la hubiese tragado la tierra. Dio parte a la policía, y la policía descubrió que a alguien del hotel donde estaban alojados en Venecia le pareció verla con un hombre de unos cuarenta años, de estatura media y moreno, hablando en el bar, después se marcharon juntos. El marchante consideró que le había sustituido por otro y no quiso saber más del asunto. Dicho esto, apartó la vista del doctor Dorado y dio por concluida la conversación.

El doctor sospechaba del marchante, sospechaba de los surcos y de la turbia mirada. Y sentía una gran desazón por la suerte que pudo correr Aurora. Decidió cerrar las dos clínicas y tomarse las primeras vacaciones de su vida. Llevaría a sus hijos a conocer Venecia. Una vez allí habló con la policía, y la policía le contestó que podría tratarse de alguna de las chicas que todos los años aparecen muertas en los canales y cuyos cuerpos no reclama nadie. Al haber pasado tanto tiempo, era imposible saber si pudo ser alguna de ellas. Sin embargo, él no se dio por vencido y continuó investigando. Todo rastro de ella terminaba en Venecia, cuando Aurora tenía veinticinco años. Estaba seguro de que el marchante sabía la verdad y de que se la llevaría a la tumba.

Al doctor todos aquellos años sin saber de ella le pesaban terriblemente, quería conservar la ilusión de que estuviera viva en alguna parte del planeta, pero le era imposible engañarse hasta ese punto, y comenzó a sentirse culpable. Si no le hubiese arreglado la cara, ahora estaría viva, tal vez con él y con sus hijos, y no podía quitarse esto de la cabeza. Por supuesto mantuvo a Alexandro y Jano al margen de la tragedia. Hasta que un día uno de ellos, por error, abrió un sobre acolchado dirigido a su padre por la Interpol, en el que se le informaba de que, de reconocer los anillos, el reloj y los pendientes que se le mostraban en la fotografía, podía tener la certeza de que su esposa había muerto víctima del atropello de un coche en una calle de Venecia en el año 1975. En el hospital donde fue ingresada en coma profundo no pudieron localizar a nadie que se hiciera cargo de ella porque no llevaba ninguna documentación encima, ni nadie preguntó por ella en el hospital, ni nadie denunció su desaparición a la policía. O sea, que el desgraciado del marchante se desentendió de la desaparición de la pobre Aurora. Falleció una semana después.

Su padre se vio obligado a contarles lo ocurrido, pero nunca les reveló el nombre del marchante, que se portó tan inhumanamente con su madre, porque no quería alimentar en ellos el odio y el rencor.

Me quedo pensando si el doctor Dorado lo habrá conseguido, si habrá logrado librarlos para siempre del odio y el rencor.

Conrado

Hace un año que ha fallecido Trenas, aunque se diría que hayan pasado mil, cuando su hijo Conrado nos hace una visita. Lo había visto una sola vez en mi vida, en el entierro de su padre, oculto tras unas gafas negras. Me pareció un poco rubio, aunque ese día el sol brillaba con tal fuerza que todos parecíamos un poco rubios, y daba la impresión de que no se ponía traje muy a menudo, al menos ese tipo de traje severo y elegante, que ahora lucía y que me pareció reconocer como uno de los trajes del difunto vicepresidente, lo que me condujo a imaginarme con bastante realismo cómo al aterrizar de Estados Unidos sin nada apropiado que ponerse para el entierro, su madre le convenció de que su padre estaría muy orgulloso de que llevase uno de sus trajes. Quién mejor que su hijo para vestir un traje de su padre en el propio entierro de éste. De ser así, se podía entender su envaramiento e incomodidad, añadidos al dolor, durante toda la ceremonia. Hasta ese momento yo pensaba que lo de pasarse trajes de padres a hijos lo hacía gente de un nivel social como el de mi familia, acostumbrada a aprovecharlo todo y a usarlo una y otra vez hasta el final de los tiempos. Además de lo que yo misma observé, también sé de Conrado, por boca de su padre, que es valiente y que no se anda con contemplaciones cuando alguien le molesta. Hoy se completa esta imagen.

Tras la remodelación del laberinto, ya no ocupo la anterior casilla, sino una más grande y prácticamente cerrada, menos por arriba, con cristales granulados que desde fuera producen la impresión de que la persona de dentro siempre se está duchando. Hoy, un día de principios de abril, alrededor de la una del mediodía, con algunas nubes grises desplazándose por el cielo a la altura de mis ojos, alguien llama a mi cristal granulado y, antes de que pueda decir nada, empuja la puerta un chico alto y fuerte con una mochila colgada al hombro. Nada más verlo, reconozco en él las manos grandes de dedos ligeramente aplastados y la corpulencia de mi antiguo jefe, aunque en este caso no inerme e inútil, sino activa y endurecida por el deporte constante. Lo del pelo rubio era un falso recuerdo porque es castaño, liso y corto, muy cuidado sin duda ante su amenazante pérdida. Lo considero de la misma estirpe que mis actuales jefes, directivos natos desde la guardería, del mismo modo que hay eternos estudiantes y eternos seductores y eternos hippies. También él lleva ropa entre cara y vieja, y mochila en lugar de portafolios. Echa un vistazo alrededor con soltura, de una forma que deja a las claras que entre paneles, ordenadores, teléfonos y empleados que van y vienen contribuyendo a una tarea colectiva que nadie entiende se encuentra como en casa. Cierra la puerta tras él y se presenta.

—Soy Conrado Trenas —dice.

Le digo exagerando un poco que aún recuerdo a su padre todos los días y que, aunque su despacho haya cambiado bastante, muchas veces al entrar creo que me lo voy a encontrar. Le digo que su padre era una persona extraordinaria, lo que se dice un señor, y que fue una lástima que ocurriera lo que ocurrió; no quiero usar las palabras morir ni la palabra muerte, ni fallecer. Le pido que se siente. Y él se sienta con la misma desenvoltura con que mira. Los despachos ajenos se la sudan, conoce el paño. Al ir estableciendo comparaciones con su padre, sin querer, la vista se me va a la zona de los genitales, y me encuentro con un montículo perfecto entre las ingles. Creo que Conrado es lo que su padre no tuvo valor de ser. Dice que desde la ceremonia del entierro no ha vuelto por España y que sentía que tenía algo pendiente: venir aquí, hablar con la gente con la que su padre trabajaba, su hermana le ha dicho que aún quedan por aquí algunas cosas suyas.

El hecho de que yo no reaccione de inmediato, de que me quede pensando a qué cosas podría referirse, le hace exclamar:

—No te preocupes, tal vez las hayas tirado, no importa.

Lo sitúo mentalmente en una de nuestras juntas directivas. Sería un tanque, tiene todas las cualidades para arrollar: confianza en sí mismo, impermeabilidad, cierta dureza en sus agradables rasgos, objetivos claros. Y en medio de todo, un fondo de súplica en la voz, que jamás dejaría aflorar en una junta, pero que ahora y aquí le detecto al mencionar a su padre.

—Es una caja y la guardé, no tuve valor para tirarla. Déjame hacer memoria —digo.

Sonríe un poco. Le inspiro confianza o, mejor dicho, le parezco inofensiva, pertenezco al mundo de su padre, no al suyo. Jamás seré una competidora para él, jamás estaremos en la misma lucha, y puede relajar sus sentimientos.

Me levanto y empiezo a buscar la caja en los armarios, hasta que por fin me acuerdo.

—Creo que aún está en su despacho. Si los nuevos vicepresidentes no la han tirado, estará allí.

Lo del plural le hace mirar vagamente hacia la izquierda como buscando la imagen que acompañe a esa palabra, pero no hace ningún comentario. Le pido que me espere un momento. Sin embargo, se levanta dispuesto a seguirme.

—También me gustaría ver el despacho —dice con determinación.

—En realidad, el despacho ya es otro, se ha cambiado la decoración, antes imperaba la madera y ahora el acrílico y los tonos grises y rojos. No vas a encontrar a tu padre allí, por decirlo de alguna manera. Además, deben de estar trabajando y no sé si...

Conrado me escucha muy atentamente, con gran seriedad, casi me enamoro de él.

—Sólo será un momento —dice emprendiendo la marcha.

Su padre tenía razón, no se parecen nada aunque se parezcan bastante. Es como si el hijo hubiese desarrollado toda la potencia y los deseos del padre. Soy yo quien le sigue, indicándole verbalmente el camino. Cada paso suyo son dos míos. Y al llegar a la puerta le pido, por favor, que espere un segundo para que ponga en antecedentes a mis jefes. No dice nada, se limita a hacer lo que le digo, aunque a estas alturas ya sé que no acepta las recomendaciones de nadie y que hace lo que le parece. Cierro la puerta detrás de mí tratando de ordenar lo que he de decir y sabiendo que de todos modos va a resultar confuso. Uno: el hijo de Sebastián Trenas está aquí, esperando fuera del despacho. Dos: en este despacho hay una caja con pertenencias de su padre, que he de buscar. Tres: el hijo quiere esa caja y también ver este despacho.

Al verme levantan las cabezas de unos planos que están examinando. Tomo asiento en posición de urgencia, o sea, en un pico de la silla, y recito con bastante claridad los tres puntos, pero como me temía me observan confusos, sus mentes están preparadas para discursos expresamente complejos, para asuntos intrincados, crípticos, aunque dentro de una lógica. Por fortuna o por desgracia, antes de que me embarque en más explicaciones, se abre la puerta. Alexandro y Jano dirigen allí la vista, también yo. Por estar sentados, vemos la figura de Conrado más grande de lo que es, un poco en contrapicado sobre el hueco de la puerta. Alexandro y Jano se contraen a la espera de saltar sobre el recién llegado.

—Es Conrado Trenas, el hijo de Sebastián Trenas —digo poniéndome en pie para que la situación sea menos desigual.

Los otros dos no mueven un músculo, parecen una instantánea. Conrado avanza con la mochila al hombro. Lo miran fijamente, demasiado fijamente y demasiado rato, y no parecen molestos por la interrupción. Sin duda pasa algo raro.

—Perdona —dice Alexandro—, por un momento me has parecido...

—Y a mí —añade Jano, a quien las ojeras moradas se le han arrugado en dos estrellas.

Conrado se sienta, comprende el impacto que causa y que se les haya olvidado invitarle a sentarse. Alarga sus ya largas piernas y cruza los pies. Las zapatillas grises forman una mariposa gigante bastante fea.

—Te vi el otro día en *Man* —dice Alexandro o Jano con una admiración sin límites.

—Te presento al creativo para el mundo de Coca-Cola —dice Alexandro dirigiéndose a mí, pero en realidad dirigiéndose al mismo Conrado, lo que no evita que yo me quede con la boca abierta ante la noticia.

Entonces Conrado estira el torso y estira los brazos por encima de la cabeza y permanece así unos segundos como si estuviese tomando el sol, momento que aprovechan Alexandro y Jano para recorrerlo de arriba abajo con la mirada: corte de pelo bastante corriente, suéter, chaqueta en completa contradicción con los pantalones, deportivas sin marca aparente, reloj de titanio todoterreno. Tratan de leer la marca, pero no lo consiguen.

—¿Era aquí donde trabajaba mi padre?

—En efecto —dice Alexandro, pasándose los dedos por su estancada barba de dos días—. Su mesa estaba ahí y en general su estilo era más oscuro, más sobrio, más en consonancia con él.

Conrado observa a Alexandro con pupilas duras, tengo la vaga impresión de que estas palabras no le han caído muy bien. Creo que Conrado tiene un sexto sentido y que de pronto le ha llegado la revelación de todo lo que pasó, como esos videntes que son capaces de acceder a la verdad a través de un lugar, una prenda o un objeto de la víctima. Aquí la víctima ha sido su padre. Se aproxima al ventanal y se queda mirando de la forma en que solía hacerlo su padre. Ha empezado a lloviznar, es una lluvia de primavera, y yo comienzo a buscar la caja por los armarios. Deseo que aparezca, lo deseo con todas mis fuerzas, no sé por qué. Oigo que Conrado les pide disculpas por haberles interrumpido, aunque su voz no suena a disculpa, sabe perfectamente que es el rey y que ellos son sus súbditos y que están viviendo un sueño con la visita inesperada de este rey. Le piden que cene con ellos, y él acepta. Dice que va a quedarse quince días en España, que son sus primeras vacaciones en dos años. Ellos comentan que ha sido una sorpresa mayúscula enterarse de que es el hijo de Sebastián Trenas.

—Así es la vida —dice Conrado—. Una sorpresa tras otra.

—¡Aquí está! —exclamo espontánea y quizá demasiado alegremente con la caja en las manos.

Conrado se vuelve, se acerca y la abre. Contempla su caótico interior.

—¿Esto es todo? —pregunta.

—También había papeles, bastantes papeles, que destruí, siguiendo las instrucciones de tu hermana.

—Ya —dice él, que está acostumbrado a no creérselo todo. Yo vuelvo a guardar la caja en su sitio.

Al marcharse, le acompañan a los ascensores. Por su aspecto de adolescentes nadie ajeno sospecharía que controlan el mundo. Se despiden sin los típicos estrechones de manos y al rato mis jefes se acercan por mi semidespacho. Adivino sus figuras tras los cristales granulados. Son manchas de distintos colores que se van haciendo cada vez más grandes, hasta que abren la puerta y las manchas se reúnen y articulan formando a Alexandro y a Jano. Tienen un alegre brillo en la mirada, están excitados.

—¿Estabas enterada de que el nuevo cerebro de Coca-Cola era su hijo? —me preguntan.

Nadie lo sabía, nadie los había puesto en relación, por el simple hecho de que Conrado se hizo famoso en el mundo de los negocios justo después de morir su padre. Fue entonces cuando empezó a recoger los frutos de una carrera que había iniciado dos años antes.

El éxito comenzó con una entrevista que le hicieron en un programa de televisión matinal norteamericano dedicado a revelar nuevos talentos. Se mostró tan brillante, áspero y seguro, que el conductor del espacio confesó que hacía veinte años que no se encontraba ante una personalidad tan arrolladora. Entonces Conrado en lugar de darle las gracias lo miró muy serio y dijo que no dijese tonterías, lo que dejó bastante trastornado al periodista, que a la salida le pidió una cita, cosa que Conrado le denegó, lo que ponía en una situación difícil a Conrado debido al gran poder del periodista que estaba acostumbrado a hacer y deshacer jóvenes talentos. Sin embargo, el presentador no contaba con que la audiencia había oído a Conrado humillarle y que luego también varias personas habían sido testigos de cómo le daba calabazas, de modo que en el tiempo que Conrado tardó en recorrer de nuevo los estudios de televisión y bajar a la calle su leyenda ya estaba construida.

El presentador despertaba muchas simpatías y bastantes antipatías, entre ellas la del presidente de Coca-Cola, que tenía por costumbre irritarse con su programa mientras desayunaba, lo que le venía muy bien para afrontar el día. Así que cuando oyó el comentario de aquel muchacho que ponía en su sitio al tipejo más bobo del mundo, se sintió identificado con él, unido a él. Lo comentó con sus colaboradores más cercanos. Sus colaboradores más cercanos ya estaban enterados de todo y le pusieron al corriente de que aquel joven también le había dado calabazas al presentador. El presidente de Coca-Cola dijo que quería conocer a ese chico.

A los dos días tenía sentado frente a él a Conrado Trenas, quien seguramente era consciente de lo decisivo del momento porque dependiendo de la impresión que causara podría tenerlo todo o nada, algo que pondría nervioso a cualquiera, incluso al mismísimo presidente de Coca-Cola, que se le quedó mirando un instante esperando alguna reacción.

Entonces Conrado dijo, como quien toma posesión del lugar que le corresponde:

—Bueno, ya estoy aquí.

Y él le contestó:

—Bienvenido.

Nada más contratar a Conrado y convertirlo en su mano derecha, el presidente de Coca-Cola no volvió a ver la televisión por la mañana, dejó de interesarle por completo. Se podría decir que había estado viendo con profundo asco este espacio todas las mañanas sólo para descubrir a Conrado una de ellas. Lo que me hace pensar que no hubo nada casual en esta cadena de acontecimientos que llevaron a Conrado a un punto en que todo el mundo quería conocerle, entrevistarle, trabajar con él, observarle y emularle. Aunque suene descabellado, presiento el espíritu de su padre uniendo una cosa con otra.

En cuanto mis actuales jefes me ponen al corriente de esta historia, no puedo evitar imaginarme el espíritu del difunto Trenas cruzando el Atlántico para proteger a su hijo. Me lo imagino buscando la casa del presidente de Coca-Cola e introduciéndose en su cabeza para que no pueda dejar de ver la televisión durante el desayuno. Y luego introduciendo el nombre de Conrado en la lista de los invitados al programa y después colándose en la cabeza del periodista y obligándole a fijar la vista en ese nombre y a sentir la necesidad imperiosa de invitarle, y finalmente inoculando en el organismo de Conrado una luz para iluminarlo y convertirlo en un ser especial.

Sin poder remediarlo también para mí es un ser especial, aunque si me fijo bien y mantengo la cabeza fría, es un chico como tantos, sin nada en su persona que llame la atención, sin grandes encantos, ni siquiera pequeños encantos, algo rudo de pensamiento y de palabra y, sin embargo, irresistible. Cuando en los días posteriores a su primera visita se acerca por aquí, toda la planta se llena de energía. Nada más verle salir de los ascensores nos removemos contentos en los asientos. El olor de su suave colonia atraviesa las pituitarias y el cerebro como un elixir. Con gusto besaríamos sus grandes zapatillas grises y nos dejaríamos proteger por sus cazadoras. No es fácil admitirlo, pero estamos embrujados, y, según lo veo, tampoco el espíritu de Trenas es ajeno a este fenómeno.

Sin duda, quien más acusa el impacto de la personalidad de Conrado es Jano, como si le hubiese ametrallado desde todos los poros de su ser. El mismo día de su aparición en la Torre de Cristal, Alexandro y Jano cenan con él, y al día siguiente Jano ya no es el mismo. Comienza a distinguirse de Alexandro, igual que dos cromosomas que toda la vida han funcionado juntos y que inician su separación.

A Jano se le pronuncian las ojeras y se vuelve tan melancólico y distraído, que me temo que no hace otra cosa que pensar en Conrado, aunque no se puede asegurar en estos momentos, porque los primeros momentos de algo siempre son confusos, algo deja de ser y se convierte en otra cosa, como cuando un gusano se metamorfosea en mariposa. Alguien que asistiese a este acontecimiento sin saber que los gusanos pueden dar lugar a mariposas no sabría qué pensar. Lo mismo le sucede a Alexandro con Jano cuando tiene que repetirle las cosas dos veces y cuando discuten cada vez con más frecuencia. Entonces Alexandro le mira con sus claros ojos muy abiertos, sin comprender que se está produciendo un cortocircuito entre ellos y que ya nada será igual. Y hasta que ocurre lo que ocurre, Alexandro pone todo su tesón en restablecer la comunicación, por ahora imposible.

Todo comienza con aquella primera y demoledora cena de mis jefes con Conrado, tras la cual la relación de los tres se estrecha tanto que Conrado se presenta todos los días en el despacho a última hora de la tarde, lo que altera profundamente a Jano, que consume el tiempo esperando este mágico momento. Y no tengo más remedio que ver, y como yo cualquiera que tenga ojos, que si

Conrado aparece con un jersey de cuello alto, al día siguiente Jano lleva un jersey de cuello alto. Si Conrado se pronuncia a favor de tal película o tal libro, inmediatamente Jano ve la película o lee el libro. Remueve tierra y cielo hasta dar con una colonia de aroma semejante a la colonia de Conrado y juraría que se pone alzas en los zapatos para ser tan alto como él. A la vista de los hechos posteriores, esta extravagante forma de comportarse podría ser interpretada como una manera desesperada de establecer con Conrado el tipo de comunicación al que estaba acostumbrado con Alexandro y que se ha roto de forma dramática.

La crisis sobreviene cuando Conrado regresa a Estados Unidos. El hecho de no poder verle pone a Jano fuera de sí. Está completamente ausente. Se habla mucho de la pérdida de personalidad, pero nunca he sido testigo de tal cosa, no he conocido a nadie que haya perdido la personalidad. Por poca personalidad que alguien tenga, siempre tiene alguna, en realidad es imposible no tener ninguna. La personalidad no se la puede dejar uno por ahí como si fuera calderilla o un paquete de tabaco que se olvida en una cafetería, uno va pegado a su personalidad como a su sombra, su alma, su piel. Perder la personalidad es una frase exagerada, muy expresiva, literaria, no científica. Eso creía hasta que he visto cómo a Jano lo abandonaba la suya, cómo se desgajaba de él y se iba con Conrado igual que esos monigotes de papel que se llevan pegados en la espalda sin saberlo.

Tal vez influya la primavera. Hemos llegado a mayo y el aire está espeso. Probablemente en los países fríos todo se vea con mayor claridad, pero en los meridionales a veces la vista no puede avanzar un centímetro sin tropezarse con una burbuja, una brizna de algo, insectos, moscas, hilos flotantes, y todo es muy confuso. El caso es que Jano aparece una mañana con una excitación alarmante. Por nuestra puerta abierta se le ve avanzar desde los ascensores resuelto, sonriente, con la mirada iluminada. Da un poco de miedo.

Alexandro y yo estamos en el despacho de vicepresidencia tratando de sacar adelante el trabajo que normalmente hacían los dos. En teoría estoy ocupando el lugar de Jano y completando con mis aportaciones las ideas de Alexandro, pero me resulta muy trabajoso y difícil.

—Vengo a despedirme —dice Jano de pie ante nosotros—. Me marcho.

Alexandro no levanta la vista de los papeles y se limita a pasar una hoja.

—El vuelo sale esta noche. Si he de firmar algo, es mejor que lo haga ahora. Aún tengo que comprar un par de cosas —dice con las manos metidas en los bolsillos y un nerviosismo preocupante.

—¿Qué cosas? —pregunta Alexandro sin mirarle todavía.

—Unos libros, unos cd y ya se me ocurrirá algo más.

—¿Algo más? —pregunta Alexandro con excesiva tranquilidad y la cabeza gacha.

—Sí, no sé qué, seguro que hay algo en especial que le gustaría que le llevase. Tengo que buscar.

No hace falta que diga ningún nombre, comprendemos con gran temor que se refiere a Conrado. Alexandro y yo cruzamos una rápida mirada, a estas alturas ya no le importa que yo presencie estas escenas.

—El vuelo sale a las ocho —continúa—. No le he avisado de mi viaje, quiero que sea una sorpresa.

Las ojeras de Jano están más negras que nunca, como si se hubiese restregado los ojos con los puños manchados de carbón.

—No te entiendo. No entiendo nada de lo que dices. Te estás volviendo loco —dice Alexandro mirándole por fin con una mezcla de dureza y pena.

—Sí que me entiendes. Mañana estaré en Atlanta, con él. ¿Te imaginas? Ni siquiera puedo imaginármelo, es demasiado grande, es demasiado bueno. No sabía que esto era así.

—Es que no es así, Jano, hazme caso. No es real.

Alexandro me pide ayuda con la mirada, y yo certifico sus palabras negando con la cabeza. Jano nos observa con cara de desprecio, que es lo que le inspiramos en estos momentos.

—Creía que estabas de mi lado y que me apoyarías.

—Sólo quiero que comprendas que es una locura. Ni siquiera sabes qué opinión tiene de ti.

—No hace falta —responde Jano—. Hay cosas que se notan.

—¿Estás seguro? ¿Estás completamente seguro? —pregunta Alexandro bastante irritado.

—¡Ya sé lo que le gustaría! —exclama Jano entusiasmado, sin escuchar a su hermano y abriendo la puerta para irse.

Por mi parte, no me puedo creer que éste sea el mismo Jano astuto y práctico que he conocido en este mismo despacho, lo que puede significar que la inteligencia no sea para siempre.

Es una sensación rara ver a Alexandro sin Jano en el despacho, es como verle mutilado, es como ver la mitad de una persona. Incluso en los últimos tiempos, antes de marcharse definitivamente Jano, ya se le percibe así. Le cuesta tomar decisiones que antes adoptaba automáticamente, elaborar ideas, comprender las situaciones, contestar a las preguntas. Seguramente las neuronas se le tendrán que acostumbrar a trabajar solas en su pequeña isla, desconectadas de las neuronas de Jano. Deberán ir asumiendo sus funciones poco a poco, como diría un neurólogo. Hasta ahora Alexandro no se ha dado cuenta de lo solos que nos encontramos todos los demás, desterrados a nosotros mismos, sin ser comprendidos totalmente por nadie. Hasta ahora debía de considerarnos torpes y cobardes, melifluos, babosos, llorones.

A los quince días de habernos dejado Jano, soy consciente de que iniciamos la cuesta abajo en la Torre de Cristal. Hay demasiado volumen de negocio en manos de la vicepresidencia, y Alexandro no está en su mejor momento. Su capacidad de resolución disminuye bastante y también la de discernimiento. No se atreve a tomar decisiones. Comienza a vivir en el reino de la duda. Duda absolutamente de todo, desde la firma de un contrato o cualquier movimiento en Bolsa hasta si comer pollo o pescado. Un día me confiesa que ha llegado tarde porque se ha cambiado diez veces de camisa. Las cartas, incluso las más banales de agradecimiento o acuse de recibo, hay que rehacerlas dos o tres veces. Cuánto cuesta decidirse, dice. Cuando pide algo de beber también cambia de opinión. Incluso hablando ha tomado la costumbre de corregirse sobre la marcha y sustituir una palabra por otra. Tardamos una eternidad en resolver cualquier asunto. La situación me desespera tanto, tengo que controlar tanto los nervios que me pica todo el cuerpo. Me paso el día rascándome como si tuviera sarna, que debe de ser una enfermedad que pica mucho.

Y un día ocurre lo que tenía que ocurrir y es que Emilio Ríos se presenta en su despacho. Nada más verle salir del ascensor, el laberinto se tensa como la piel de un gato. Alguien me avisa con cara de alarma y mi organismo también se tensa, digamos que todos los cuerpos, tanto vivos como inertes, acusan el impacto de esta visita de alguna forma esperada. Llega arrastrando los pies y mirando al suelo, y salgo corriendo a su encuentro. Pero me dice que ya sabe el camino.

La entrevista dura hora y media en que los brazos y las piernas me pican alocadamente. Pobre Alexandro. Me tortura pensar cómo estará defendiéndose y tratando de poner a raya su constante dubitación. Emilio Ríos se marcha como ha venido, arrastrando los pies y sin levantar la cabeza, más preocupado si cabe. Me precipito al despacho de mi jefe acompañada por las miradas del laberinto.

Encuentro a Alexandro desarmado, sus ojos gris oscuro dirigidos al frente, hacia una estantería también gris y roja con libros de economía y otros muy grandes y de lomos dorados que suelen verse en las consultas de los médicos y de los abogados.

—¿Qué ha pasado? —pregunto restregándome el codo en el costado para calmar el picor.

—Tengo que comparecer ante la junta, explicar qué ha ocurrido este mes en que no se han cumplido, quiero decir realizado, los pronósticos. También tengo que responder de la huida, mejor dicho, desaparición de mi hermano —dice dudando de cada palabra que pronuncia.

—No te preocupes —le digo—. Todo saldrá bien.

—Es imposible que salga bien, porque ya ha salido mal. Es mejor que vayas haciéndote a la idea.

Me dan ganas de abrazarle y besarle. Es la primera vez que siento este impulso hacia Alexandro. Debe de ser por ese instinto maternal del que hablan, el caso es que me parece adorable su pelo rapado, su inseguridad, la barba de dos días alrededor de unos labios tiernos, que se han relajado en los últimos tiempos, y el cinturón de piel de serpiente sobre unos vaqueros de azul tenebroso. La sensación dura un minuto, pero es tan intensa que él la percibe. Creo que los dos nos ponemos algo nerviosos, y salgo del despacho.

Al día siguiente recibo una llamada. Es una voz conocida de hombre que en un primer momento adjudico a Raúl.

—Raúl —le digo—, cuánto tiempo.

—No, no soy Raúl. Soy Jano.

—¿Jano? ¿Dónde estás?

—Mañana llego a las nueve de la mañana a Barajas. Me gustaría que me reservaras una habitación en cualquier sitio, no tengo dónde ir.

La voz de este Jano no tiene nada que ver con la de aquel chico que se marchó en busca de Conrado. Es una voz serena y trágica al mismo tiempo, como los ojos de Irene Papas.

—¿Estás bien?

—Creo que sí. No le digas nada a mi hermano, por favor.

No es el mejor momento para tomarme media mañana libre puesto que Alexandro tiene que presentarle a la junta un buen fajo de informes, pero pongo una excusa y me marcho.

En Barajas hay un tráfico intenso de viajeros. Me maravilla que haya tanta gente dedicada a llenar aviones, aeropuertos, hoteles, gente a la que seguramente se les pagará por esto. Espero en la puerta de su vuelo entre manos que sostienen letreros con nombres. Algunos viajeros comienzan a desfilar ante nosotros empujando el equipaje y tratando de leer los letreros. Entre ellos, de pronto, descubro a Jano. Lleva un brazo escayolado y en la cara se le aprecian moratones que debieron de ser intensos, también tiene los labios hinchados. Le ha crecido un poco el pelo, ya no lo lleva tan corto como su hermano.

—Hola —le digo. No se me ocurre nada más.

—Hola —dice soltando el carro y abriendo y cerrando los dedos del brazo escayolado para que circule la sangre.

—Yo lo llevaré —digo.

—¿Cómo está mi hermano?

—No sabe nada. Tiene que presentarse ante la junta, las cosas no han ido muy bien en la empresa.

—Ya —dice con gesto de cansancio—. Crees que soy el culpable, ¿verdad?

No le digo nada, porque mi simpatía hoy por hoy está con Alexandro y la oleada de nuevas emociones que me despierta.

—Te he alquilado un apartamento cerca de la oficina. Es caro para lo pequeño que es, pero no me ha dado tiempo a más.

Creo que mi voz suena un poco rígida, quizá hostil. Se diría que se merece lo que le ha ocurrido sea lo que sea.

Le cuesta acomodarse en el taxi porque también lleva el pecho escayolado. Me hace que toque en él con los nudillos. Suena a pared hueca. Tiene algunas costillas rotas. No quiero preguntarle qué le ha ocurrido.

El apartamento huele a rancio. Subo las persianas y abro las ventanas. Es un día veraniego y alegre, las copas de los árboles agitan sus melenas suavemente.

—No sé si podré ocultarle a Alexandro que estás aquí.

Se tumba en la cama con dificultad.

—Necesitas ayuda. Quizá deberías llamar a tu padre —añado.

—No quiero que me vea así. Aún no.

Coloco la maleta en una silla y la abro. Coloco alguna ropa en el armario. Saco un pijama y se lo doy. Me lo tiende para que le ayude a ponérselo. También le ayudo a quitarse la ropa que lleva puesta. Por la escayola de la espalda le asoma un tatuaje. Jamás pensé, cuando los conocí en aquella junta tan funesta para el pobre Sebastián Trenas, que con el tiempo acabaría desnudando a uno de los hermanos Dorado. Me resulta tan graciosa la situación que estoy a punto de soltar la carcajada, que se corta en seco en mi interior porque veo lágrimas resbalando por la cara deformada de Jano. Le paso la mano por el pelo.

—¿Sabes que nunca conocí a mi madre? —dice.

—Sí —digo pensando en la mía y en lo triste que es la vida a ratos.

—Murió cuando éramos muy pequeños.

Le digo que tengo que marcharme a trabajar, que no puedo dejar solo a su hermano.

—Mi hermano ya me tiene aquí otra vez, no te preocupes.

Y me pide que me tumbe junto a él, supongo que como si fuese su desconocida madre, porque necesita contarme lo que le ha sucedido, entendiendo que no me lo cuenta a mí, sino a su madre, cuya capacidad de comprensión está fuera de este mundo. Bajo la persiana, me quito los zapatos y hago lo que me pide. Me pasa el brazo sin escayola por debajo del cuello, la habitación está en penumbra.

Jano era incapaz de quitarse de la cabeza a Conrado. Jamás habría sospechado que las personas pudieran ser como bacterias o virus que penetran en lo más recóndito de las células hasta ponerte enfermo. Se sentía permanentemente borracho o febril, en un estado en definitiva desconocido hasta entonces que no tenía ni idea de cómo manejar. Se dejaba llevar por los impulsos, y el primer impulso al aterrizar en el aeropuerto fue ir directamente a la sede de Coca-Cola. Le pidió al taxista que le esperase con el equipaje y se anunció. Conrado le hizo esperar un buen rato sentado en uno de los sofás del vestíbulo, lo que ayudó a que perdiera los estribos por completo, de modo que cuando por fin se vio ante él en el despacho le abrazó y casi rompió a llorar. Conrado respondió muy fríamente apartándose de él y sentándose detrás de su escritorio. Entonces, haciendo girar el sillón unos grados a un lado y otro, le preguntó qué había ido a hacer por allí.

—Mi secretaria no me ha comentado nada de tu visita —dijo.

Jano respondió con la cabeza baja, como un niño al que reprenden, que era una visita sorpresa y que había venido con la intención de vivir con él, tal vez no al principio para no precipitar las cosas, más adelante.

Conrado le respondió con cara de enfado que estaba loco y que no comprendía qué le había hecho pensar que podía irrumpir así en su vida. Este comentario abatió a Jano, que tuvo que hacer un esfuerzo de entereza para garabatearle su dirección y teléfono. Por favor, llámame cuando puedas. La sensación de derrota le acompañó hasta el hotel y rellenó la ficha con una desgana delirante. Le pidió al botones que no descorriera las cortinas y se tumbó en la cama sin ver la habitación. Casi no respiraba para no sentirse, para fundirse con la ropa de la cama y desaparecer. Concentró los pensamientos en el Conrado de la Torre de Cristal, en el Conrado del que él se había enamorado, y se quedó dormido.

Despertó de noche y al principio creyó que estaba en su casa de Madrid, pero a los dos minutos recordó dónde se encontraba y lo que había ocurrido. Salió a la calle a tomar algo. Se metió en un sitio de enormes trozos de carne sobre las mesas, que le revolvieron el estómago. Se limitó a tomarse una ensalada mirando al techo para no ver a la gente engullendo y allí, en el techo, parece que lo vio todo claro: Conrado necesitaba tiempo para reaccionar, quizá tendría que haberle avisado de su llegada, pero el paso ya estaba dado, lo peor había pasado y ahora no iba a tirar la toalla. Todo lo importante cuesta, había sido un iluso al creer que iba a ocurrir tal y como deseaba que ocurriera.

Al día siguiente se dio un paseo por la ciudad con el tiempo calculado para emprender la marcha a pie hacia las oficinas de Conrado a la hora de comer. Esperó sentado por las inmediaciones y vio que a eso de la una salía, que recorría un parque cercano a paso rápido y que regresaba. No llevaba ropa deportiva, tan sólo debía de necesitar mover las piernas. Iba muy concentrado en sus pensamientos, porque seguramente también necesitaba reflexionar sobre algo. No podía descubrir a Jano, pero aunque hubiese podido no lo habría hecho porque no miraba alrededor. Seguramente estaban en plena campaña de promoción y esto explicaba su comportamiento del día anterior.

Jano estaba más descansado y calmado y pensaba con la misma intensidad que Conrado. Pensaba que seguramente Conrado a la salida por la tarde regresaría andando al Westin Hotel, donde Jano sabía que residía, pero no se quería arriesgar a esperar tanto tiempo allí sentado y se marchó al hotel para dejarle una nota pidiéndole disculpas e invitándole a cenar al día siguiente. El Westin Hotel era un cono gigante, visible desde cualquier punto de la ciudad, que en las postales del hotel sobresalía entre nubes negras y rojas con cientos de luces amarillentas encendidas. Al entrar se encaminó a uno de los múltiples mostradores, donde le dirigieron a otro, en que un conserje de origen puertorriqueño le informó del número de habitación de Conrado y de que solía llegar sobre las siete o las ocho, pero que no era seguro porque a veces no llegaba a ninguna hora.

Jano no se lo pensó dos veces y en lugar de dejarle una nota pidió una habitación y también se trasladó al Westin. Y algunas mañanas podía ver salir a Conrado, y por la ropa que llevaba sabía qué clase de día le esperaba y si iba a regresar andando o si esa noche tendría compañía. Por la tarde se marchaba hasta Coca-Cola y le seguía a una distancia prudencial de vuelta al hotel, donde la mayoría de las veces solía cambiarse de ropa para salir a cenar con alguien. Verle tan cerca, sin que Conrado lo intuyera siquiera, se convirtió en su objetivo de la mañana a la noche, se convirtió en una obsesión, y en un vicio puesto que le reportaba placer. El hotel, la habitación, las calles por las que andaba, las tiendas en las que entraba, los restaurantes en que comía, la gente que veía, no le interesaban en absoluto, no existían nada más que para que él pudiera pisar suelo firme, descansar y respirar mientras espiaba a Conrado. Cuando en la televisión salía a relucir el nombre de España por algún atentado terrorista o alguna catástrofe de otro tipo, en su cerebro se encendía una remota y pálida luz, tan remota y pálida que se extinguía enseguida. Y ése era el único vínculo con su vida anterior.

Pero Jano necesitaba más. Ya no se conformaba con observar las distintas combinaciones de chaquetas y pantalones, cazadoras, corbatas, deportivas y zapatos, conversaciones mudas por el móvil y sus conocidos y arrebatadores movimientos. El espía que llevaba dentro le presionaba para que hiciese algo más. Por eso, una mañana, tras comprobar cómo Conrado se alejaba del hotel a paso rápido, subió a la planta ejecutiva donde estaba situada su habitación y esperó hasta ver el carro de la limpieza junto a la puerta. Pasó dentro a ver qué ocurría. Pensaba disculparse diciendo que se había confundido. La camarera estaba arrodillada en el baño limpiando la taza del váter y no se percató de su presencia. Jano vio el dormitorio con la cama bastante revuelta, como si Conrado hubiera sufrido una pesadilla, luego entró en un salón anexo y se sentó en el escritorio de cara al gran ventanal, que ocupaba toda la pared. Seguramente a Conrado le gustaba trabajar viendo la ciudad a sus pies. Ahora si la camarera lo sorprendía le demostraría que era huésped del hotel y le diría que se había desorientado o le diría que era amigo de Conrado y que estaba esperándole. Sabía que era inevitable que lo pillaran, probablemente la camarera avisaría a la policía, y aun así era incapaz de actuar de otra manera. Era como si estuviera medio borracho. Puede que así se sintieran los que dejan que el coche se estrelle contra un árbol, los que se autodestruyen, los que se hunden o los que se dejan vencer. Oyó el ajetreo de la camarera cada vez más próximo. La oyó acercándose. Le pasó por detrás y oyó que le decía:

—Buenos días.

Y luego le dijo que procuraría no molestarle, que ya sólo le quedaba pasar la aspiradora.

Hasta que ella se marchó, Jano curioseó por los cajones y los papeles. Se veía que Conrado estaba estudiando varias campañas publicitarias de televisión de cara al año siguiente y se lo imaginó solo, concentrado en su trabajo y desnudo en aquella habitación como una creación absoluta y única, que se bastaba a sí misma. Sabía que tenía hasta la tarde para disfrutar de la habitación de Conrado. Y aunque la prudencia le dictaba echar un vistazo rápido y marcharse, era más fuerte el deseo de permanecer un poco más. Sobre algunos muebles del hotel, Conrado había colocado objetos personales como fotos de su padre, Sebastián Trenas, solo y con su esposa, y de Conrado con su hermana, algunos trofeos y placas honoríficas. Comenzó por revisar el cuarto de baño. Usaba gel para afeitarse en lugar de espuma. Todos los productos de tocador eran Clinique. Maquinillas desechables Gillette. Pasta de dientes desconocida para él, seguramente recomendada por su dentista. Para el pelo, línea de champú y ampollas anticaída. Un paquete de preservativos. Jano no dejaba nada sin tocar, se diría que quería que todas aquellas cosas le dejasen un recuerdo intracelular. Luego siguió con el armario. Camisa por camisa, pantalón por pantalón, zapato por zapato. Cuando terminó con él, ya era la una y media y aún le quedaba mucho por examinar. Le repugnaba la idea de dejar el trabajo a medias, era algo que desde que iba al colegio no se había consentido hacer. Al mismo tiempo, se sentía un poco fatigado y hambriento. Se abrió una cerveza, picó de lo que encontró por allí y luego se tendió en la cama y puso la televisión. Le invadió una agradable modorra, hacía siglos que no estaba relajado, que no descansaba bien, que no tenía paz, era como si en aquella habitación por fin se sintiera seguro. Cerró los ojos, no le preocupó hacerlo porque hasta las siete o las ocho no volvería Conrado. La refrigeración estaba tan alta que tuvo que taparse con el edredón, pero una vez tapado se encontró tan incómodo que decidió quitarse los pantalones. Se quedó dormido.

Estaba soñando que su madre era tan alta que llegaba al cielo, al sol, y que podía ver todas las cosas de este mundo, todos los seres y animales. Ante esta visión Jano se encogió en posición fetal, que era la posición en que mejor dormía, hasta que la delgada mano de su madre de uñas doradas salió de entre las nubes y le apresó un brazo.

Antes de terminar de despertarse, notó un golpe en el costado y luego se sintió aterrizar en la moqueta. Abrió los ojos. Mientras dormía, se había hecho de noche y quienquiera que fuese había apagado la televisión, así que no distinguía gran cosa. Por la pared de cristal, que lo separaba del espacio exterior, entraba el colorido de luces de la ciudad mezclado con unas pocas estrellas y la cama proyectada sobre el vacío. Sobre él un ser de sombras no paraba de patearle todas las partes del cuerpo, no le daba tiempo a reaccionar, no le daba tiempo a levantarse, poseía una fuerza demencial. Sintió una bota en la cabeza y a continuación que se hundía en una materia oscura y aterciopelada y desaparecía.

Después supo que había transcurrido media hora hasta que algo frío le pasó por la frente como si estuviese debajo de un río helado. Oyó una voz familiar. Era la voz de Conrado. Le estaba preguntando qué había ocurrido y le mojaba la cara con una toalla empapada. Vio su cara, pero la luz le hacía daño y cerró los ojos. Al abrirlos de nuevo, observó que Conrado le estaba poniendo los pantalones y que llevaba el tipo de ropa con que solía ir a trabajar. Luego cortó la camiseta de Jano con unas tijeras, se la quitó y le puso una camisa limpia. A continuación le condujo prácticamente en brazos al ascensor, que bajaba hasta el parking, y del ascensor al coche.

—No sé qué ha ocurrido, no sé cómo has llegado a mi habitación, espero que me lo aclares cuando puedas hablar. En cualquier caso, yo negaré que te haya encontrado allí. ¿Dónde estás alojado?

Jano iba tumbado en el asiento trasero. Contemplaba la amada nuca de Conrado entre un vacío desconcertante.

—¿Qué me dices? ¿Dónde vives? —repitió Conrado.

Jano emitió un gruñido y con dos dedos sacó del bolsillo lateral del pantalón la tarjeta de su habitación. No podía levantar el brazo.

—Toma —dijo con voz pastosa y dolorida.

Conrado aminoró la marcha, se volvió y cogió la tarjeta.

—Vaya —dijo—, estás en mi mismo hotel. Diremos que te encontré en tu habitación. ¿De acuerdo?

Jano gruñó afirmativamente.

En el hospital los médicos le dijeron que le habían pegado una monumental paliza, como si él no lo supiera, que un poco más y le rompen el bazo. Dos días después, ya más recuperado, le pidieron que les contara lo ocurrido. Un médico no es un policía, pero de alguna forma la bata blanca tiene el poder de un uniforme, y él contestó con la mayor sinceridad de que fue capaz que estaba durmiendo tranquilamente en la habitación cuando alguien irrumpió, le dejó inconsciente y se fue, hasta que llegó su amigo y le encontró. Le preguntaron por el nombre de su amigo. Se negó a darlo, dijo que no quería involucrarle en esto. En realidad ni siquiera podía pronunciar su nombre, le resultaba amargo. Le recomendaron que pusiera una denuncia, pero él les dijo que lo pensaría, contestación que provocó un cierto recelo en sus miradas.

Conrado se había limitado a llevarle al hospital, había rehusado dejar un número de teléfono y no volvió a aparecer más por allí. Jano en ningún momento reveló su nombre, sabía que cualquier escándalo podía perjudicarle enormemente. Y poco a poco, durante los quince días que estuvo internado, fue recobrando la calma. Trataba de vislumbrar una cara entre los recuerdos en sombra de la paliza. Trataba de atrapar algún detalle que le pusiera en la pista de quién pudo entrar en el cuarto antes que Conrado. Era alguien con acceso a la habitación y era alguien a quien le irritó profundamente encontrar a Jano allí.

Le digo que seguramente quienquiera que fuese lo confundió con Conrado. Puede que alguien entrara a robar y que se asustase. Jano no puede saber si faltó algo de la habitación de Conrado porque no volvió a tener noticias suyas y a él le daba vergüenza llamarle.

—La verdad es que me da vergüenza llamar a cualquiera. Me da la impresión de que la gente nada más verme o nada más oírme va a saber lo que ocurrió y, más aún, que todo el mundo nada más verme va a saber que iba a ocurrirme. Sólo he sentido valor para confiar en ti.

Le recomiendo que descanse, que el tiempo todo lo aclarará o que le quitará importancia y que en cuanto pueda regresaré con algo de comida. Me incorporo en la cama un poco mareada, lo que indica que me ha bajado la tensión bastante con esta historia. Me pongo los zapatos y me marcho.

De regreso a la Torre de Cristal compro algunos embutidos envasados al vacío, un tarro de paté y pan de centeno para llevárselo a Jano a la salida del trabajo. Tomo un tentempié por los alrededores y subo a mi semidespacho, donde he llegado a encontrarme mejor que en ningún sitio, mejor que en mi propio piso, que en los momentos bajos aún me recuerda a Raúl. Guardo la compra en un armario y me encamino al despacho de Alexandro.

—No está, le han llamado de presidencia —me informa alguien al cruzar el pasillo, que atraviesa lo que antes fue el laberinto.

Cuánto ha cambiado todo. Y ¿para qué?, ¿hacia dónde nos lleva el curso de los acontecimientos? Puede que no haya ningún sitio esperándonos, ningún fin, y que se cambie de forma para volver a cambiar de forma y así sucesivamente.

Me siento a esperar en su despacho, no quiero que se encuentre solo cuando llegue, como le sucedió al pobre

Sebastián Trenas. Aunque se haya cambiado la decoración del despacho, aún pervive su espíritu y el espíritu de los días que pasaba aquí como un león enjaulado, un león desfalleciente por otra parte, un león que habría necesitado que alguien lo hiciera rugir. Tal vez no sea ésta la comparación más afortunada, pero un viejo león moribundo tumbado en el suelo de la jaula contemplando con total indiferencia a los que le miran es una imagen que me da tanta pena como la de Trenas. Espero pacientemente dos horas en que aprovecho para ordenar algunos papeles, hasta que Alexandro abre la puerta. Me sonríe, está transformado, mejor dicho, está como era antes de transformarse. En este instante le besaría, pero el instante pasa. Dice que ha de volver a la junta y que necesita que le imprima algunos datos. No titubea, sabe lo que quiere.

—¿Va todo bien? —pregunto.

—Bueno, yo tengo la culpa de este desastre. Me cuesta trabajo creer que haya conducido a la empresa a semejante cataclismo.

—No creo que sea tuya toda la culpa —digo por decir algo.

—Sí lo es, pero no es el fin. Todo puede cambiar.

—No lo entiendo. Hace unas horas no sabías ni quién eras.

—Yo tampoco. Me encontraba hecho una mierda y ahora, de repente, me he sentido bien, como si todo fuese como antes y Jano estuviera conmigo.

Por supuesto no descubro el regreso de su hermano, no por no descubrirlo, sino porque mi submundo quiere que Jano me necesite un poco más, quiere tener la oportunidad de regresar al apartamento con las cosas que he comprado y que nos las comamos en la intimidad de su secreto. Cuando me marcho, Alexandro todavía no ha abandonado la junta, pero me voy tranquila, porque ya no está solo y probablemente Jano tampoco. Quién iba a decirme el primer día que entré en la Torre de Cristal que llegaría a pensar algo así.

Sin embargo, nada es sencillo, ni siquiera la sencillez de una situación como esta en que Jano prácticamente inmovilizado espera en un escondido apartamento de Madrid a que yo llegue con la cena. Antes de llamar al timbre oigo voces y dudo si marcharme, pero ya que estoy aquí y después de todo lo que he hecho por él, no me parece bien darme media vuelta y desaparecer, así que pulso el dichoso timbre. Oigo unos ágiles pasos que vienen hacia mí. Es su padre, el cirujano plástico, el alegre y dolorido anciano de pañuelo de seda al cuello, el hombre abandonado con dos hijos que ni siquiera son suyos. Me pide que pase. Me da las gracias por lo que he hecho por Jano.

—Traigo algunas cosas para cenar —digo.

—Cenaremos los tres juntos, ¿te parece? —dice el doctor Dorado pasándome el brazo por los hombros. Es un brazo muy delgado y al mismo tiempo pesado como una barra de acero.

Jano está sentado en la cama con el pelo revuelto, pero con una vivacidad en la cara que no tenía cuando lo dejé.

—¿Qué tal le ha ido a Alexandro? —pregunta.

—Yo diría que mal y bien. Aún está con la junta, pero no parece afectado. Dice que todo puede cambiar.

Siento con alivio la retirada del brazo del doctor Dorado de mis hombros para poner la mano cariñosamente en la rodilla de su hijo.

—Gracias a Dios esos atracadores cabrones no le han tocado ningún órgano vital.

—Son daños superficiales —dice Jano—. Ya estoy deseando volver al trabajo.

Preparo la mesa del pequeño salón comedor lo mejor que puedo, aunque no con el entusiasmo que la prepararía de cenar Jano y yo solos. El doctor Dorado encuentra una vela algo deformada en un cajón y la enciende. Me pide permiso para cenar sin la chaqueta puesta y luego coloca un cojín en la silla de Jano. Su felicidad es tal que me da un beso en la frente. En cambio, a Jano le ha desaparecido casi toda su anterior emotividad y las ojeras se han suavizado hasta casi desaparecer. Se le ve concentrado en otro tipo de pensamientos, sus ojos inquietos saltan del televisor a un cuadro en la pared y de éste al sofá y así sucesivamente. Comienza a ser el Jano de antaño. Da la sensación de que unos tentáculos invisibles surcan el aire que separa el apartamento de la Torre de Cristal poniendo en contacto a los dos hermanos.

—Tal vez nos den la oportunidad de relanzar la empresa, aunque si yo fuese ellos no lo haría —dice Jano—. Habrá que ir pensando en otra cosa.

—Estos chicos míos son muy especiales —dice el doctor Dorado y luego se me queda mirando como si mi cara también tuviese algo de especial, pero no dice nada.

La junta tarda una semana en estudiar el asunto y tomar medidas. Es evidente que les está costando trabajo encontrar una alternativa que mejore las cosas. Mientras tanto, Alexandro está muy tranquilo y concentrado en nuevos proyectos. Se parece a esos directores de cine, escritores y científicos a quienes los contratiempos y agresiones del mundo exterior no desvían de su camino. La pregunta lanzada al basurero infinito es dónde se encuentra ese camino. Mientras tanto, el doctor Dorado y yo ayudamos a Jano a mudarse al piso que antes compartía con Alexandro, quien al enterarse del retorno de su hermano no se sorprende lo más mínimo, sino que confirma sus presentimientos.

Es más o menos lo que me esperaba, un ático de unos trescientos metros con gimnasio. Nada más verlo, Jano deja de darme pena. Esto bien vale una paliza o varias. Todo ha cambiado entre nosotros, lo sé porque hace un gesto de dolor y yo pienso, ¡que se joda! Que lo abandonó su madre, ¡que se joda! Y que Conrado le haya dado calabazas, ¡que se joda! Yo he de vivir en un piso de sesenta metros y tengo que salir con hombres como Raúl, que me dejan cuando la relación ya no les compensa, y, sobre todo, y esto es lo que no les perdono, ni él ni su hermano se han interesado nunca por mi vida. Hacen que me vea en sus ojos tan difuminada como en los escaparates del Triángulo. Cualquier psicólogo me diría que nadie tiene la culpa de que mi autoestima esté por los suelos, pero no lo está, me limito a ver las cosas como son. Lo que no significa que vaya a cortar las visitas a Jano. Vendré a verlo hasta que le quiten la escayola, momento en que ya no me necesitará absolutamente para nada. Es más, si no fuese porque veo las cosas tal como son, me enamoraría de él. Sobre todo, el día que le corto el pelo y le afeito.

—Quería hacerlo mi padre, pero prefiero que lo hagas tú —me dice, sentado en una silla con una toalla sobre los hombros ante la pared de espejo del gimnasio—. Las mujeres ponéis más delicadeza en todo, más amor. No comprendo cómo podéis ser tan diferentes a nosotros.

Cierra los ojos mientras le trasquilo con las tijeras. Le pregunto si no quiere vigilar en el espejo el desastre que le estoy haciendo. Mueve negativamente la cabeza con una expresión que considero risueña. No caigo en el juego, porque si le gustaba Conrado no le voy a gustar yo que no suelo gustar demasiado.

—Ya está —digo.

Abre los ojos y suelta una carcajada, que me suena tétrica.

—Te lo he advertido —digo—. Tú te has empeñado.

—Pero si me encanta, de verdad. Es genial.

Luego, le afeito y también cierra los ojos. Parece que le da igual lo que haga con él. Parece que esté deseando que alguien le corte la yugular. Voy pasando la cuchilla con mucho cuidado para no dejarle marcas y cuando estoy a punto de terminar, abre los ojos y acerca los labios a mi cara, por fortuna me retiro a tiempo.

—¿Qué te ocurre? —le pregunto con un poco de mal humor.

Se me queda mirando con los ojos abiertos, asustados. Me decepciona estar en lo cierto y que esta situación no sea real. Así que en la pared de espejo también veo mis ojos más abiertos de lo normal. Se pasa las manos por el pelo lleno de trasquilones.

—Voy a enseñarte algo —dice.

Estos días va con bermudas, la escayola, por donde asoma un tatuaje en la espalda, y descalzo, por lo que yo también suelo quitarme los zapatos para estar más a tono. Tenemos que andar bastante hasta llegar a su cuarto, enormemente grande y decorado con motivos marinos, incluso hay una red colgada del techo donde debe de ser muy agradable tumbarse. Las cortinas son como velas de barco hinchadas por el aire caliente de la terraza. La cama está deshecha, y de entre sus pliegues saca un periódico.

—Mira —dice mostrándome la foto de Conrado—. Aquí dice que hace dos días Conrado Trenas, la mano derecha del presidente de Coca-Cola, fue sorprendido en la habitación de su hotel por un matón presuntamente enviado por un presentador de televisión despechado, que hace unos años sufrió el rechazo del agredido, o sea, de Conrado. En el artículo se ensañan contra este presentador tan vengativo, cuyo rencor y abuso de poder no tienen límites y auguran que ninguna televisión ni emisora de radio volverá a contar con él en lo sucesivo. Trenas, en un acto de generosidad, no desea emprender acciones legales contra él. Conrado está bien, quien salió peor parado al intentar agredirle fue el matón. En fin, él se lo ha buscado.

Le digo que esto lo explica todo y que él fue víctima de una confusión, que iban por Conrado y que ahora lo han intentado de nuevo. Pero Jano niega con la cabeza tristemente. Se diría que siempre puede haber algo peor.

—Esta noticia me ha refrescado la memoria, me ha obligado a recordar lo que me pasó.

La cortina caliente se me pega a la espalda y luego se separa despacio arrastrándome la blusa hacia arriba.

—Según he ido mejorando se me han aclarado las ideas. Cada día que pasa lo recuerdo mejor. Fue Conrado quien casi me mata —dice bajando la voz sin darse cuenta—. Algunas noches me despierta esta frase: «Esto por mi padre, mariconazo cabrón». No es una pesadilla, es un instante de lucidez, un relámpago y una revelación. Eran sus botas, lo había visto salir más de una vez con esas botas del hotel, pero no quise comprender, mi orgullo me lo impedía. Son mecanismos internos de autodefensa, ¿comprendes?

Sus ojos aún permanecen más abiertos de lo normal. La habitación se refleja en ellos con gran nitidez, incluida yo misma, y hay un instante en que me da la impresión de que la de los ojos no soy yo, lo que casi me aterroriza. Siempre me quedará la duda de si de este modo que me veo en sus ojos, sus ojos me ven a mí.

No sé si las conjeturas de Jano responden a la verdad, pero han sonado tan desagradables como si lo fueran. También se me ocurre que a base de darle vueltas a lo que le pasó lo haya puesto en relación con la vejación a que sometieron al pobre Sebastián Trenas y que esa frase que dice que oyó sea la expresión de su sentimiento de culpa. Al fin y al cabo en aquellos momentos no era consciente de que Conrado era hijo del hombre al que habían conducido a la muerte y cuyos retratos estaban por toda la habitación del Westin Hotel. Ahora sí es consciente. Ahora teme a Conrado.

Ésta es la última vez que voy a casa de Jano. La oferta que les hace la junta para continuar en la Torre de Cristal es inaceptable y como es natural se despiden. Recogemos sus cosas a primeros de septiembre. Y me encargo de que se las trasladen a un estudio que han alquilado por una zona más céntrica de la ciudad. Sé que éste es el principio del fin de la empresa. Alexandro me da un beso de despedida y me dice al oído que esperan triunfar pronto y que espera que me una a ellos. Yo le digo que de acuerdo.

El día siguiente a su partida paso a su despacho. Las estanterías están vacías, con montones de revistas y papeles que tirar por aquí y por allá, y, sin embargo, se respira una gran paz. Sé que es una locura, pero Sebastián Trenas está aquí. Miro en la cisterna, la botella de whisky continúa en su sitio con la etiqueta desvaída. Ha continuado durante todo este tiempo, a nadie se le ha ocurrido mirar, y si han mirado han pensado que estaría aquí por algo. Me siento en el suelo, en el centro del despacho, y cierro los ojos. No permitas que nunca me sienta tan sola como tú, digo. A continuación me invade una gran felicidad. Yo tampoco puedo creerme estas cosas, son sensaciones que nacen del fondo de uno mismo, pero es agradable engañarse y pensar que las fuerzas invisibles velan por una.

Como hizo en su momento Sebastián Trenas, también los hermanos Dorado me recomiendan ante la junta para continuar en mi puesto. Sólo piden este favor, que les es concedido. Pero otros no corren mi misma suerte. Salen por lo menos veinte personas. A unos los prejubilan, a otros los recolocan y a otros nada. Uno de los despedidos es Jorge, el chófer de presidencia.

Vicky

Aunque trabajemos en la misma planta, hace mucho que no veo a Vicky, ni siquiera he vuelto a pensar en ella desde que no tengo la necesidad de refugiarme en el baño. Mi semidespacho transparente me ofrece la suficiente intimidad como para que los lavabos hayan perdido encanto. También lo ha perdido Vicky frente a Jano y Alexandro y mi nueva vida junto a ellos. Ahora que esta vida se acaba es cuando vuelvo a descubrirla entre montañas de papel, su frondosa cabellera y sus gafas. Es como si el plasma de la Torre de Cristal la hubiera reabsorbido durante este tiempo y ahora emergiese de nuevo a la superficie.

Se queda extrañada al verme frente a ella.

—¿Qué es de tu vida? —pregunta.

Le digo que me gustaría que al mediodía vaya a mi despacho para que comamos juntas. Le digo que tengo preparadas dos bolsas de patatas fritas y unas cervezas, que conservo frías en el minibar de mis jefes. Espero que me mande a la mierda puesto que en todo este tiempo no le he hecho ningún caso, pero contra todo pronóstico acepta.

A las dos y cinco, tras la estampida general, la vislumbro por el cristal granulado. Unas manchas de color que se acercan y andares parsimoniosos. Nada más entrar le ofrezco una cerveza. Bebe un trago largo y se enciende un cigarrillo.

—Me ha extrañado verte hoy por mi mesa —dice—. Creía que pensabas que me había muerto.

—Bueno, sí, he estado muy liada, pero me he acordado mucho de ti.

—No digas tonterías, desde que tienes este despacho has cambiado, ya nada es igual.

—Tú también tendrías que cambiar —digo molesta por este esperado reproche—. ¿Sabes por qué no iba a verte? Porque no quiero ver cómo te consumes.

Vicky se ha quedado con la boca abierta escuchándome, aunque en realidad no está escuchándome porque sonríe.

—Tengo que contarte algo —dice—. Si no hubieras ido a verme, habría venido yo. Ya he encontrado la casa y tengo una cita para hablar del precio.

Le digo que me alegro, que por lo menos ella tiene un objetivo y que no se rinde.

—Lo que no sé es si cuando me vean con esta pinta me tomarán en serio.

—¿Por qué? —le pregunto pensando que tiene razón.

—Porque para hablar de dinero hay que tener aspecto de tener dinero.

Le digo que quizá no debería ir sola y me presto a acompañarla. Ella declina la oferta, lo que es un alivio para mí porque es mejor dejar la Torre de Cristal con todo lo que contiene, incluida Vicky, en su sitio.

—Bueno, también quería decirte otra cosa —dice—, lo que quería decirte es que los números no engañan y que las cosas andan peor de lo que parece en la empresa, a partir de ahora todo va a ser ir hacia abajo. Ándate con ojo.

Ándate con ojo es una frase que a veces decía mi madre. Quería advertirme de que no llegase a confiar del todo, a hablar del todo, a distraerme del todo, a creer del todo. Quería advertirme de que no me considerase la más lista, porque siempre hay alguno más listo. Parece que Vicky también sabe esto.

—Encontrarán alguna solución —digo.

—Una solución no, un milagro —dice y se abre otra cerveza y se enciende otro cigarrillo, que sostiene con dedos largos y esqueléticos, y por un momento estoy tentada de contarle la historia de Jano y Conrado.

Jorge

Cuando me entero de que Jorge ha sido despedido de su empleo, me creo en el deber de mostrarle mi afecto, al fin y al cabo aún creo que el primer empujón que me impulsó hasta lo más alto de la Torre de Cristal se lo debo a él. Y aunque desde que estoy arriba apenas si lo veía alguna vez al entrar o salir del vestíbulo y nos limitábamos a saludarnos vagamente y a veces ni eso, siempre me he sentido unida a él por un lazo de gratitud, de simpatía y de fraternidad. Así que sin esperar más, lo llamo a su móvil, pero como ya no está disponible porque seguramente la empresa lo ha cancelado, lo intento en su domicilio.

Contesta la que debe de ser su esposa, una figura en la que nunca me he detenido a pensar porque, para ser franca, la existencia de Jorge quedaba reducida al trozo de mostrador de recepción donde apoyaba el codo, al Mercedes que conducía, a su interés por el mundo del motor y a Hanna; lo que hubiese tras él, padres, esposa, amigos, tal vez hijos, se diría que pertenecía a otra persona. Sin embargo, ahora, la voz de esa esposa, hasta este instante sumida en las sombras, se manifiesta de forma nítida y real.

Me presento.

Ella se llama Luisa y confirma que es la esposa de Jorge.

Le digo que me he enterado del despido de su marido y que estoy disgustada porque siempre lo he considerado un gran compañero. Ella escucha en completo silencio, como si se hubiese cortado la línea.

—No entiendo qué ha podido pasar —prosigo a modo de disculpa—. Jorge es una de las personas más valiosas de la empresa.

—Ya —dice ella por fin—. Yo casi prefiero que las cosas hayan salido así. En el fondo, es mejor para todos.

Su voz se me va haciendo familiar y distingo dentro de su contundencia una leve queja, como una lucecilla en el bosque. Me invita a tomar café en su casa, dice que a Jorge le alegrará que algún compañero le eche de menos.

—A mí también me gustaría conocerte —dice.

Al colgar, todo rastro de la mujer de Jorge desaparece, todo vuelve a su sitio, se diría que he estado en contacto con el más allá, con el más allá de Jorge. Yo también tengo el más allá de mi familia y de todo lo que los demás no ven, tengo el más allá de mi infancia y de los recuerdos.

El más allá de Jorge está a quince kilómetros de Madrid en dirección este. Me agrada la idea de hacer una pequeña excursión y de respirar aire puro. Tomo el autobús que me ha indicado Luisa. Durante el trayecto por la carretera voy distraída, dejando vagar la mirada por gasolineras y esporádicos grupos aislados de casas, pero en cuanto nos desviamos hacia las manchas de distintos tonos de chalecitos intento concentrarme en lo que veo para distinguir las señales que me ha dado Luisa. Pasamos por un Carrefour, un instituto de enseñanza media y un polideportivo. Hace una tarde calurosa y la gente viste preferentemente en pantalón corto y chándal, entre ellos espero toparme con el traje azul marino de Jorge, en mi mente Jorge está unido a su traje como la uña a la carne.

Llega un momento en que creo que he de bajarme del autobús y me aventuro por calles idénticas unas a otras, silenciosas y ruidosas al mismo tiempo, lo que resulta bastante extraño. Doy con la dirección casi sin saber cómo, porque en el más allá las cosas son diferentes.

Abre la que debe de ser Luisa. Es una mujer seria, pero no antipática, y no me la imagino en ningún otro lugar que no sea éste, diría que incluso no me la imagino fuera del umbral de esta casa. Considero que es demasiado ancha de caderas para que el pantalón vaquero que lleva le siente bien. Sin embargo tiene un bonito color de cara, se nota que pasa gran parte del día en el jardín arreglando las plantas, que transpiran humedad y salud. El pelo un poco anticuado le llega a la cintura y es de un tono impreciso. Me hace pasar y yo le digo que tiene una casa preciosa.

—Da mucho trabajo —dice—. Jorge vendrá ahora. Está en el taller. Los niños están jugando al fútbol, así que nos podremos tomar un café tranquilas.

Se comprende que no tiene tiempo para estar sola, tal vez tampoco lo desee y puede que jamás haya llegado a estarlo, nada más que algún momento a lo largo del día, algún rato lleno de perplejidad. Me pregunta si deseo ver la casa, aunque en realidad es ella quien quiere enseñármela. Me dejo guiar por unas escaleras de madera. Me explica algunas reformas que han hecho, sobre todo en los dormitorios superiores para darles mayor holgura a sus cinco hijos, y tras la visita volvemos a bajar y nos sentamos en el pequeño jardín trasero. Por el pelo le resbalan destellos verdes procedentes del intenso y casi asfixiante follaje.

—Fue muy desagradable saber lo del despido de Jorge —le digo a Luisa según coloca una bandeja en la mesa.

—A Jorge lo han despedido porque yo le pedí que solicitara el despido —dice.

Le digo que no comprendo, que aunque de un tiempo a esta parte Jorge y yo coincidíamos poco nunca pensé que se encontrase a disgusto en la Torre de Cristal.

—No era Jorge. Era yo —dice—. La culpa de todo la tuvo Hanna. O tal vez la tuve yo, no estoy segura.

En boca de Luisa el nombre de Hanna suena a fantasía.

—¿Hanna Ríos? —pregunto con extrañeza y con el leve temor de que de repente otra persona me revele lo que sólo ha existido en mi mente sobre la relación de Jorge y Hanna.

—Llegó un momento en que el trabajo de Jorge se convirtió en un infierno. No me sentía cómoda con el rumbo que habían tomado las cosas. Además, él es muy hábil con los coches, es un genio, y no tiene por qué conformarse.

Me cuesta trabajo encajar esta nueva imagen de Jorge, la de un Jorge unido a esta mujer de pelo largo.

El momento de la verdad ha llegado. Luisa se enciende un cigarrillo y fija la mirada en el muro de ladrillo que separa este jardín del jardín vecino y se diría que lo que tiene que contar está escrito en ese muro.

A Hanna le encantaban los niños y estaba loca por tener hijos. Pero no podía. Lo que no suponía ningún problema para Emilio Ríos, a quien los niños no le interesaban nada en absoluto, los miraba como se miran cientos de cosas al cabo del día que forman parte de este mundo y nada más. No sentía ninguna necesidad de tener hijos. Así que, cuando ella le explicó su problema, él le dijo que en el mundo había millones y millones de niños y que no creía que el mundo necesitase precisamente sus hijos para seguir adelante.

Antes de saber esto, a Jorge le chocaba que a veces Hanna le hiciese parar el coche en lugares concurridos por niños como parques o sitios por el estilo y que se quedase allí un rato mirándolos y que luego de regreso en el coche no pudiera evitar ver por el retrovisor cómo se le caían las lágrimas, lo que le turbaba bastante y le hacía pensar que esa señora estaba sufriendo una depresión de caballo. También entregaba generosas sumas de dinero a organizaciones que se ocupaban de la infancia, lo que igualmente llamaba la atención de Jorge, que no creía demasiado en esas cosas, aunque también es cierto que la visión del mundo de un rico y de un pobre pueden ser por completo distintas.

Cuando Emilio Ríos estaba de viaje, e incluso sin estarlo, Jorge le dedicaba gran parte de su jornada laboral a Hanna. La dejaba en las puertas de las tiendas y la esperaba sentado en el coche, la dejaba en la puerta del banco o del médico o del gimnasio y la esperaba sentado en el coche, desarrollando la forma de mejorar un motor o un nuevo sistema de calefacción, o bien dándole vueltas a la idea que más le gustaba, la de abrir su propio taller de reparaciones de coches. Cerraba los ojos para verlo con más claridad en su imaginación. Visualizaba la maquinaria, los motores sacados de las barrigas de los coches, pilas de neumáticos junto a la pared, los operarios con monos azules, visualizaba una pequeña oficina separada del resto del taller por cristales y a Luisa dentro echándole una mano con la administración, y visualizaba el lugar ideal para instalarlo en un polígono industrial cercano a su casa. Era la ensoñación que más tiempo le llevaba. Evaluaba los costes y el tiempo que tendría que trabajar como chófer hasta poder acometer semejante aventura. Ni siquiera necesitaba papel y bolígrafo, lo calculaba mentalmente. Mentalmente dibujaba y sumaba y multiplicaba, y cuando Hanna de pronto aparecía ante la ventanilla tenía que sacudir la cabeza para desprenderse de tales fantasías como si fuesen gotas de lluvia.

Hanna tardó casi un año en enterarse de que su chófer tenía cinco hijos, que iban de los dos a los doce años, quizá porque Jorge no le sugería esa imagen a nadie. Daba la impresión de vivir solo en un apartamento de una habitación y de no preocuparse nada más que de sí mismo. Carecía de la blandura que poseen los padres en general y cualquier adulto que trate con niños. Dicha blandura no tiene por qué ser evidente, en muchos hombres permanece agazapada como un gato en la oscuridad dentro de la piel y de la retina, hasta que llega el momento de relajarse, como si las células se ensancharan o se esponjaran, para poder mirar o abrazar a esas pequeñas criaturas sin asustarlas. Por su parte, Jorge no creía que su vida particular pudiera interesarle a nadie y mucho menos a sus jefes. Era de la opinión de que la vida de los jefes puede repercutir en la vida de los empleados, pero que la de los empleados no repercute en la de los jefes y que por tanto no tiene por qué interesarles. Jorge era un hombre pragmático, sabía separar el trabajo de la vida privada y los sueños y quimeras de la realidad. Sabía cuán grande era la separación entre la parte delantera del coche y la de atrás. Sin embargo, un día, en algún momento de aquel trabajo en que las idas y venidas se confundían con la mañana y la tarde y con las esperas y los proyectos, algo de su intimidad se deslizó hacia la parte trasera del coche y mencionó a sus hijos, a sus cinco hijos. Hanna necesitó algunos minutos para reaccionar, durante los cuales debió de pensar que el mundo está lleno de sorpresas. Y en efecto así es. Algunas son agradables y otras increíblemente desagradables.

Para Hanna sin duda fue agradable y no tardó en expresarle a Jorge el deseo de conocer a sus hijos. Semejante ocurrencia no entraba ni remotamente en el plan de vida de Jorge, la sola idea de mezclar estos dos planos de la realidad le parecía inconcebible y le desbarataba el orden en que había conseguido disponer el mundo: lo grande con lo grande, lo pequeño con lo pequeño, el trabajo con el trabajo, la familia con la familia y los sueños con los sueños. Así que declinó la oferta con mucha delicadeza y gratitud. Era imposible. Sin embargo, Hanna no estaba dispuesta a tirar la toalla. Quería ver a esos cinco hermosos niños, quería llevarles al zoo e invitarles a merendar. No entendía por qué no se podía hacer. E insistió e insistió.

A Luisa aquella señora lejana que su marido llevaba de aquí para allá y de quien le había contado que no podía tener hijos, cuando eso era lo que más deseaba del mundo, le daba pena. Y si era sincera le gustaba que le diese pena alguien que lo tenía todo. Y le satisfacía una enormidad poseer en abundancia algo que la otra deseaba tan ardientemente. Aquella pobre y rica mujer no le había hecho nada malo, pero ella no podía dejar de sentir cierto regocijo al sentir compasión hacia ella. Así que no vio con malos ojos cederle algo de su felicidad permitiendo que distrajese a sus hijos, más aún cuando esa felicidad luego retornaría a ella aumentada por la infelicidad de Hanna.

Jorge, aquel viernes, la tarde del zoo, en lugar del Mercedes usó su propio monovolumen para que cupiesen todos los niños y la silla del más pequeño, que, al tener sólo dos años, enseguida se cansaba de andar, y por lo visto el cambio encantó a Hanna. Iba sentada al lado de Jorge, que le pidió disculpas por haberse vestido de manera informal, de modo que para cualquiera ella era la esposa de aquel hombre y la madre de aquellos niños y la dueña en bienes gananciales de aquel monovolumen. Al principio los niños, a los que Luisa había arreglado con gran primor, permanecieron sentados en el asiento trasero excesivamente quietos, casi rígidos, como piezas de una extraña situación. Se diría que estaban esperando una orden, una palmada acompañada de una voz que gritara ¡Acción! Pero enseguida ella, la señora llamada Hanna, se volvió hacia ellos para preguntarles qué animales les gustaban más y qué preferían merendar. Tenía los ojos tan claros que parecía que no tenía ojos, parecía que detrás de ella estaba el cielo y que estaba hueca, así que la miraban mucho mientras contestaban y comenzaban a moverse con normalidad y a amontonarse unos sobre otros. También su pelo era claro y los labios finos y los dientes pequeños y la frente lisa como la superficie de un plato, de forma que en las ocasiones en que algún golpe de sol atravesaba su ventanilla ella prácticamente desaparecía y se quedaban solos con su padre, hasta que al rato reaparecía. Y esto la convertía en un ser medio virtual y la situación, en principio extraña, en un juego.

Era divertido salir con Hanna y papá porque Hanna siempre estaba de buen humor y hacía todo lo que ellos querían. Repetía una y mil veces la misma canción o el mismo cuento, jugaba al escondite o se quedaba en el cine con ellos mientras papá hacía algún recado. No se enfadaba, hicieran lo que hicieran les compraba regalos. Papá tampoco solía sacar el genio y aguantaba mucho más de lo normal, y ellos lo sabían. Por eso la tarde del viernes era la mejor tarde de la semana. Y cuando la salida no podía producirse porque papá tenía que trabajar en serio sufrían una decepción.

Y también Luisa. Luisa se había acostumbrado a disponer de esa tarde libre y se había acostumbrado a hacer planes para esa tarde, y la disfrutaba hasta tal punto que estaba esperando toda la semana que llegase. El viernes por la noche todos regresaban a casa contentos y se iban a la cama felices, y Luisa dormía más abrazada a Jorge que nunca. Luisa nunca había visto a Hanna, no sabía cómo era, los niños a veces le decían algo, pero no les gustaba que les preguntase sobre ella porque enseguida se sentían interrogados o porque era alguien que pertenecía exclusivamente a su mundo. Y Jorge, cuando pretendía describírsela, parecía no acordarse muy bien de su aspecto. Ojos claros, aunque no recordaba si grises, azules o verdes, ni alta ni baja, ni joven ni vieja. Por lo que se diría que Hanna era tan inconcreta como las nubes.

Hasta que un día se le ocurrió que tal vez debería agradecerle de alguna forma las atenciones que tenía con sus hijos. Acaso debería invitarla a tomar café o enviarle un regalo, pero ¿qué regalo podría hacerle a una mujer así? Jorge le dijo que se olvidara del asunto, que se iba a gastar el dinero para nada porque Hanna nadaba en la abundancia. Así que de momento dejó las cosas como estaban, al menos durante seis meses. Y durante esos seis meses, Hanna también introdujo en sus correrías las compras. Por lo visto disfrutaba como una loca poniendo las tiendas patas arriba. Deportivas para todos, nikis, pantalones, vestidos preciosos. Los niños también empezaban a nadar en la abundancia, una vez al mes sacaban del monovolumen paquetes y paquetes que llenaban el suelo del salón.

—¿Tú crees que esto está bien? —le preguntaba Luisa a su marido.

—Ya sabes que yo no era partidario de hacerlo y ahora es tarde para cortar —le contestaba.

Los niños hablaban de Hanna entre ellos. Los pequeños guardaban los dibujos que hacían en el colegio para enseñárselos a Hanna el viernes y los mayores señalaban en el periódico las películas que les interesaban para que Hanna los llevara a verlas el viernes. Había un ambiente en torno a Luisa donde Luisa sobraba. Ella se ocupaba de los asuntos toscos: las comidas, las lavadoras, se encargaba de que hicieran los deberes, de bañarlos, de llevarlos y traerlos de las actividades extraescolares, pero no entraba en los planes de ellos, en los planes de futuro, en sus fantasías, allí sólo entraba Hanna. Por la noche, ya en las camas, abrían los bonitos libros ilustrados que Hanna les regalaba y se quedaban contemplándolos y escuchando como si ella les leyera con voz inmaterial.

A Luisa empezó a no apetecerle aprovechar la libertad de los viernes, se quedaba en casa con la vista clavada en la televisión dándole vueltas a la idea de que estaba perdiendo el cariño de sus hijos. Y podría ser que también el de Jorge. Porque a Jorge no parecían molestarle estas salidas, que debían de ser agotadoras. Aunque no mostrara entusiasmo, Luisa lo conocía muy bien y percibía que tampoco le molestaban. También le daba vueltas a la idea de que estuviese perdiendo la razón, pues ¿qué tenía de malo que Hanna mimara a sus hijos, que los distrajera, que los hiciera felices? Hay gente que paga para ello sin unos resultados tan buenos. Luisa comprendió que el problema no era de Jorge, ni de los niños, ni de Hanna, sino de ella y se decidió a aprovechar la tarde del viernes para visitar a una psicóloga, que cita tras cita le confirmaba que padecía un gravísimo problema de afectividad y que aquella otra mujer no podría arrebatarle nada que ella no hubiese perdido ya. Esta revelación la conmocionó. Hasta entonces, hasta la llegada de Hanna a sus vidas, no se había dado cuenta de nada porque no estaba acostumbrada a pensar en sí misma con igual intensidad con que pensaba en los niños cuando estaban enfermos. Seguramente el mantener en funcionamiento la maquinaria del día a día la había embrutecido, le había hecho perder suavidad e imaginación, seguramente no sabía mostrarse tan cariñosa como Hanna, daba por supuesto que no era necesario, porque tanto sus hijos como su marido tenían que saber que ella era la persona que más los quería del mundo. La psicóloga le aconsejó que buscase la manera de abrirse a sus emociones, de cultivarlas y de expresarlas, que procurase convertir en placenteras las tareas cotidianas. Eres un ser humano, no una máquina, le dijo.

Fue entonces cuando se le ocurrió. Los viernes sustituiría a Hanna, intentaría ser Hanna. Los llevaría al cine, de compras para ellos aunque hubiese que estirar el presupuesto, a un McDonald's, y no estaría gritándoles ni regañándoles todo el tiempo. Y así se lo propuso.

—Este viernes —dijo— vamos a salir todos juntos.

Tanto Jorge como los niños se quedaron mirándola sin comprender. Todos tenían el mismo gesto, la misma mirada interrogativa.

—He decidido —continuó Luisa— que de ahora en adelante vamos a hacer muchas cosas juntos.

Pero no pudo continuar hablando porque uno de los niños se puso a gimotear y luego otro y luego otro, ya habían hecho planes con Hanna.

—Sólo quieres fastidiar —dijo uno de ellos.

Jorge no intervino, observaba a unos y a otros con cara de circunstancias, también a Luisa, por lo que Luisa supo que las explicaciones sobraban, que los discursos sobraban, por lo que Luisa supo que la psicóloga tenía razón.

Muy bien, se dijo Luisa nada más marcharse su familia en pos de uno de aquellos viernes de gloria, voy a llorar. Siempre había evitado dar rienda suelta a esta debilidad porque le habían dicho que no servía para nada. Ahora en cambio pensaba que si se puede llorar será por algo, incluso había visto un reportaje en televisión donde mostraban todas las lágrimas que derrama una persona a lo largo de su vida con cincuenta baldes de cinc llenos hasta los topes, y mediante un mar mostraban las lágrimas derramadas por una ciudad de cinco millones de habitantes, en tanto que con las suyas se podría llenar un balde como mucho, por lo que aún le quedaban cuarenta y nueve para ser como los demás. También se decía que las lágrimas limpian el ojo en profundidad y que los lagrimales son pequeños conductos situados en el ojo, que se comprimen por alguna intensa emoción, tanto por un excesivo dolor como por una excesiva felicidad y por consiguiente el lagrimal no distingue el tipo de emoción sino el grado. Ya no volvería a creer en eso de que de nada sirve llorar.

Comenzó tímidamente, dejándose llevar por su infelicidad, por negros pensamientos, hasta que las mejillas y la barbilla empezaron a temblarle, y este temblor favorecía que los lagrimales se comprimieran mejor y además el temblor es muy difícil de detener. Controlar el temblor de cara es tan difícil como controlar un terremoto, de modo que por su cara contraída y deformada enseguida corrió el agua de la misma manera que alguna vez la había visto correr por las caras terroríficas de las fuentes de piedra. Sentía placer y dolor como en los partos de sus hijos. No podía dejar de llorar. Se pasaba días y días llorando, sólo que no continuamente, interrumpía el llanto cuando los niños y Jorge estaban en casa. Pero en cuanto se marchaban, de nuevo las mejillas y la barbilla empezaban a temblarle. Y las lágrimas no paraban de salir como una hemorragia que no se puede cortar. Después de saber lo que una persona podría llorar a lo largo de su vida, no le parecía ninguna exageración lo que estaba llorando. El caso es que cuando estaba así no quería estar de otra forma y no abría la puerta ni cogía el teléfono. Era casi mejor que hacer el amor, y llegó a dudar si no se habría enviciado con el llanto como otros se envician con el fuego o el sexo.

Hasta que un día ocurrió lo que tenía que ocurrir. Jorge llegó antes de lo previsto del trabajo y la encontró tendida en el sofá. Llevaba dos horas llorando sin parar, por lo que su estado era muy aparatoso. Ojos hinchados, cara descompuesta, pelo revuelto, cuerpo dolorido, náuseas. Por eso, aunque Luisa oyó alarmada una llave que encajaba en la puerta y que giraba, no le dio tiempo a reaccionar, a frenar el llanto y todo el sufrimiento acumulado en aquel instante de la vida. Reconoció la forma de abrir la puerta de Jorge. Es curiosa la cantidad de matices que es capaz de registrar el oído humano. La manera de andar de cada persona es distinta a la de los demás y sus pasos suenan diferentes según el estado de ánimo. Por la voz se sabe si alguien está de buen o mal humor, por el modo de respirar, de dejar caer algo sobre una mesa y de girar la llave en la cerradura. Lamentablemente Jorge entró, subió las persianas y al verla se sobresaltó.

—¿Qué te ocurre? —le preguntó intentando abrazarla, cosa que Luisa no le permitió porque era como permitirle que abrazara un fardo de andrajos, se diría que era una excrecencia de sí misma y no quería que él se viese obligado a abrazar esa excrecencia.

Este pequeño arrebato de dignidad volvió a ponerle los pies en el suelo. Ni llorar sirve de nada, pensó, ni el problema está en mí, sino en esa mujer que se ha metido en mi vida. Y fue entonces cuando le pidió a Jorge que abandonara su empleo, que montase un pequeño taller en el garaje porque confiaba ciegamente en él y sabía que saldrían adelante. Luisa no admitió aplazamientos ni excusas. Se cortaron de raíz las salidas de los viernes y obligó a Jorge a despedirse del trabajo. Al principio, los niños echaron de menos el tren de vida al que les había acostumbrado Hanna. Y Jorge, ahora sin trabajo, habituado a tener un horario y no tener que pensar sobre los pasos a dar al cabo del día, se sentía perdido y desganado. Ya no veía la necesidad de afeitarse ni de levantarse temprano y el taller automáticamente dejó de ser un sueño con el que entretenía las largas esperas. Pero Luisa se mantuvo firme, no flaqueó ni un segundo, nunca dudó de que hubiese tomado la decisión adecuada y comprendió que ella era el eje de aquellas vidas y que la necesitaban como ellos mismos no se podían imaginar.

Visitó una vez más a la psicóloga para contarle lo ocurrido, y la psicóloga le dijo que aquella mujer llamada Hanna no tenía la culpa de nada y que Hanna tal como Luisa la veía no existía, que era una proyección de sus miedos y de sus fantasmas, una construcción mental, dijo, y que huyendo de las situaciones no se resolvía nada, había apartado a sus hijos de algo que les gustaba, era como si les hubiera apagado la televisión en medio de una película porque no le prestaban atención a ella, y que a su marido le había arrancado violentamente de su mundo y le había dejado como quien dice a la intemperie.

—Usted no tiene ni idea de lo que estaba ocurriendo, esa mujer me estaba arrebatando a mi familia —dijo Luisa.

Sus palabras rebotaron en la cara de incredulidad de la doctora, en el gesto, sin duda estudiado, con que debía de mirar y escuchar a los enfermos para que en él reconociesen su desvarío, su demencia, su incongruencia y en definitiva para que dudasen de sí mismos. Estos gestos-espejos llegaban a ser tan agresivos o disuasorios como una navaja o una pistola. Sin embargo, Luisa resistió y mantuvo la mirada sobre aquella mueca, tal vez despectiva, con toda seriedad y serenidad.

—Usted no tiene ni idea —repitió Luisa.

—Está bien —contestó la doctora levantándose y dando por concluida la sesión.

Evidentemente la doctora estaba utilizando todos los recursos que empleaba en los casos rebeldes, pero también era evidente que no hicieron mella en Luisa. Luisa había llegado a la certeza de que nadie podría defender lo suyo mejor que ella misma, absolutamente nadie, y también había llegado a la conclusión de que la doctora era una cantamañanas. Así que Luisa, Jorge y los niños volvieron a la vida de antes de Hanna, a pesar de que probablemente la vida ya no era igual.

—Ahora somos nosotros de verdad —dice—, y eso es lo que cuenta.

Sé que en su relato Luisa se ha guardado muchas cosas y que ha tergiversado otras, que ha exagerado y mentido, que desea mi asentimiento.

—No podías hacer otra cosa —digo.

Nos cubre el griterío de los pájaros, más allá del griterío está el techo azul del cielo. Parece que estemos en un jardín de juguete, pequeño y cuadrado. Sin embargo, Luisa es de verdad, está delimitada de todo lo demás, tiene relieve, sobresale del fondo, tiene volumen, peso y suficiente dureza. Es como si constantemente se estuviese desprendiendo de la pared y de las plantas.

—Bueno, pero en realidad a quien has venido a ver es a Jorge —dice ella levantándose.

La sigo. Bajamos por unas escaleras al garaje, que ahora es un taller. Jorge está inclinado sobre una mesa y tiene las manos manchadas de grasa.

—Hola —dice limpiándoselas con un trapo.

Siempre me pregunté si la seriedad de Jorge rebasaría el ámbito del trabajo o si fuera de él se relajaría y sonreiría alguna vez. Pero sólo los ojos parecen animados por una gran lucha interior.

—Hola —digo yo—. ¿Qué estás haciendo?

—Trato de arreglar una cortadora de césped. Es de un vecino y si queda bien seguramente me traerán más —dice devolviendo la atención a la maquinaria que hay sobre la mesa—. Es de una marca alemana que no dispone de piezas de repuesto en España, pero creo que ya he encontrado la solución.

También están manchados la camiseta y los pantalones, se diría que está disfrazado de mecánico.

—Me alegro —digo.

—Es un genio —dice Luisa, mirándole fijamente mientras él sigue examinando la cortadora.

—Me alegro de que te vaya tan bien —digo—. Sólo quería que supieras que puedes contar conmigo.

—Imagino que por allí todo sigue como siempre —dice él.

Me quedo pensando un instante en que a pesar del vértigo permanente que vivimos en la Torre de Cristal quizá tenga razón.

Me marcho camino de la parada del autobús. A los cincuenta metros me vuelvo para echar un último vistazo a la casa. Es el síndrome de la última vez, de la última mirada que registra lo que se va dejando atrás. Es un acto reflejo de la memoria. Veo la casa como un recuerdo lejano, perdida en una calle que olvidaré.

Hanna ya apenas requiere los servicios del nuevo chófer, lo que interpreto como un acto de fidelidad hacia Jorge. Creo que le habría gustado saberlo, pero no me ha parecido conveniente decírselo delante de Luisa una vez enterada yo del drama sufrido por ella y su familia por culpa de la intromisión de Hanna en sus vidas.

Tengo ocasión de ponerle al corriente un mediodía en que me tropiezo con él a la salida de la Torre de

Cristal. Ha venido a recoger o llevar algún papel a Recursos Humanos, y yo salgo a comer por los alrededores. Se ofrece a acompañarme.

—Desde que trabajo en casa —dice— sólo vengo a Madrid a arreglar papeles.

Lleva una carpeta azul de gomas bajo el brazo y una camisa de manga corta. Las manos se le han agrandado y endurecido, pero la mirada es la misma, una mirada acostumbrada a fijarse largamente en algo, primero en calles y carreteras y ahora en los artilugios que arregla. Nos sentamos en una terraza. Yo me pido un plato combinado y él una cerveza, deduzco que Luisa está esperándole para comer. Mientras traen el pedido le cuento algún acontecimiento de la empresa, pero noto que no le interesa, no le interesa en absoluto. Durante la comida, él me cuenta algunas batallitas del taller, pero noto que tampoco le interesan. Así que le digo:

—Cuando estuve en tu casa, Luisa me contó lo de Hanna y los niños.

Esto sí que le interesa. Se queda absorto en el pollo que hay en mi plato, en el cuchillo cortándolo, en el tenedor pinchándolo y viajando hacia mi boca. Me parece muy guapo con el sol fundiéndole en bronce la frente, los pómulos, la nariz, pero también me parece que dejará de serlo muy pronto, en cinco años como mucho. Tiene unos labios muy bonitos y me pregunto si Luisa sabrá apreciarlos. Poco a poco va perdiendo su presente tosquedad.

—Todo ha sido una locura. Creo que perdí la cabeza, y la pobre Luisa enfermó.

—Parece que la señora Ríos ahora va en taxi a todas partes —añado.

Jorge se termina la cerveza de un trago y pide otra.

—¿Se encuentra bien?

—Quién sabe —contesto—. Por aquí no se la ve.

—Ya —dice—. Hanna es muy desgraciada. No puede tener hijos y no se siente muy querida por su marido. Siempre ha sospechado que quiere a otra persona.

—¿Y es verdad? Tú debes de saberlo.

—No puedo decir nada, los chóferes somos pedazos de carne sin ojos ni oídos, sin sentimientos. Sólo vemos lo que tenemos delante mientras pensamos en nuestras pobres vidas.

Me conmueve esta reflexión de Jorge, no me la esperaba. Y no me la esperaba, he de admitirlo, porque es un chófer obsesionado por los motores.

—Pero es todo lo contrario —dice—, nuestra profesión nos obliga a estar alerta, a ir con mil ojos. En cuanto nos subimos al coche se nos dilatan los poros, se nos abren las branquias del cuello, se nos tensan las pupilas, nos convertimos en esponjas, ¿comprendes? No podemos escuchar el susurro del aire entre los árboles por los que pasamos a toda velocidad y dejar de escuchar lo que se dice a unos centímetros de nuestra nuca. Los sonidos llegan sin que lo queramos, y para no ver ciertas cosas tendríamos que cerrar los ojos.

—Tú la quieres, ¿verdad? —le digo como si él mismo me extrajera las palabras con sus pensamientos—. No ha sido una coincidencia que nos viésemos, querías hablar conmigo. Querías hablarme de ella.

Jorge hace una mueca que sugiere dolor mental. Con la jarra de cerveza entre las manos la mueca se contrae más y más, como si el dolor fuese a empezar a gotear de un instante a otro.

—Ni siquiera me gustaba la primera vez que la besé. Era tan delicada que me daba la impresión de que podía atravesarla con la mano. Un día estaba tan disgustada por algo que le había hecho su marido que comenzó a encontrarse mal y me vi obligado a parar en una cuneta, y ahí empezó todo. La abracé por compasión y la besé por compasión, porque hay situaciones en que un hombre no puede dejar de hacer ciertas cosas si no quiere quedar como un cerdo. Luego me acostumbré, ella hacía que me acostumbrase a todo con facilidad. Me acostumbré a ella de la misma forma que uno se acostumbra a dormir en un colchón de plumas en lugar de en el suelo, ¿comprendes? Descubrí algo en nuestra relación que ni siquiera había soñado que existiera.

—Seguramente ella sentirá lo mismo.

Mi comentario le provoca de nuevo la mueca. Sospecho que ya es para siempre un hombre con un dolor oculto y crónico.

—Ella ahora —dice— no tiene tiempo para mí, estará preocupada por la amistad de don Emilio con esa jovencita, Anabel —suelta una carcajada tétrica—. Yo en su lugar estaría bastante preocupado.

Teresa

No hay mejor sitio para conocer el verdadero carácter de alguien que un despacho compartido durante ocho horas.

En el fondo, a Conrado le debo el haber ascendido al piso treinta. En sustitución de los hermanos Dorado nombran vicepresidenta a la trepa Lorena Serna, que no cuenta conmigo en su equipo, por lo que me destinan al despacho de Teresa, junto al de Emilio Ríos, que ahora es mi jefe directo. Mi padre me felicita, también me felicita Vicky, y algunos habitantes del antiguo laberinto me desean suerte. Sin embargo, hay algo en todo esto que no me gusta. Durante este tiempo he aprendido a escuchar a la Torre de Cristal, tal vez no sea ésta la forma más acertada de expresar la impresión de que cuando las cosas van a ir bien la Torre es un palacio resplandeciente y cuando van a ir mal es una torre negra y fría llena de mazmorras. Se diría que sus materiales son buenos conductores de la energía humana, de sus aciertos y fracasos, de sus sueños y rencores. De la misma forma que hay personas a quienes les duele una pierna cuando va a cambiar el tiempo, la Torre sufre averías o resulta adversa y antipática cuando van a surgir problemas. Y esto es lo que percibo ahora mismo según voy ascendiendo al piso treinta sosteniendo una caja con mis inútiles pertenencias de otros tiempos. La luz mortecina del ascensor me anticipa un auténtico desastre. Algunas partes del espejo están en sombra y semejan pliegues por donde desaparecemos la caja y yo. Intuyo con la fuerza de una demente que la Torre está cambiando y con ella todos nosotros, aunque tal vez sólo sea yo quien cambie.

En mi nuevo destino, de lo primero que me doy cuenta es de que Jorge tiene razón y que la amistad de Emilio Ríos y Anabel se ha estrechado de manera ostensible desde que ella vino de Francia para asistir al entierro de su padre.

De lo segundo que me doy cuenta es de que lo más temible para un compañero de trabajo es la curiosidad.

Teresa ocupa una mesa muy larga y extraplana, a cuyos lados se han acoplado otras dos supletorias, así que desde la entrada produce la rara sensación de estar partida por la mitad y que de pronto vamos a ver las piernas por un lado y el torso por otro. Al suroeste de su gran mesa está situada mi pequeña mesa. No se me ve al entrar y una vez dentro del despacho se me percibe como un bulto, una colina sin importancia en las inmediaciones del Himalaya. A veces alguien repara en mí y me pregunta la hora, me pide el periódico o hace un comentario sobre el tiempo. Yo, llevada por la necesidad de materializarme ante alguien, me esfuerzo en ser amable y servicial, ante lo que Teresa no pone buena cara, pues vigila con gran celo su área de influencia en la que no consiente que nadie irrumpa. Tampoco pone buena cara cuando muestro interés por el funcionamiento del programa de ordenador que utiliza, muy complejo sin duda. ¿Para qué quieres saberlo?, me pregunta con la mirada torva, de modo que procuro cerrar los ojos ante el programa y ante cualquier cosa que intuya que no debo saber, y también aprendo a disimular y a disfrazar de indiferencia mi interés por cualquier asunto de la empresa, porque ya digo que cualquier signo de curiosidad en mí hace brotar en Teresa una inmediata señal de alarma y diría que incluso de angustia.

Creo que no valora su eficacia, sino que hace radicar su poder en el acopio de información que lleva años y años almacenando y cuya exclusiva posesión se ha convertido en un vicio. Imagino que empezó protegiendo los datos importantes de su jefe y ha acabado no dando ni la hora, como suele decirse de los tacaños en general. Cuando necesito completar nombres en mis ficheros o en algún escrito que por descuido de Emilio Ríos me encarga a mí y no a ella, he de recurrir a otros departamentos para no tener que soportar la hosca reacción de Teresa. Nadie me ha prohibido entrar bajo ningún concepto en el despacho de Emilio Ríos y, sin embargo, la orden está dada tácitamente y ni se me pasa por la cabeza hacerlo. Siento recortada mi libertad de acción y de palabra, incluso de mirada, porque si se me ocurre quedarme mirando mientras ella habla por teléfono o con alguien, mi mirada no es bien recibida. No sé por qué el rechazo ajeno le crea a uno cierto sentimiento de culpa. Se tiende a pensar que el no ser querido o ser odiado procede de la propia naturaleza de uno, cuando en realidad procede de quien nos quiere u odia. Por eso en los primeros días no me doy cuenta de que la conducta de Teresa no la animo yo, sino el miedo, un miedo patológico a que le arrebaten algo de lo amontonado por ella con paciencia y esfuerzo en estos años. Y más aún a que, sin darse cuenta, llevada por la relación personal o el compañerismo, me lo pueda regalar ella misma, lo que no se perdonaría nunca.

De todos modos, el comportamiento de Teresa no es tan extraordinario. Todo el mundo tiende a retener información, los gobiernos, la CIA, la policía, el portero de mi casa y la familia. Raúl, antes de abandonarme, me ocultaba su nueva relación, e imagino que a la otra también le dosificaba la información sobre mí. Será por esto por lo que, ante las preguntas, quien más quien menos se pone a la defensiva. La pregunta, por inofensiva que sea, contiene un cariz agresivo, es como si entre nuestros derechos fundamentales se contemplase el de no ser preguntado. Son escasos los profesores que recuerdo que admitiesen con agrado las preguntas de los alumnos, la mayoría ponía cara de perro porque les aburría contestar o porque temían no saber contestar. En la consulta los médicos suelen ser muy lacónicos en sus respuestas, porque más o menos saben lo que hay que hacer o no lo saben y una consulta no es una clase de medicina. En las ventanillas de información dan la información a medias, porque han repetido la misma respuesta a tantos y tantas veces que suponen que el orbe entero la ha oído ya. Los padres siempre contestan con desgana a las preguntas de los hijos. En realidad, a los niños entre los padres y los profesores les van matando la curiosidad hasta que aprenden que lo que les interesa y es vital para su vida no deben preguntarlo, deben averiguarlo. Un escritor que triunfa, por ejemplo, nunca dará las claves de cómo ha alcanzado el éxito, qué hizo, con quién habló, qué sapos tuvo que tragarse, si insistió, si se limitó a esperar, si le costó mucho, si le costó poco. No hay que preguntárselo porque jamás lo desvelará, porque no dirá la verdad. Y lo mismo ocurre con el que fracasa, contará mil cosas, pero no la importante. A la gente le gusta hablar por los codos, contar con todo tipo de detalles cómo funciona el reloj de su abuela, pero no le gusta que le pregunten y desde luego mentirá.

A la tercera conclusión a la que he llegado en este despacho es que un despacho es el sitio ideal para desarrollar una buena esquizofrenia.

Todo comienza con sospechas por parte de Teresa de que alguien le hurta papeles de su mesa y también de que se los cambian de lugar, de forma que carpetas que deben aparecer archivadas en la P están en la W.

—Alguien está boicoteando mi trabajo —dice mirándome con recelo y turbiedad.

Le propongo que lo denunciemos ante el director de Recursos Humanos o ante el propio presidente, que ahora y durante quince días estará de viaje por varios países de Latinoamérica. Ante todo, intento que Teresa me excluya de sus sospechas, de las que soy la única candidata.

—Jamás me ha ocurrido algo semejante —dice—. Cuando estaba sola estas cosas no pasaban.

Procuro no darme por aludida por estas y otras palabras semejantes, pero cada día me incomoda más llegar a la Torre Negra, a la pesadilla, en que se ha convertido este edificio. Nunca sé lo que voy a encontrarme, nunca sé qué creerá Teresa que he podido haber urdido contra ella esta vez. Tiene tal convicción y seguridad en mi culpabilidad, que logra que me sienta culpable aunque sea de una forma vaga. Abro la puerta por las mañanas con el encogimiento del culpable y la saludo con cara de culpabilidad y espero con mirada de susto las últimas novedades. Me veo tan terriblemente culpable a sus ojos que ningún policía dudaría de que lo fuese.

Una mañana de octubre con nubes negras en el horizonte, me sobresaltan unas carcajadas de Teresa, que suenan bastante tétricas. Busca algo en los cajones de su mesa y no está hablando con nadie visible, y por tanto nadie le está contando algo divertido, con toda probabilidad se lo está contando a sí misma. Hasta aquí nada demasiado extraordinario. Yo con frecuencia mantengo conversaciones y auténticas discusiones con personas que, aunque existen, no están presentes y con las que, seguramente, en la realidad rehuiría entablar ningún diálogo. Se trata de conversaciones muy probables de asuntos que por dejadez, pereza o timidez no abordo o no dejo zanjados como quiero y que sólo en estas polémicas imaginarias resuelvo a mi gusto, aunque a veces he de tener cuidado de no mover los labios por la calle y otras acabo completamente excitada y con el corazón acelerado porque en una discusión, por imaginaria que sea, pueden surgir respuestas no previstas. Digamos que uno siempre necesita completar en su mente lo que en la práctica queda a medio hacer o sin satisfacer del todo. Al fin y al cabo, escribir es una manera de hablar sola.

Tal vez este hábito prendió en mí a través de una tía carnal, que nunca se ha cortado un pelo a la hora de verbalizar sus pensamientos en cuanto entra por la puerta y se quita los zapatos, se la escuche o no. Y aclaro que no sólo no ha estado ni está loca, sino que gracias a esta práctica ha sobrevivido bastante bien a las frustraciones y limitaciones de su vida. Vive en Barcelona y la llamamos Liz por su parecido con Liz Taylor. Tanto Liz Taylor como ella han ido envejeciendo y deformándose al mismo tiempo. También a mi tía le gustan las joyas y ha tenido algunos amantes. Posee dos abrigos de visón y uno de marta que piensa dejarme en su testamento. Da por hecho que me gustan y que estoy deseando heredarlos. A veces bebe un poco más de la cuenta para olvidar, aunque sea un olvidar un tanto raro porque trata de olvidar lo que no le pasa.

Sin embargo, la gran diferencia entre mi tía y Teresa consiste en que Liz es capaz de interrumpir en cualquier momento sus conversaciones fantasmas, o sea, controla su realidad interior, que es lo que más o menos hace un novelista, en tanto que Teresa no sólo no controla su mundo interno, sino que se le está yendo de las manos el externo. Los psiquiatras llaman a estas personas psicóticas y a los momentos en que se revela su psicosis, brotes psicóticos. Claro que yo en estos instantes no me doy cuenta de que estoy asistiendo a un brote, no es fácil apreciarlo hasta que no llega el último segundo cuando se produce el desastre. De momento, la situación es ésta: Teresa busca en los cajones de su mesa, en los archivos y en los armarios. Ha recibido un sobre urgente para Ríos desde Alemania, que ella ha guardado en sus cajones y que por arte de magia, dice lo de arte de magia con auténtica maldad, ha volado. Me presto a ayudarla a buscarlo, y ella, contra todo pronóstico, acepta.

—Bien, vamos a ponerlo todo patas arriba hasta que aparezca —dice.

Tiene que hacer un gran esfuerzo para hablar. Da la impresión de estar en pleno proceso de metamorfosis y convulsión interna. Puede que el hecho de que Emilio Ríos se encuentre de viaje de negocios la altere todavía más, porque durante los viajes del presidente las visitas a nuestro despacho disminuyen considerablemente y las horas pasan con lentitud morbosa, lo que no conviene en absoluto a una fantasía desatada como la suya.

Buscamos y buscamos, y el sobre no aparece. A mí me toca examinar las papeleras y una gran bolsa negra de plástico, donde las vacían los conserjes. Voy con cuidado, papel por papel, procurando no tocar los clínex con mocos, ni las manzanas mordidas, ni los restos de uñas, ni otras cosas que suelen arrojarse en las papeleras de los despachos, y cuando termino vuelvo a guardarlo todo. En cambio, Teresa deja caer los libros de los estantes con gran aparato y ruido y alfombra el suelo de papeles. Al entrar, quien más quien menos permanece unos segundos admirando este panorama y las piernas de Teresa, que suben y bajan de una escalera. A ella de vez en cuando se le escapa alguna palabra en voz alta, que cae sobre la moqueta como un meteorito favoreciendo la sensación de caos. Y el caos es algo que no puedo soportar: las mudanzas, las obras en el hogar, los escombros en la calle, las limpiezas generales, quizá porque, aunque vagamente, recuerden en algo a las guerras, a las destrucciones y reconstrucciones, y los españoles nos hayamos ido pasando de padres a hijos las secuelas de nuestra Guerra Civil.

Llega un momento en que sólo me quedan por registrar mis propios cajones, lo que es absurdo porque suelo dejarlos cerrados con llave al marcharme y nadie más que yo puede haber ocultado aquí la carta. Así que cualquiera se puede imaginar el sobresalto que me llevo al ver un sobre abultado y urgente, dirigido a Emilio Ríos, procedente de Alemania, en el primer cajón de mi propia mesa. Siento el impulso de sacarla y mostrarla para que esta pesadilla y destrucción se acaben, pero decido tener en cuenta una vez más el consejo de mi padre y contar hasta cien. Lo que urge es hacerla aparecer en otro lugar. Pero ¿cómo, con Teresa yendo y viniendo por el despacho y lanzándome todo el tiempo miradas de desconfianza? Si me pilla colocando el sobre en otro sitio es capaz de hacer que me despidan tras humillar y pisotear mi dignidad, y si confieso que está en mi mesa, pero que no tengo la más mínima idea de cómo ha llegado aquí, haría lo mismo, y si me callo y dejo correr el tiempo no podré soportar la idea de que el objeto de este desastre obre en mi poder.

El miedo me impide actuar durante quince minutos, el miedo a Teresa, el miedo a que me humillen, el miedo a perder el trabajo, el miedo al caos, el miedo al miedo. No hay nada como el miedo para paralizar y anular al contrario. Introdúzcase el miedo en la mente del enemigo, un miedo que crezca y se multiplique y se habrá vencido. Sólo se ha de descubrir a qué tiene miedo el contrario, si al ridículo, a ser pobre, a la enfermedad, a envejecer, al desprestigio social. Con el transcurso del tiempo me daré cuenta de que a veces, al abrir la puerta del miedo, lo que encontramos es otra puerta del miedo y así sucesivamente, porque el miedo es un templo que se va construyendo poco a poco.

Con dedos temblorosos y sudando, envuelta en un terror infantil, deposito el sobre en el suelo junto a su mesa y con el pie lo empujo mitad dentro, mitad fuera del filo de la mesa. Luego avanzo unos pasos y me sitúo junto a los papeles esparcidos por la moqueta. Es curioso el relieve que toma el detalle en actos como mentir, engañar, ocultar, robar. Por eso las novelas de John Le Carré o de Patricia Highsmith están llenas de detalles, a veces bastante toscos, que sus personajes no tienen más remedio que urdir para sobrevivir. También mi tía Liz es una maestra para mí en este terreno. Un tema favorito en sus conversaciones imaginarias eran las posibles infidelidades de su marido, mi encantador tío Ángel, que me enseñó a nadar y me compraba libros y tebeos. Un día de verano y de playa, cuando yo tenía diez años, se produjo una de esas situaciones tensas y llena de detalles toscos.

Liz estaba en el agua conmigo, y mi tío jugaba a la pelota con el resto de los niños. Nuestras ropas se amontonaban en la arena. Entonces a Liz se le ocurrió registrar la cartera de su marido en busca de algún signo de la infidelidad que la atormentaba, pero había que acercarse a la ropa, extraer la cartera del bolsillo del pantalón y llevarla hasta Liz, que esperaba en el agua, y me eligió como el instrumento de sus deseos. Yo no sabía qué hacer porque los dos me gustaban y para agradar a uno tenía que traicionar al otro, pero no era rebelde y no pude negarme, y realicé aquel acto brutal y vulgar de sacar la cartera del bolsillo del pantalón de mi adorado tío y ponerla entre dos chanclas, como si fuese un sándwich, tal como me había sugerido Liz. Lo pasé fatal mientras realizaba aquella terrible operación, aunque en el fondo se parecía a los microfilmes que los agentes secretos introducen en salchichones o pollos asados o al espía que se hace pasar por vendedor de secadores de pelo. Aun así, el detalle de las dos chanclas sosteniendo la cartera de mi tío se convirtió en escabroso cuando su mano las arrebató suavemente de las mías. Ahora sé a lo que realmente tengo miedo, tengo miedo a sentir vergüenza. Sentí mucha vergüenza. La mirada sonriente y sorprendida de mi tío favorito. ¿Para qué quieres mi cartera?, preguntó. Tras él la arena se extendía hasta los pinos, y yo me hundí en sus puntos dorados porque necesitaba hundirme en algo, y levanté los hombros en ese gesto que pretende significar no sé. Y mientras mi tío me juzgaba como una vulgar ladronzuela, Liz se había tumbado boca arriba en el agua y subía y bajaba con las olas.

La verdad se levanta sola, pero la mentira o el simulacro han de ser levantados con el propio esfuerzo y mantenerlos en alto a fuerza de músculo y sin ningún tipo de distracción. Quien la practica ha de ser muy observador y ha de estar pendiente absolutamente de todo, de lo que ocurre, de las miradas, de las palabras, de la posición de cada uno, de la posición del sol. La mentira es una película donde los romanos no pueden llevar reloj de pulsera, por decirlo de alguna manera. Exige suma concentración y aun así algo falla siempre que te hace caer de bruces y partirte los dientes. Yo no estuve lo bastante alerta y mi tío me cazó.

—Creo que deberíamos empezar a ordenar todo esto —le digo a Teresa, que va y viene sin saber ya dónde mirar.

Se vuelve hacia mí con odio. Ojalá las muestras de amor se pudieran considerar tan claras e inequívocas como las de odio.

—Tengo la sospecha de que sabes dónde está esa carta. Tengo la sospecha de que la has escondido —dice.

Teresa no sólo no trata de disimular el odio sino que pretende que sea lo más feroz posible. Este odio me daría miedo si no supiese ya que a lo que tengo miedo es a sentir vergüenza.

—¿Me estás acusando de haber robado la carta?

Sin querer, con el recuerdo todavía fresco de la cartera de mi tío entre las dos chanclas, digo «robar». La fuerza de esa palabra hace que por un instante Teresa recobre la cordura.

—No he dicho tanto.

—Lo has insinuado —digo yo.

—He dicho que la has escondido y en realidad quería decir perdido.

—Es igual, estoy harta. A la mierda la carta.

Creo que también yo la estoy mirando con odio, pero un odio ridículo al lado del suyo.

—Vamos a recoger todo esto —digo señalando el lago de papeles y libros formado en medio del despacho entre su mesa, la mía, la puerta que da al pasillo, la que da al despacho de Ríos y la que da al salón de juntas—. Yo empezaré por este lado y tú por ése —digo señalándole la parte cercana a la carta, la cual tendría que descubrir en cuanto se pusiera a clasificar los papeles y desviara la mirada a su izquierda, es más, el pico del sobre tendría que atraer su mirada en cualquier momento y por fin podríamos descansar.

—¿Desde cuándo das las órdenes aquí? —dice.

Ya me he arrodillado y estoy examinando hoja por hoja sin perderla de vista. Tarda en decidirse y por fin se sienta en el suelo. Hay momentos en que parece que se ha percatado del pico de la carta, pero enseguida desvía la atención a otra parte, está tan ofuscada que no se da cuenta de nada. Se me pasa por la cabeza hacerle reparar en ello yo misma, aunque sería desastroso, sería como confesar. Una de las veces, sin embargo, se detiene en esa parte del suelo más rato que antes. Yo continúo haciendo ruido con las hojas mientras mantengo la vista fija en lo que hace a mi izquierda sin dejar de mirar al frente, lo que me supone un esfuerzo titánico. Más que ver percibo que alarga la mano y arrastra el sobre con naturalidad, no sospecha que se trata de la ansiada carta. Pero cuando la ve entera, la dirección, los sellos, el remite, casi se levanta de un salto. Después se lo piensa mejor y me echa una mirada de reojo que dura una eternidad y que yo aguanto con falsa indiferencia. Sin duda está pensando mientras me observa. Piensa que va a guardar la dichosa carta y no va a decirme nada y que a otra cosa. Y así lo hace. Yo sigo enfrascada en mis papeles. Se levanta, anda hasta su mesa, abre un cajón, mete la carta dentro, echa la llave y vuelve a sentarse en el suelo, todo de la forma más tosca posible. Mi indiferencia también es tosca y nuestros dos cuerpos vestidos también son toscos en comparación con las panteras y los delfines, que en lugares remotos corren y nadan, y de la lluvia que acaba de estallar en la mañana oscura.

Vicky

Con el asunto de la carta nos hemos plantado en la hora de comer. Y lo último que haría en el mundo sería subir a la cafetería mirador con Teresa. Lo único que quiero es perderla de vista lo antes posible. Lo que siento es nostalgia de Trenas, de los hermanos Dorado, del laberinto y de Vicky, o sea, de un pasado del que nunca creí que llegase a sentir nostalgia, que ni siquiera creí que llegara a ser un pasado, entonces ni se me pasaba por la cabeza que Alexandro y Jano con sus viejas y caras zapatillas y sus tatuajes en la espalda pudiesen ser mi pasado.

Aunque se trata de bajar once pisos, el ascensor se comporta como la máquina del tiempo. Hace cien años que estuve aquí, en la planta diecinueve, por última vez. Atravieso el que un día fue un laberinto. Algunos de los antiguos habitantes con quienes me encuentro levantan las cabezas y me saludan, otros siguen a lo suyo. El despacho de la vicepresidencia, ahora ocupado por la trepa Lorena, tiene la luz encendida y la puerta abierta, unas figuras humanas cruzan de un lado a otro, al fondo el día sigue oscuro. Hago un esfuerzo por volver a sentir la antigua sensación de inseguridad de los lejanos días en que pisé este sitio por primera vez, ahora que no puede afectarme, pero es tan débil y mortecina como un rayo de sol al atardecer.

De Vicky manan chorros de papel continuo, de modo que sólo se le ven el pelo y las gafas.

—¿Todavía puedes con todo eso? —pregunto a modo de saludo.

Gira hacia mí las enormes gafas, no ha cambiado de modelo desde que se llevaban los cristales panorámicos que ocupaban media cara, además la cara se le ha consumido más aún, por lo que resultan más grandes si cabe. Me muestra la dentadura gris, más gris que antes si cabe. Se supone que todo lo ahorra para su majestuosa casa de puerta negra, pero seguramente se le va en el consumo de las mil porquerías que toma.

—Tengo que hablar contigo —digo.

La cito en los baños como antaño. Voy a la máquina del pasillo y saco dos cafés con leche y unas barras de chocolate. Y al empujar la puerta del abanico siento una sensación reconfortante, de paz, la sensación de volver a algo conocido. Esto es lo bueno, lo bueno es que volver sobre los pasos en algunos momentos tiene algo tranquilizador, como ver el trabajo ya hecho o los hijos criados o todos los cacharros fregados y la cocina recogida. El gris del día se mezcla con la blancura de los lavabos. Abro el grifo, el agua rebota formando regueros y salpicaduras de leche turbia.

Vicky llega diez minutos más tarde que yo, cosa que le agradezco porque así puedo disfrutar a solas de la lejanía de Teresa y comprender que si quisiera, que si de verdad lo deseara, podría no volver jamás a la planta treinta, ni al desagradable ambiente del despacho, impregnado de Teresa hasta sus últimos rincones, cajones, carpetas y recovecos. Nadie me obliga a regresar ahí, nadie me pone una pistola en el pecho, podría marcharme a casa y buscar otro trabajo. Podría llegar a pensar que la Torre de Cristal no es la única torre de cristal que existe y romper con esa inclinación que tenemos los seres humanos a acomodarnos. La costumbre es una cárcel. Y el despacho es una cárcel para mí, y el pensamiento es una cárcel para Teresa, y puede que las drogas sean una cárcel para Vicky. Quiero a Vicky y cuando la veo entrar me alegro mucho de verla. Es como ver a alguien con quien se ha pasado la infancia.

—Has tardado tanto que se ha enfriado el café —le digo.

—No podía dejar todo manga por hombro. Lorena es una tía muy exigente.

Manga por hombro es una frase que decía mucho mi pobre madre y que no me imaginaba que volviese a escuchar en boca de alguien tan distinto a ella. Me fijo en que increíblemente mantiene el pelo de un rojo amarronado brillante y bonito, se diría que toda ella se fuese muriendo menos el pelo.

—¿Qué tal tu casa? ¿Pudiste llegar a un arreglo con los dueños?

—Siempre me preguntas lo mismo —dice tomando un sorbo de café y encendiéndose un cigarrillo.

—Creía que te gustaba hablar de tu casa, de su gran puerta negra, los maceteros de terracota, las arañas de cristal del Rastro.

—No te rías, joder. No me hace gracia.

—Bueno, pues ¿cómo está tu hijo?

—Mi hijo está bien. Mis padres dicen que si voy a verle, bien y que si no voy, mejor.

—Pero cuando tengas la casa todo eso va a cambiar, ¿verdad? —le digo, cogiéndola por los hombros y sacudiéndola un poco para que se anime y dándome cuenta de que está esquelética.

—Y dale con la gilipollez de la casa.

—Dame un cigarrillo, ya que no comemos, fumemos. Hoy me ha ocurrido una cosa rara en el despacho. Teresa, que está de los nervios, había perdido una carta, nos hemos pasado toda la mañana buscándola. Y ¿a que no adivinas dónde ha aparecido?

Vicky fuma de una manera extraña, con ingravidez, como si toda ella estuviera flotando y el único elemento sólido fuese el cigarrillo y también porque no se lo acerca a la boca, sino que dirige todo el tronco hacia él.

—En mi cajón, que estaba cerrado con llave —añado.

—Parece un truco de magia de la tele —dice.

—Exacto. Sólo yo he podido ponerla allí y te juro que no me acuerdo de nada. ¿Tú me has notado algo raro?

Vicky se ríe con ganas, y al reírse, como está tan flaca, le duelen las costillas y se las sujeta con las manos.

—Las he visto más locas que tú.

—Oye, en serio —le digo—, a ti te ha pasado algo con lo de la casa, si no no te pondrías tan borde.

Vicky se termina mi café frío y asqueroso, si algo tiene es que no es escrupulosa, deja caer en el vaso la colilla y se enciende otro cigarrillo. La ventana del baño está abierta y entra un maravilloso olor a bosque aunque no haya ningún bosque cerca y ni siquiera lejos.

—Ya no hay casa. Ya está dicho. Así dejarás de darme el coñazo.

—¿Cómo que no hay casa?

—No, guapa, me han estafado. Entregué de señal todo lo que tenía y los tipos han desaparecido. Y ahora pasemos a otra cosa, por favor.

—Pero tú sabes mucho de números. Eres un genio de los números, no creo que hayan podido engañarte.

—Me has preguntado y yo te contesto, ¿de acuerdo? Y ahora tengo que irme, aunque con este festín no sé si podré trabajar —dice y se ríe amargamente, lo que me hace pensar que puede que la hayan estafado, aunque también pudiera ser que haya perdido el dinero de otra forma.

Me irrita que Vicky, que podría ser por lo menos directora general en un gran banco, desperdicie así su vida y que no pueda estar con su hijo y que sea un sueño tan imposible el conseguir una casa que tiene cualquier fantoche.

Teresa

Teresa se sume más y más en sus pensamientos después del episodio de la carta. De vez en cuando mueve la cabeza negándose algo, frunce las cejas contrariada, suspira, deja caer estentóreamente un objeto en la mesa, se levanta y sus piernas, cada vez más delgadas, corren al archivo, que es abierto para volver a ser cerrado con un golpe seco del zapato, y a veces habla por teléfono de una forma que me hace sospechar que se está hablando a sí misma. Las jornadas se hacen interminables, el despacho cada vez es más grande y la distancia entre nuestras mesas mayor, los techos más altos, y el cono de luz y motas de polvo que a media mañana llega al centro de la moqueta la blanquean y difuminan hasta hacerla desaparecer, de modo que hay que bordear este hueco abierto por la luz para no ser abducido por él.

A veces, en cambio, el silencio es tal que los ruidos que hacemos con el teléfono, los pisapapeles, los lápices contra la mesa, los cajones deslizantes al abrirse y cerrarse son como piedras cayendo en el agua, un chapoteo de sonidos en el silencio, y entonces me pregunto qué le ocurre a Teresa o qué me ocurre a mí. Si fui yo quien cogió la carta y la guardó bajo llave no recuerdo nada, por lo que sería parcialmente amnésica, pero si fuese parcialmente amnésica habría notado síntomas en otras ocasiones, claro que no soy yo quien puede recordar lo que olvido. No puedo negar que desde ese suceso estoy alerta y quizá le dé una importancia desmesurada a pequeños despistes, a lapsus momentáneos, a interpretaciones erróneas de la realidad. Es muy difícil saber si no se desvirtúa lo que está fuera de uno. ¿Cómo se puede saber algo así, cómo se puede ser tan listo para saber que no se capta la realidad como es? Por ejemplo, ¿cómo puede estar seguro un psiquiatra, salvo que el paciente se crea Napoleón, que éste no juzga injustamente a su madre o su padre, o su marido o su mujer, o sus hijos, puesto que el médico no los conoce? ¿Qué parámetros utiliza para saber si el funcionamiento de su mente está distorsionado o si sencillamente está viviendo un infierno real? Tal vez yo esté deformando a Teresa en mi mente enferma, y Teresa sea una persona por completo normal, una empleada eficaz a quien confundo con mi conducta demente. Pero de ser así, ¿por qué no me dijo que había encontrado la carta? Quizá no quería admitir que la había tenido ante sus narices, como quien dice, y que se había ofuscado y había perdido los nervios. Todo puede ser.

¿Por qué no he de dudar de mí misma? Precisamente, ilustrando mis temores, oigo narrar en televisión un caso repugnante lleno de detalles toscos, que no habría sabido juzgar de ser el jurado. Primero habla una mujer normal, de clase media, con melenita rubia, cara regordeta y gafas de aros dorados, de la que en principio no hay por qué recelar, que cuenta lo siguiente: su padre, recientemente fallecido, anciano y casi ciego, necesita cuidados constantes, por lo que vive interno en una residencia, situación ante la que reaccionan su hermana, hija del anciano, y su cuñado, que lo invitan a vivir en su casa. Y aquí comienza el tormento del anciano. Según la narradora, su torpeza, derivada de la falta de visión, y el hecho de que se orine en la cama irritan profundamente al yerno del anciano, que le somete a humillaciones constantes tales como violarle y obligarle a practicarle felaciones. A la narradora le ponen sobre la pista de lo que ocurre los moratones que observa en el cuerpo del anciano y, sobre todo, que a raíz de entrar en esa casa su padre rechace asqueado tomar plátanos y leche. La narradora enseguida relaciona plátanos y leche con su cuñado.

En este punto, agradezco que mi padre no esté viendo la televisión conmigo. A continuación de esta revelación aparece en pantalla la pareja de presuntos maltratadores: la hermana y el cuñado. Tienen unos cuarenta años y cara de viciosos, de monstruos. Ella fuma y exhibe manchas en la cara. Él, con barba de dos días, lleva gafas, patillas y el pelo largo, se diría que grasiento, recogido en una cola de caballo. La escena está tomada en su propia casa, un salón con *boiserie* chapada en caoba como la mesa de comedor y las sillas. Le cuentan airados al reportero que son víctimas de un complot y que detrás de todo esto hay un asunto de dinero. Entonces recuerdo que la de las gafitas de aro ha dicho algo del dinero de una pensión, comentario que, ante lo de los plátanos y la leche, ha quedado por completo desvanecido. Evidentemente son culpables. Sobre su imagen, en un recuadro, la foto del anciano, con gafas de cristales grandes, gruesos y blancuzcos. Falleció al devolverle de nuevo a la residencia. No es una imagen fácil de encajar la de este pobre hombre con sus gafas empañadas siendo violado y haciéndole felaciones a su yerno de cuarenta años. Es una imagen imposible.

El programa consta de dos partes. Una hecha en vídeo y otra en el plató. Y en el plató los presuntos maltratadores han cambiado por completo de aspecto. A ella le han tapado las manchas con maquillaje y no fuma. Él está perfectamente afeitado, sin gafas y con el pelo un poco más corto y suelto, parecen mucho más limpios que en el vídeo, están acompañados por una abogada joven de suaves cabellos dorados y verbo ágil. A él le han condenado a tres años basándose en la evidencia de los moratones, aun así se muestran serenos. Resultan más inocentes que en el vídeo. Ella está consternada y es bastante tímida, dice que no es la primera vez que recogen en su casa personas desamparadas de la familia. Él explica que su suegro era ciego y que se iba dando con los muebles y que se caía y que por tanto no es raro que tuviese contusiones aquí y allá. No es fácil imaginárselo violando a su suegro, así que cuando vuelve a comentar que hay un asunto de dinero detrás de tan abyectas acusaciones y sale en un recuadro la cara regordeta con gafas de aros, miro con desconfianza esta cara y la encuentro perversa. Ahora se aprecia mucho mejor su desaforado interés por la pensión del pobre hombre.

¿Quién dice la verdad? Sólo el anciano la sabía, aunque también podría suceder que imaginase cosas que en realidad no ocurrían. ¿Están locos todos? El jurado, evidentemente, se ha basado en las pruebas, en los moratones, pero seguimos sin conocer la verdad. Su sentencia nos aboca a una realidad deslizante entre verdad y mentira, apariencia y realidad, realidad y deseo, sueño y vigilia, nos deja en la incertidumbre de que los detalles toscos de la violación y las felaciones llegasen a ocurrir. Lo cierto es que cuando las cosas están ocurriendo no se puede saber si son del todo verdad o mentira y cuando ya han ocurrido, tampoco.

Necesito salir cada dos por tres a la máquina del café del pasillo y quedarme ensimismada ante el pequeño chorro marrón cayendo en el vaso blanco de plástico. A veces paseo arriba y abajo, pero finalmente no tengo más remedio que volver a entrar y volver a sentarme a mi mesa.

Ya no puedo buscar refugio en los lavabos como en otros tiempos, porque Teresa y yo disponemos de nuestro propio baño, no compartido con el resto de la planta, donde permanecen por siempre nuestras bolsas de aseo petrificadas sobre la repisa, nuestros cepillos de dientes. Y zapatos y enseres de Teresa por todas partes, también la pequeña maleta negra de ruedas, juraría que con el equipaje hecho, que solía llevarse a aquellos ya lejanos viajes de negocios con el presidente, cuya visión rompe cualquier posible armonía. Sólo echando un vistazo a lo que allí acumula se confirma que Teresa tiene un concepto bastante recargado de la vida.

Yo sigo sospechando desde mis tiempos de recepcionista que Teresa está enamorada de Emilio Ríos y siempre en mi fuero interno he achacado su extravagante comportamiento al sufrimiento que le produce. Bajo esta luz me es relativamente fácil ponerme en su lugar, tal como ocurre cuando Emilio Ríos regresa de su largo viaje por Latinoamérica.

El recepcionista, el chico de la piel de seda, me avisa por el teléfono interior de que Ríos está subiendo en el ascensor.

—Viene bastante contento —dice, pensando que esto redundará en mi bienestar.

Por un instante siento el impulso de comunicárselo a Teresa, pero luego me acuerdo de lo de la carta y de que me dejó tirada en Alicante y me contengo, lo que podría parecer un gesto miserable si no se sabe que las cosas que se hacen, que se piensan y que se dicen en un despacho compartido sólo pueden ser comprendidas por gente que trabaje en un despacho compartido.

A los cinco minutos Ríos abre la puerta y Teresa se sobresalta al verle. Por lo general, entra directamente en su despacho sin pasar por el nuestro, menos a la vuelta de las vacaciones o de viajes de más de tres días, en que tiene por costumbre entrar por el de Teresa para saludarla, ahora también para saludarme a mí, aunque yo tengo buen cuidado de no acercarme a él hasta que Teresa no se haya llevado sus primeras palabras y su primera mirada. Después me aproximo discretamente y me limito a preguntar si ha tenido buen viaje y, sin casi esperar a que termine de contestar, regreso a mi sitio. Su aspecto es muy saludable, con un bronceado dorado que lo sitúa más en su yate y en su isla que de viaje de negocios. Imagino que Teresa está pensando lo mismo que yo. Vigilo su mirada, que sigue a Ríos hasta que éste se hunde en la penumbra de su despacho, y entonces ella cae derrotada en la silla con las piernas desmadejadas como una muñeca rota. En esta posición permanece varios minutos mirando con fijeza al frente y a continuación mueve negativamente la cabeza, lo que me pone bastante nerviosa. No sé si la loca será ella o seré yo, ni si me dedicaré a hacer cosas de las que luego no me acuerdo, como guardar cartas en mi cajón, y me pregunto si no dejaré también a veces la vista fija como ella, y si moveré los labios sin darme cuenta.

Un poco antes de las dos, recibo otra llamada del recepcionista de piel de alabastro anunciándome que Anabel, la hija del difunto Sebastián Trenas, está subiendo hacia nuestro despacho. No es la primera vez desde que estoy aquí que Anabel visita a Ríos. Por lo general, no entra directamente en su despacho, sino que él viene al nuestro y desde aquí se marchan. Y produce cierto embarazo observar cómo al verla el presidente de esta empresa se transforma en un muchacho despreocupado, sólo que al no ser de verdad un muchacho despreocupado, produce alarma.

Suele esperarle contemplando por el ventanal las nubes y los pájaros del cielo todo el tiempo que haga falta. No presta ninguna atención a lo mal vestidas que vamos Teresa y yo, lo que sería de esperar en alguien del mundo de la moda. Para ella las prendas de vestir deben de ser como para mí los coches, que más allá de su utilidad no me arrancan ninguna emoción. Por lo demás, está en la cumbre de su belleza, lo que provoca cierta irritación, no sé por qué. Siempre lleva algún libro en la mano, una afición que le habría contagiado su pobre padre y que Ríos, que continúa redactando tan mal como en su juventud, sin duda encontrará exótica. Cuando se cansa de contemplar ese cielo que los demás sólo miramos intermitentemente porque aunque hermoso enseguida cansa, se pone a leer, entonces sí que me recuerda a Trenas. Sus ojos acarician el libro, las puntas del pelo lo acarician, las yemas de los dedos sobrevuelan las páginas. Me gusta considerarla una potencial lectora mía. En la mano derecha lleva un aro rodeado de pequeños diamantes que me temo que le haya regalado Ríos. Juraría que tampoco le atraen las joyas y que se lo pone por no hacerle un feo. Alguna vez mira hacia nosotras y nos sonríe sin querer interrumpir nuestro quehacer, que en mi caso es escudriñarla a ella. En ningún momento es altanera ni vanidosa, si no nos da conversación es por consideración a nuestro trabajo. En realidad se tiene una falsa idea sobre la vanidad, se tiende a creer que es directamente proporcional a la belleza, cuando podría asegurar que el director de Recursos Humanos es infinitamente más vanidoso que Anabel e infinitamente más feo. Aparte de que es muy posible que hasta el más feo se considere guapo y al revés. Mi tía Liz, por ejemplo, es de la opinión de que la elegancia de las personas reside en las extremidades y que por eso Marilyn Monroe, a pesar de todo, en el fondo se encontraba insegura porque tenía unos pies y unas manos muy bastos.

La relación entre Ríos y Anabel es cada vez más evidente. Cuando ella no viene a buscar a Ríos, él se marcha al mediodía canturreando y anuncia que no llegará hasta las cinco y en ocasiones ni siquiera llega. Creo que todo el mundo en la empresa está al cabo de la calle de con quién se encuentra durante ese tiempo, pero disimulamos, ni siquiera Teresa y yo cruzamos comentario alguno.

A los pocos minutos de avisarme el recepcionista, Anabel asoma por la puerta.

—Emilio me está esperando —dice con una agradable sonrisa y su voz grave, y se aleja discretamente hacia el ventanal.

Pero no le da tiempo a llegar porque Ríos, que parece perfectamente sensibilizado para detectar su presencia, sale a recibirla enseguida. Verlos alarma un poco porque, aunque oficialmente no han hecho el viaje juntos, todo los delata: el mismo grado de bronceado, el mismo grado de felicidad y casi el mismo grado de juventud. Se podría decir que Ríos ha rejuvenecido hasta extremos inquietantes. Teresa y yo, sin pretenderlo, cruzamos una mirada de complicidad. Es una de esas miradas que se escapan, y se escapan porque en momentos así se necesita a alguien con quien intercambiar unas palabras, aunque sean mudas, un espejo humano en que observar nuestra propia reacción. Es como cuando en plena calle se produce una discusión y las miradas de los presentes necesitan encontrarse.

Es evidente que todo esto está mortificando a Teresa. Y su sufrimiento es para mí una revelación, un aviso de que es mejor tirar por la línea de no desear nada. Si no hay deseo, no hay frustración ni amargura, no sólo porque no se le cumpla a una, sino porque con frecuencia una ha de soportar ver cómo se cumple en los demás, lo que resulta más cruel todavía. Que se desee algo con vehemencia, que a fuerza de desearlo se le dé forma, se le dé un lugar a ese deseo, y que después de tanto esfuerzo y energía malgastados, el deseo, como un misil desviado de su ruta, se dirija hacia otro, que sea otro su beneficiario, es demasiado cruel. En este caso, el deseo de Teresa se le ha cumplido a Anabel, que tal vez ni siquiera lo haya deseado. Tampoco me cuesta trabajo imaginarme a Teresa pasando por parecidas decepciones en el colegio, en el instituto, en las discotecas, durante las vacaciones y en Alicante con Ramón. No hace falta ser psicóloga para darse cuenta de que de la misma forma que yo tengo miedo a sentir vergüenza, ella tiene miedo a cualquier tipo de pérdida.

Normalmente, cuando Ríos y Anabel salen por la puerta nosotras volvemos a nuestras tareas, menos hoy en que Teresa exclama:

—¡Qué vergüenza, con su propia hija!

—¿Cómo dices? —pregunto—. ¿Qué has querido decir?

—He querido decir lo que he dicho —dice.

—¿Que Anabel es hija de Emilio Ríos?

—Sí —contesta con gesto de que no es para tanto, de que es evidente y de que comienza a cabrearse.

—¿Cómo puedes estar tan segura? —me atrevo a preguntar, porque los aspectos sórdidos de la vida me asustan más que la sangre, las deformidades e incluso la muerte.

—Hay cosas que preferiría no ver, ni saber, y preferiría no tener que hacer la vista gorda ante algunas cosas —dice dejando la puerta abierta a todo tipo de especulaciones.

A partir de este comentario, a pesar de que es el comentario de una trastornada, ya no podré volver a mirar a Emilio Ríos sin sospechar de él. Es verle y acordarme de Anaïs Nin. Ríos, por su parte, ha optado por darle a todo un cariz de lo más natural, tan natural que no hay más remedio que pensar que ha adoptado sentimentalmente a Anabel como hija. Me pregunto si Nieves, la madre de Anabel, tendrá conocimiento de la estrecha relación entre ambos.

Vicky

Bajo la influencia de Teresa, la Torre de Cristal se ha convertido en la Torre Negra, y Emilio Ríos y Anabel, en monstruos. Y por las mañanas veo esta Torre Negra bajo el cielo azul y en medio de edificios normales e inofensivos, entre gente que ni siquiera repara en la Torre y en mí entrando en ella. Y me da por pensar que la vida debe de estar llena de torres negras que a todos los demás les parecen de cristal.

Hoy Teresa continúa comportándose como en los últimos días, ni mejor ni peor. Por eso, creo que lo que vendrá más tarde será la culminación de un proceso irremediable. Le pregunto si irá a la cafetería a comer y no se digna contestarme, puede que ni me haya oído, la veo enfrascada en ordenar los rotuladores por colores y tamaños. Así que aprovecho para acercarme por la cafetería a comprar unos bocadillos calientes de jamón y queso, luego bajo a la planta diecinueve, saco de la máquina del pasillo dos cafés con leche y me meto en los servicios. Me siento en el poyete a esperar a que se marche una rezagada del antiguo laberinto que se está retocando y que sé que lleva la pintura de los labios y de los ojos de por vida por un método de pigmentación, como si hubiese nacido maquillada. No comprendo cómo he llegado a saber tanto sobre esta persona con la que nunca he hablado. Sé que se levanta a las cinco de la mañana para ir al gimnasio antes de llegar aquí, que se ha puesto prótesis en los pechos y en el culo y que no tiene suerte con los hombres. Admiro su tesón. Siempre he admirado a la gente que se cuida, que va al dentista aunque no haga falta, que no engorda y que se viste bien para ir a comprar el periódico. Admiro esa ilusión por gustar a los demás, sin embargo no entiendo a los que dicen que les basta con gustarse a sí mismos. ¿Para qué querría gustarme a mí misma, qué placer hay en eso?

—Adiós —dice al marcharse.

—Adiós —contesto yo.

Al momento aparece Vicky.

—He estado esperando a que se fuese ésa —dice.

—Quiero que te comas esto, está caliente —le digo, dándole el bocadillo. Yo también desenvuelvo el mío.

Vicky me mira con cara de pocos amigos, se enciende un cigarrillo y bebe un sorbo de café.

—Más vale que aprendas a cuidar de ti y que las obras de caridad te las hagas a ti misma, que las necesitas.

Desvío la vista hacia la ventana, no quiero ver a Vicky, es una gilipollas. El cielo está bastante sucio y las nubes quedan dibujadas sobre la suciedad.

—¿Te has enfadado? —pregunta con una maldad que no me esperaba en ella.

—No sé qué te has metido hoy, no pareces tú.

—No he venido para escuchar ningún sermón, tengo mucho trabajo. He venido para decirte que Teresa tiene llaves absolutamente de todas las puertas y cajones de la empresa. Me lo han dicho en Recursos Humanos. Después de un problema que hubo hace cierto tiempo se acordó que sería conveniente que alguien conservase copia de todas las llaves. Y esa persona fue la secretaria personal del presidente, o sea, Teresa. Por supuesto sólo se pueden usar en casos extremos.

—Así que no estoy loca.

—No, cariño. Me guardaré el bocadillo para luego. A veces las cosas que me pasan me ponen un poco irritable.

Regreso bastante contenta por no haber estropeado mi amistad con Vicky y pensando que puede que tenga razón sobre lo pesada que me pongo con sus cosas. Me avergüenza pensar que siempre me comporto como si yo fuese mejor que ella. Teresa aún sigue aquí. Me envía una mirada recelosa. Yo la encaro de frente, lo que sé de la llave me hace fuerte. Estoy casi a punto de decirle que escondió la carta en mi cajón, pero me contengo. Puesto que me ha hecho dudar, ahora quiero ser yo quien controle la situación. Me observa como si intuyera algo, seguramente lleva mucho tiempo observándome así.

—¿No has comido? —le pregunto.

Niega con la cabeza. Hoy lleva el pelo recogido en una trenza un poco torcida y no se ha puesto pendientes. La verdad es que no me parece buena señal que no coma nada. Pasamos una hora en el clima tenso acostumbrado, vigilándonos de soslayo, cuando oímos ruido en el despacho del presidente.

—Ya está ahí —digo para recordarle que tiene que pasar a verle como hace siempre que él vuelve de comer.

Sin embargo, hoy permanece sentada mirando al frente con una mirada demasiado intensa y brillante, como si las neuronas estuviesen a punto de estallarle.

—¿No vas a ir? —le pregunto.

—¿Quieres callarte? —dice con trabajo, logrando que las palabras le salgan rechinando entre los dientes.

Lo más sensato sería callarme tal como me pide, lo anormal de la situación así lo aconseja. Pero no puedo, ahora mismo me domina un instinto que no sé cómo calificar. Parece que ella no puede dejar de hacer lo que hace, ni yo tampoco, como si estuviésemos teledirigidas a control remoto.

—¿Sabes? —digo—, hoy me he enterado de una cosa, de una cosa muy importante.

Desvía hacia mí su extraña mirada. Tiene el entrecejo fruncido.

—Es sobre aquella carta para el presidente —continúo— que desapareció y que nunca encontramos, y eso que pusimos el despacho patas arriba.

No dice nada. Yo estoy disfrutando. Algo insano sale de mí con tanta fuerza que casi me mareo. Piso con resolución la moqueta donde desocupé la bolsa de basura buscando la dichosa carta. Me acerco temerariamente a su mesa.

—La carta por fin apareció, ¿verdad?

Teresa permanece muda.

—La encontraste debajo de tu mesa, aquí —digo señalando el sitio exacto—, y luego la guardaste en el cajón —me aproximo al cajón, pero Teresa pone la mano sobre el agarrador—. De sobra sabes desde dónde llegó hasta ahí. Claro que lo sabes.

Doy vueltas alrededor de la mesa. No puedo dejar de comportarme como lo estoy haciendo, se diría que es ella quien me inspira, me anima y me impulsa al desastre.

—Llegó desde mi cajón. ¿Y quién la puso en mi cajón? ¿Tú lo sabes? —pregunto con todo el odio de que soy capaz.

—Estás loca —se limita a decir.

—No estoy loca —digo inclinándome sobre ella. Me noto llena de ira y con la tensión por las nubes. Me dan ganas de agarrarla por la trenza, de abofetearla—. Tú abriste mi cajón y metiste la carta para poder acusarme de haberla escondido. Pero ¿por qué? ¿Por qué querías hacerme daño? ¿Qué te he hecho yo?

—Eres muy peligrosa —dice con su cara de mosquita muerta—, eres muy, pero que muy peligrosa.

Su forma de hablar me inyecta un veneno, bajo cuyos efectos podría ser capaz de matar, de hecho ya empiezo a hablar como ella, haciendo rechinar las palabras. Se diría que estoy poseída por una fuerza maligna, pero no tanto como para no darme cuenta de que las facciones se le contraen rápida y visiblemente, igual que por un efecto de ordenador. Así que considero que ha llegado el momento de volver a mi mesa, considero incluso que tal vez haya llegado el momento de abandonar para siempre la Torre de Cristal. Considero que tendría que haber contado hasta cien antes de enfrentarme a ella. Y no puedo seguir considerando nada más, porque cuando me doy cuenta Teresa, con una furia diabólica, con la cara roja, está rompiendo todo lo que encuentra, los papeles, las agendas, los periódicos y con algo en la mano que podría ser un puñal, pero que es un abrecartas, rasga la tapicería de la silla. Le pido que por favor se calme, pero se vuelve a mí y al verme se enfurece más. Está fuera de sí. Le pega patadas a los archivadores como los borrachos de mi barrio le pegan patadas a las papeleras y a los contenedores de basura, de modo que no me parece prudente tratar de sujetarla, ni tocarla, ni siquiera acercarme a ella. Se me ocurre que debería gritar, pero como me sucedió cuando encontré el cadáver de Sebastián Trenas, no me resulta nada fácil, quizá por la falta de costumbre.

Al cabo de unos segundos no tengo más remedio que salir al pasillo a pedir ayuda. Acude uno que está sacando un café de la máquina y entre los dos intentamos sujetarla, mientras ella grita palabras ininteligibles que atraviesan la puerta del despacho de Emilio Ríos y le obligan a salir. Cuando ve lo que ocurre, se une a nosotros y se lleva la peor parte porque Teresa se revuelve contra él con saña. Llamamos a una ambulancia, que tarda en llegar diez minutos, tiempo suficiente para que acuda el director de Recursos Humanos, que entra por la puerta pidiendo calma a todo el mundo y la máxima discreción. Los enfermeros la sujetan a la camilla con unas correas. El médico dice que estos ataques son más frecuentes de lo que creemos y que podría tratarse de un ataque de histeria o de un brote psicótico.

Cuando nos quedamos solos, Ríos me pide que pase a su despacho. Una vez allí le pregunto si desea tomar algo al tiempo que abro el mueble bar.

—Tal vez un whisky, gracias —dice y me aconseja que me tome yo otro—. ¿Has tenido miedo? —pregunta.

Le digo que no, que Teresa es inofensiva, pero que estaba sobrecargada y que yo tendría que haberme dado cuenta de que algo así iba a suceder.

—¿Sobrecargada de trabajo? —pregunta con el whisky en la mano, las piernas cruzadas, contemplando la turbiedad de la tarde como quien se asoma a una enorme taza de váter.

—Sobrecargada de tensión, de emociones.

—Vaya —dice—, tengo el defecto de no fijarme bien en las personas. No me había dado cuenta de nada.

De no haber tratado a Trenas, no tendría ni la más mínima idea de cómo es Ríos, así sé que es todo lo contrario que él. Trenas era afectuoso, compasivo y se preocupaba por la gente, menos por Anabel, claro. Y Trenas parecía mucho más viejo, mientras que Ríos conserva un eterno aspecto de muchacho y no parece que le preocupen demasiado los demás, excepto Anabel en los últimos tiempos. Le alerto sobre el hecho de que le sangra una mano y de que se ha manchado los pantalones.

—No es nada —dice—, la pobre lo ha hecho sin querer.

Coge el vaso con la mano herida, por lo que el cristal también se mancha de sangre, y se lo lleva a los labios. Es una imagen llena de significado aunque no sé cuál.

—Últimamente estaba muy excitada, irritable, recelosa —digo.

El whisky me está animando. A los de tensión baja como yo la bebida nos hace más vivaces y parlanchines.

—¿Qué crees que le ocurrió? ¿Problemas sentimentales?

Estoy sentada en el borde del sillón y sostengo el vaso sobre las rodillas. Lo peor de mi cuerpo, sin ningún género de dudas, son las rodillas después del pelo y no quiero seguir viéndomelas, por lo que coloco el vaso en la mesa. Ríos sigue la operación con la mirada.

—Sí, creo que eso era —digo.

Se levanta y se sirve otro whisky. No parece tener ganas de que me marche.

—Has vivido momentos críticos en esta empresa. La muerte de Sebastián y ahora esto y nunca te he dado las gracias, quiero hacerlo ahora.

Levanta su vaso para que brindemos. Es evidente que lo hace para beber un poco más y no estar solo, lo de Teresa en el fondo le trae sin cuidado.

—La vida es complicada. A veces pasan cosas que uno jamás pensó que pasarían. De pronto, alguien se cruza en tu vida y todo cambia.

Ahora soy yo quien se levanta y se sirve otro whisky. Siento que tengo una gran responsabilidad y que es el momento de sacudírmela de encima. Siento, con la agudeza que el whisky me da, que no puedo quedarme de brazos cruzados, que sería una cobardía no decir nada.

—Un día Teresa me contó algo —digo, sin mirarle—. No sé si es cierto o no, ni tampoco me interesa, pero creo que es mi obligación decírselo. Hoy, aquí, tomando esto, me parecería mal callarme, ya me callé una vez y no me lo perdono. Pero tampoco sé cómo decirlo, me cuesta mucho trabajo.

Ríos sale de detrás de la mesa y se sienta a mi lado, se limpia el dorso de la mano en el pantalón, por lo que el pantalón tiene un aspecto lamentable, con varios restregones de sangre. Ya sabe que lo que voy a decirle le concierne a él.

—Teresa estaba muy preocupada. Muy preocupada. Pensaba que Anabel es hija suya, no de Sebastián Trenas.

Ríos se queda pensando un momento, mueve los ojos en todas direcciones como buscando ese pensamiento y se levanta. Se pasa la mano ensangrentada por el pelo, por lo que también el pelo resulta manchado.

—Voy a lavarle la herida.

—No, no, por favor —dice andando de un lado a otro del despacho y pensando. No disimula que está asustado. A veces se queda mirando a algún punto como si ese punto le produjese horror.

—Lo siento —digo—. Me enteré sin querer enterarme.

—Si Anabel fuese mi hija, Nieves me lo habría dicho. Nos conocimos muy jóvenes, cuando Sebastián y yo empezamos con la empresa. En fin, aquello ya no tiene remedio —dice, mientras va atardeciendo y a mí empieza a arderme un poco la cabeza.

Él habla. Habla para sí o para un mundo, hecho para ser visto desde esta amplia ventana, que corre allá abajo como una lagartija y que por tanto nunca alcanzaremos.

Habla para mí, que permanezco quieta en mi asiento viendo pasar la vida llena de cosas que no volverán.

Cuenta primero su relación con Nieves y luego con Hanna. Unas palabras le llevan a otras, unas imágenes a otras, unas sensaciones a otras. A veces tiene que hacer memoria, lo que me resulta un poco pesado, y cuando acaba, se me queda mirando pensativo y dice que siempre había mantenido estos sucesos en secreto y que ahora se da cuenta de que en realidad no tienen tanta importancia.

Salgo de allí sobre las once de la noche y me encuentro tan desanimada que tengo que entrar en un bar. La historia que me ha contado Ríos me ha dejado hecha polvo, no por la historia en sí, sino por no tener yo historias parecidas en mi haber. Es como si estuviese oyendo por un altavoz la voz de mi madre advirtiéndome de que me estoy desperdiciando, que es lo mismo que decir que me estoy convirtiendo en un desperdicio. Nada más podría contar lo de Raúl y me daría vergüenza contarlo porque es una historia de mierda en que uno de los personajes, o sea yo, se pasa la vida esperando a que el otro le llame.

El camarero me pregunta qué quiero tomar. Le digo que no sé, y él dice que lo mejor sería que me tomase un café, lo que significa que percibe el mareo que siento. Le digo que he estado tomando whiskys con mi jefe. Y él dice que por lo menos podría haberme llevado a casa. Tiene los ojos enrojecidos y algo deformados por los párpados inferiores, que se le van despegando del globo ocular, lo que le imprime una mirada bastante concreta y objetiva. Así que le pregunto si él, que no me conoce de nada, que me está viendo por primera vez en un estado lamentable, si él considera que soy una persona con futuro, si cree que algún día escribiré algo que le guste a la gente. Me bebo el café y siento unas náuseas tan impresionantes que he de salir corriendo al baño. Como no me da tiempo de llegar a la taza, lo pongo todo perdido. Me limpio los zapatos con papel higiénico y me lavo la cara, tengo el pelo pegado a la cabeza, parezco una muerta, y por un instante comprendo muy bien a Teresa, y me la imagino atada a una cama y también sin atar pero completamente sedada en el hospital.

El camarero me observa llegar hasta el mostrador. Por la forma de mirarme sabe todo lo que ha pasado dentro del baño.

—¿Estás bien? —pregunta.

Trato de sonreír y le dejo una buena propina.

De regreso a casa en un taxi conducido por un taxista más borracho que yo, las palabras de Ríos me vienen a la cabeza una y otra vez. No le he preguntado nada a Ríos, así que ha pensado que sus historias personales no me interesan y por eso se ha sentido cómodo contándomelas. Por eso la gente se confiesa en los taxis, en las barras de los bares y en cualquier parte en que su vida no importa.

Nieves

Emilio Ríos no sabía qué era lo que le gustaba de ella, sólo que a su lado era como si encajasen unas con otras todas las piezas de este mundo, desordenadas el resto del tiempo. Por eso nunca rechazaba las invitaciones a casa de su socio Sebastián Trenas. Emilio reconoce que nunca se ha sentido tan en su hogar como en el hogar de Sebastián y Nieves. Ni siquiera cuando hizo construir en La Moraleja una casa prácticamente idéntica a la que ellos tenían en el parque Conde de Orgaz y fue decorada con muebles antiguos como los suyos y sofás semejantes. Ni siquiera cuando se casó con Hanna hace unos cinco años. Ni siquiera en esas circunstancias las piezas llegaban a organizarse armónicamente, de modo que su estado natural era el de un hombre ligeramente irritado. Se diría que tenía un gato dentro arañándole sin descanso. Consciente de ello y para no molestar a nadie, optaba por dejarse absorber por los negocios y las preocupaciones, de forma que vagaba por pasillos y salones con la vista fija en el suelo, como si el suelo estuviese lleno de seres diminutos que pudieran ser aplastados al primer descuido, simplemente para no tener que mirar a su alrededor. Los problemas le venían bien, no le asustaban. Solía decir, dadme problemas, que yo los resolveré. Por el contrario, a Sebastián le daba pánico que algo rompiera el suave tejido en que vivía envuelto.

Emilio y Sebastián se conocieron en la universidad y eran tan diferentes que se cayeron bien, se complementaban. La verdad es que ya entonces Emilio estaba siempre nervioso, incluso sentado en clase movía incansablemente la pierna derecha. Y Sebastián siempre estaba tranquilo, atento a las explicaciones, sin demasiada prisa por que el tiempo pasara, su comportamiento hacía pensar en infancias radicalmente distintas, y su aspecto físico en un gato salvaje y en un oso. Al temperamento pacífico de Sebastián le venía bien una novia, y esa novia fue Nieves. Nieves era un poco mayor que él y trabajaba en una de las mejores pastelerías de Madrid. Algunos clientes solían decirle que el mejor dulce de aquella pastelería era ella, y que si a ella también la podían envolver para llevársela. Estaba harta. Nadie sabe lo pegajosos que son los pasteles. Aunque los cogiese con la paleta, aunque directamente no los tocase con la mano, siempre sentía los dedos pegajosos, una leve inclinación de la bandeja y caía un poco de merengue en el suelo, que luego pisaba alguien y que era arrastrado por toda la tienda, y no hay nada más desagradable ni más sucio que un suelo por el que se van pegando los zapatos. También el olor a caramelo se pegaba a las paredes de la nariz, y a vainilla, a falsa fresa y a falso limón. Cuando por las mañanas se situaba detrás de aquellas vitrinas repletas de tartas y pasteles con guindas rojas y crestas de nata con su delantal lleno de volantes se encontraba absurda, ridícula. La repostería era infantil y engañosa. Quien se comía un pastel se estaba comiendo una fantasía llena de colesterol y glucosa, por eso lo primero que retiran de todas las dietas es la repostería. Pero no era fácil salir de allí.

Hasta que un día, casualmente, Sebastián pasó por la pastelería, y él y Nieves se casaron. Sebastián estaba muy enamorado de Nieves, y quién sabe, puede que también Nieves de Sebastián. El amor aún no se sabe lo que es.

Alquilaron un piso cerca de los bulevares, donde Nieves, que ya no tenía que ir a la pastelería, esperaba a Sebastián. Lo decoró con bastante gusto y sobre todo sabía crear ambiente, sabía hacer que fuese una delicia entrar allí. En verano las persianas estaban medio cerradas y el ruido sonaba medio lejos y las líneas de luz culebreaban en las paredes como el agua en una piscina. Nieves andaba descalza, sin hacer ruido, pero dejándose sentir. Era tan morena que parecía árabe. Procedía de Sevilla, donde todo el mundo sabe crear sombras e hilos de brisa sin recurrir al aire acondicionado. Pesadas esteras sobre los balcones que no dejan entrar el sol y patios umbrosos de plantas y agua, a veces incluso toldos de un lado a otro de las calles.

Por entonces, Sebastián y Emilio habían instalado una oficina y se dedicaban a idear negocios y a intentar venderlos. Estaba situada en un edificio antiguo de la Gran Vía, ocupado por hileras de pequeños despachos, agencias de viajes y consultorios médicos. La impersonalidad del portal era tal que parecía un callejón. Y los pasillos tan interminables que se diría que rodeaban un perímetro mayor que el del propio edificio. El último barnizado del parquet crujía tanto que Emilio tenía la sensación de que se iba a abrir bajo sus pies y que iba a desaparecer en un oscuro abismo de viejas poleas de ascensor y vigas herrumbrosas. El despacho de él y Sebastián se hundía en la curva más pronunciada del pasillo del octavo piso y su interior tenía una forma rara, inestable y peligrosa, donde habían logrado encajar con gran esfuerzo dos mesas.

Pero Sebastián se encontraba allí a sus anchas. Le encantaba el ruidoso aparato de aire acondicionado, la pequeña nevera, que hacía hasta cubitos de hielo, y la cercanía del cuarto de baño, que caía casi enfrente de la curva. Llegaba a las ocho de la mañana impecablemente vestido de traje y corbata, que sin duda planchaba Nieves. Para trabajar, colgaba la chaqueta en el respaldo del sillón, pero si oía cualquier movimiento al otro lado de la puerta, y no digamos una llamada, en un acto reflejo se la ponía enseguida. Era de la opinión de que si ellos mismos no le daban seriedad, respetabilidad y toda la elegancia posible a su empresa, nadie lo haría.

Emilio no podía dejar de apreciar la actitud de Sebastián. Aunque fuese exagerada, tenía algo de éxito seguro. Remitía a la idea de despachos amplios con buenos muebles y vistas a un mundo mejor, un mundo mejor para ellos. También notaba que sólo en las cercanías de Nieves se apaciguaba y se sentía como si por fin hubiese llegado a su destino. Y se le hacía demasiado largo e intolerable el tiempo que tenía que pasar sin verla.

Así que una tarde se decidió. Llamó a Sebastián desde la calle para decirle que tardaría en llegar lo que le llevase arreglar unos asuntos y, sobre todo, para cerciorarse de que permanecía recluido en la oficina. Sebastián le dijo que no se preocupara, que a esas horas se encontraba mejor allí con el aire acondicionado que en casa. Eran las cuatro de la tarde, y el sol caía sobre los hombros como una losa. Cualquier meridional sabe lo que sucede a esa hora, sabe lo atontolinado que se está, lo ofuscado, es una hora digamos irreal.

Emilio subió al coche y emprendió el camino al piso de Sebastián. Ahora Nieves tendría que estar sola. Aún no sabía qué iba a decirle. Sebastián estaría dormitando en el aire acondicionado de la pequeña cueva de la Gran Vía. El coche iba solo, pensaba por sí mismo, tomaba decisiones. Emilio no podía hacer otra cosa, nada más era capaz de imaginar a Nieves esperándole sin saberlo entre paredes flotantes. Las casas, los árboles, las calles, las sensaciones, se hallaban dispuestas de tal forma que se diría que Emilio era víctima de las circunstancias. Cada vez que pensaba con más determinación volver atrás, deseaba con más fuerza seguir adelante y, casi sin darse cuenta, estaba aparcando.

Cuando llamó al timbre ya era demasiado tarde para arrepentirse. Nieves abrió. Se extrañó, o mejor dicho, se asustó al verle. Ahora sí que no había marcha atrás.

—Sebastián no ha vuelto de la oficina —dijo Nieves sin invitarle a entrar.

Lo que tiene el verano es que todo el mundo va muy ligero de ropa. La de Nieves se podría haber desvanecido con un soplo.

—Sí, ya lo sé. Yo también tendría que estar en el despacho.

Hablaban en el umbral, entre el vestíbulo y el descansillo. El tono de ella era muy bajo, casi un susurro, y sus cuerpos estaban bastante cerca, sólo con adelantar un poco el pie se habrían rozado, y precisamente esta impresión era la que le estaba mareando, o tal vez había sido el calor del coche, se había empapado de sudor y, al entrar en el portal, el sudor se había empezado a enfriar y ahora casi temblaba.

—¿Podrías darme algo de beber? No me encuentro bien.

Nieves miró hacia la puerta entreabierta del salón, que tan sólo permitía ver un retazo de maravillosa penumbra.

—Lo siento, me gustaría..., pero no puedo.

La alarma sonó en la cabeza de Emilio.

—¿Qué quieres decir? ¿Hay alguien ahí?

Nieves lo miraba fijamente, quizá desafiante, lo que es seguro es que no estaba dispuesta a darle explicaciones. Y Emilio sintió un gran desengaño, una gran sorpresa, se sintió increíblemente estúpido y humillado. En ese momento, la penumbra que se apreciaba por el hueco de la puerta se agitó en una turbulencia. Un cuerpo grande, de hombre, la acababa de remover al cruzar el salón.

—Tienes que marcharte —dijo Nieves en voz más baja aún.

—Esto no me gusta. No me gusta marcharme así —dijo Emilio mientras adelantaba un pie y la abrazaba.

—Así es como has venido. No tienes más remedio —sentenció Nieves empujándole suavemente y cerrando la puerta.

Condujo trastornado de regreso a la oficina. Sabía que no sería fácil olvidar lo que había visto en casa de su socio Sebastián. La sombra masculina cruzando el salón, Nieves con aquel vestido que era como papel de fumar, ni siquiera recordaba el color, ni siquiera tenía color, su azoramiento, sus inmensos ojos negros, los pies descalzos, el silencio, su cuerpo al abrazarlo tan caliente, el resplandor cegador al salir a la calle.

Una vez en el despacho, circunvaló el pasillo y al llegar a la curva respiró hondo, no por Sebastián, sino por Nieves y el energúmeno que ocultaba en el saloncito de su casa. Sebastián no pertenecía a la historia del energúmeno y por tanto sólo en parte a la historia de Nieves. Así que cuando Emilio entró y lo vio colocándose precipitadamente la chaqueta le pareció más elegante y extraño que nunca.

—Llegas pronto —dijo Sebastián—. Pero me ha dado tiempo para hacer dos contactos importantes. Mañana estamos citados a las once y a las cuatro.

Sebastián era incansable en su entusiasmo, quizá porque vivía en el limbo y nunca se tropezaba con los pedruscos incandescentes del infierno.

—Tengo un buen presentimiento, sobre todo con Codes. Creo que es nuestro hombre. Podríamos celebrarlo, ven esta noche a cenar a casa.

—Tienes la manía de vender la piel del oso antes de cazarlo, eres incorregible —dijo Emilio molesto porque Sebastián no estuviera sufriendo como él sufría.

Como era habitual en Sebastián, tampoco esta vez hizo caso de los comentarios de su socio y llamó a su esposa para anunciarle que iría con Emilio a cenar, tras lo cual Sebastián permaneció escuchando lo que ella decía con cara de contrariedad. Sebastián no sabía que estaba participando sólo tangencialmente en esta situación, al contrario que Emilio, que lo hacía con toda intensidad. Sebastián se levantó con el teléfono pegado a la cara y se dirigió a la ventana buscando sin duda algo de intimidad. Allí, en voz más baja que antes, dijo, haz un esfuerzo, cariño. En este momento, Sebastián tendría que haberle dado pena a Emilio o inspirarle cierto respeto, pero no se lo inspiró. Nada más pensaba en ella en el vestíbulo dejándose abrazar, probablemente para no llamar la atención del energúmeno. Se sentía un poco despreciable, y sentirse despreciable, al contrario de lo que la gente cree, era sentirse con alas, ligero como una pluma, libre. Y lo peor era que también así debía de sentirse Nieves, y esas alas de Nieves eran las que más le atormentaban.

Salieron a las ocho del despacho, aún era de día, aunque con un sol más debilitado, que se iba despegando de aceras y fachadas como una capa de pintura transparente. Iban en el coche rojo de Emilio. Sebastián hablaba y hablaba ensayando el discurso, más bien engolado, que pensaba soltarle a Codes al día siguiente. Emilio conducía con gesto grave, cavilando.

—¿No te parece bien? —preguntó Sebastián, refiriéndose al discurso, al detenerse el coche junto a su portal.

—He pensado que no voy a subir —dijo Emilio de pronto.

Sebastián giró todo su corpachón para mirarle de frente. Sus ojos, grandes y beatíficos por naturaleza, eran incapaces de reflejar el enfado que sentía, e intuyéndolo arrugó el entrecejo en una expresión rara.

—Nieves ha estado preparando la cena. Cuando la he llamado esta tarde no se encontraba bien y aun así ha estado preparando la cena, no puedes hacerle este feo.

—No creo que sea para tanto —dijo Emilio—. Dile que lo siento, que no recordaba que tenía una cita.

El coche rojo arrancó de nuevo sobre un asfalto aún caliente. Se privaba de verla otra vez, se privaba de mortificarla con su presencia y de recordarle la escenita de la tarde, pero ésta era la única manera de que pensara en él. Primero sentiría un gran alivio al no verle, hasta que poco a poco se fuese preguntando por qué no habría subido. En la cama, acostada junto a Sebastián, rodeada por las largas piernas y los largos brazos de Sebastián, pensaría en él, en Emilio; se preguntaría qué habría logrado ver por la tarde, si una sombra, si el cuerpo entero de un hombre o si nada. Emilio aparcó cerca de su pequeño piso de soltero en Chamartín. Tal vez se sintiera culpable, pensó mientras se tomaba un bocadillo en un bar. Esto era mucho mejor que estar cenando con ellos y tener que conformarse con observar a Nieves de reojo, y soportar que Sebastián le contase una vez más lo que iba a decirle a Codes al día siguiente sobre la conveniencia de que les dejase explotar su proyecto de seguridad privada. La verdad es que era una gran idea, se imaginó ejércitos de agentes uniformados y entrenados vigilando las puertas de los bancos, de las empresas, de los comercios, de las casas de vecinos. Se los imaginó en los aeropuertos, en las estaciones de ferrocarril y de autobuses, en los cines, en las discotecas y en las iglesias.

Sebastián admitía sin reservas que escribía cincuenta cartas al día y hacía otras tantas llamadas y trataba de perfeccionar de continuo su oratoria y retórica para luchar por Nieves y sus futuros hijos. Emilio no lo admitía, ni siquiera íntimamente, pero también luchaba por Nieves. En las noches en blanco y en cualquier rato de soledad le gustaba pensar que, como a Sebastián, también a él lo animaba y lo impulsaba alguien, y ese alguien era Nieves. El mundo era más pequeño de lo que parecía y el pensamiento más todavía, el pensamiento se quedaba con una pequeñísima parte del pequeño mundo. Así eran las cosas, no como debían ser ni como nos gustaría que fuesen, sino como en realidad eran.

Aquel verano de 1975 quizá fue crucial en sus vidas. Sebastián con su oratoria y retórica, su seriedad auténtica, su mirada sincera y quizá sus trajes, convenció a Codes de que confiase en ellos a cambio de un hipotético futuro esplendoroso para todos. El tesón y el trabajo de Sebastián arrancaban el respeto inmediato de Emilio y le convencían de que no podría tener otro socio mejor.

Apenas disponían de tiempo para verse con otra gente ni para divertirse, se encontraban en ese momento en que no se puede perder el tiempo. Se pasaban el día juntos o tratando de convencer a un tercero, y Nieves era la única persona con acceso al reducido clan. Su nombre flotaba en el ambiente. Nieves por aquí y Nieves por allá. Nieves en el teléfono o Nieves que había salido de compras y se acercaba por el despacho. En esas ocasiones Emilio la saludaba vagamente y continuaba a lo suyo con un estremecimiento en el estómago, deseando con todo su ser que no se marchara, que se aproximara a él y le diera un beso o que simplemente le tocara. Pero entonces Sebastián la sacaba al pasillo, murmuraban algo y ella se alejaba haciendo crujir el viejo y mil veces lijado y abrillantado parquet hasta que llegaba a los ascensores. Sebastián entraba de mal humor y le preguntaba qué le ocurría y por qué recibía tan mal a Nieves.

—Eres un ser egoísta e insociable, no sé cómo te aguanto —decía.

—Trabajamos contra reloj, no sé si te das cuenta. Cuando terminemos, os podréis largar de vacaciones —decía Emilio, mientras le venía a la mente la sombra de aquel otro tercer hombre.

Lo cierto es que Sebastián era quien hacía el trabajo práctico y efectivo, el trabajo de codos; él fue quien logró ajustar los costes del proyecto de Codes de una manera asombrosa.

Una noche de finales de julio, cuando Emilio subió a su pequeño piso, después de cenar un bocadillo en el bar de la esquina, sonó el teléfono. Era Nieves.

—Oye, mira, creo que tendríamos que hablar —dijo.

—¿Sobre qué? —preguntó Emilio simplemente para retenerla, para seguir oyendo su voz, para que aquel momento mágico surgido en medio de la noche no se desvaneciera.

—De nosotros. Bueno, de mí. Tengo que contarte algo. He dudado mucho, pero ya me he decidido.

Su acento andaluz, que convertía las ces en eses, era como un cuchillo cortando mantequilla, como la seda salvaje, no sabía, tenía algo contradictorio.

—¿Has oído lo que te he dicho? —preguntó.

—Sí —dijo Emilio—. ¿Está ahí Sebastián?

—No, te llamo desde la calle. Él no sabe nada, ni debe saberlo, ¿comprendes?

Emilio no contestó, no quería dar facilidades y, sobre todo, no quería que Nieves colgara.

—Tengo que irme —dijo Nieves—, le he dicho que iba a mirar el buzón y es capaz de salir a buscarme. Espérame mañana en tu casa a las cuatro, ponle alguna disculpa y asegúrate de que se queda en el despacho.

Nieves no dio opción a que Emilio aceptara o denegara, era evidente que estaba segura de sí. Aquel abrazo en el vestíbulo la había hecho fuerte. Emilio no estaba dispuesto a que aquello se repitiera, a entregarse tan abiertamente y, sin embargo, iría y haría lo que ella quisiera porque de lo contrario no podría dormir el resto de su vida.

Así que a las tres Emilio le anunció a Sebastián que tenía cita en el dentista y que regresaría en cuanto terminara. Sebastián dijo mirando el reloj:

—Las tres. Es la peor hora para salir, te vas a achicharrar.

Si Emilio tuviese que describir su estado de ánimo en aquellos momentos diría que era de entusiasmo, entre entusiasmo y felicidad, alegría, una alegría un poco dolorosa por incierta, por exagerada, por absurda. Desde allí no tardaría más de diez minutos en alcanzar su piso, pero quería revisarlo antes de que ella llegara, quería que todo estuviera en orden. Había comprado flores y una botella de champán y ahora dudaba si la habría olvidado en el congelador y se habría helado, claro que ni siquiera le diría que había champán, no le parecía lo más apropiado. Si lo pensaba con objetividad, era una idea ridícula y tópica. Era como dar por supuesto que había algo que celebrar cuando ni siquiera sabía de qué quería hablarle. Fuera el champán, que se congelase. También dudaba de que fuese buena idea lo de las flores. Sería menos arriesgado ofrecer cerveza y café. Más o menos el salón estaba limpio y la ropa recogida. Le daba tiempo de sobra para ducharse y cambiarse. Un policía le hizo desviarse, había habido un accidente y la Castellana estaba cortada. El calor era atroz. Tuvo que meterse por una calle por la que no había manera de avanzar con el coche. Pensó que, si en lugar de coche hubiese tomado un taxi, ahora podría abandonar este infierno e ir corriendo a un autobús o al metro. En cambio estaba en una ratonera, ya ni siquiera le daría tiempo a ducharse. Y no quería ni imaginarse que Nieves se encontrara con la puerta de la casa cerrada y que lo interpretara como un desaire, como un olvido o como una manera de dar marcha atrás. Había esperado tanto este momento y ahora se encontraba atrapado en la calle Zurbano, angustiosamente atrapado. Y, aunque quería resignarse como el resto de los conductores y darse por vencido, no podía. No podía quitarse de la cabeza a Nieves en la puerta, esperando. A las tres y media había avanzado doscientos metros y a las cuatro menos veinte, doscientos cincuenta. Calculó que en ocho minutos podría llegar corriendo a una boca de metro y en un cuarto de hora o veinte minutos a su casa. Así que sin pensárselo más garabateó su número de teléfono en un papel y dejó el coche donde estaba, con las llaves puestas para que pudieran retirarlo sin problemas o para que se lo robaran, le daba igual. Algunos conductores al verle abandonar el vehículo y salir corriendo comenzaron a pitarle frenéticamente. Era sorprendente comprobar cómo la gente no te ayuda, pero te vigila.

Ni una vez volvió la cabeza, su objetivo era la boca de metro de Nuevos Ministerios. Su vista se dirigía al frente a mayor velocidad que la velocidad de la luz. Tenía que atravesar el espeso cristal de esas horas y cruzar calles y sortear el hormigón de los edificios. Sus pies iban tras su mirada todo lo rápido que podían. Sudaba como nunca. No podía permitirse el lujo de perder minutos ni segundos ante los semáforos y decidió jugarse la vida sorteando los coches. No podía permitirse el lujo de parar porque materialmente iba corriendo tras esos minutos y segundos. Hubo un momento en que tuvo que detenerse ante la taquilla del metro y eso le hizo perder dos minutos. Otros tres hasta que el tren llegó. La paciencia de la gente lo exasperaba. Subió corriendo interminables escaleras. Le latían las sienes a toda velocidad. Al salir a la calle, siguió corriendo, tuvo que cruzar una plaza. Estaba empapado. Frente al portal de su casa respiró hondo y se limpió el sudor de la cara con un pañuelo. La transparencia del aire les daba aspecto de esculturas a los árboles, a los coches aparcados, a los agarradores de latón de la puerta del portal. A Nieves le daba aspecto de escultura naturalista de mujer anónima de nuestro tiempo.

Nieves le confesó que hacía ya bastante tiempo que su proximidad le ponía la carne de gallina, pero le advirtió que quería mucho a Sebastián y que no pensaba dejarle por nada del mundo.

Al año más o menos nació Anabel, y al año siguiente Conrado. El negocio iba tan bien que Sebastián y Nieves pudieron comprarse un bonito chalet en el parque Conde de Orgaz. Mientras tanto, Ríos y Nieves seguían viéndose regularmente. Nieves se encargaba de comprarle la ropa y le ayudó a decorar su nueva casa en La Moraleja y a contratar el personal de servicio. Hacían el amor una o dos veces por semana. A Ríos siempre le maravilló que Sebastián no se enterara de nada, que no sospechara, tenía una confianza ciega en el amor de su mujer, en su fidelidad, y había que reconocer que consiguió tenerla siempre a su lado, bajo el mismo techo, consiguió dormir con ella durante muchos años hasta que murió. El mayor cambio en la vida de Sebastián quizá se produjo cuando compraron la Torre de Cristal y el negocio empezó a desbordarle.

Al llegar a los cuarenta, Nieves se cortó el pelo y sus rasgos se agrandaron extraordinariamente, como cuando se abren las ventanas de una casa. La gran boca se la pintaba de rojo y los grandes ojos de negro. Le preocupaba tanto volverse fláccida que comenzó a hacer pesas y endureció su cuerpo de tal forma que ni a los veinte, ni siquiera a los quince años, lo había tenido tan duro. Solían citarse al mediodía o a media tarde, en esos ratos dedicados a las comidas de compromiso y a las compras, en esas horas perdidas en que Sebastián siempre tenía almuerzos de negocios, eran ratos no contabilizados. Las noches estaban prohibidas para ellos a no ser que coincidiesen en algún sitio bajo los focos del resto del mundo.

Por lo general se citaban en un hotel, pues a Nieves no le parecía conveniente pasar en casa de Emilio más tiempo del prudencial. De forma que Emilio tenía la impresión de que tanto los jardines, con sus románticos recodos, como los salones y saloncitos, los dormitorios, los cuartos de baño, el sol que por las mañanas daba de plano en la fachada principal, como los jardineros y todo el personal de servicio, todo eso estaba por completo desaprovechado, todo era desmesurado, todo le sobraba. ¿Para qué lo necesitaba si tenía que verse con Nieves en un hotel? ¿Para qué servía? Lo miraba con indiferencia. Su verdadero hogar se reducía a la impersonalidad de una habitación de hotel. Allí fue observando los cambios que se producían en el cuerpo de Nieves. Primero el embarazo, luego un cuerpo más ancho y después la sorpresa de un cuerpo que casi no reconocía y que cambiaba día a día.

El problema era que cada vez le costaba más trabajo acudir a aquellas rutinarias citas clandestinas, que se habían ido rebajando a una cada quince días. Le agotaba tener que mantener el entusiasmo remoto de las primeras épocas. Las condiciones en que se desenvuelve una pareja convencional favorecen la pérdida paulatina de la pasión sin traumas, pero no las de los amantes secretos, cuyos encuentros no tienen objeto ni sentido sin esa pasión. Así que un día Emilio se aventuró a poner una excusa y en lugar de acudir una vez más a la habitación de turno se quedó en casa, en su gran casa, en esa casa que siempre le había sobrado. Comió viendo el telediario y no echó de menos a Nieves. Al fin y al cabo, nada había en aquella casa que se la recordara. Las imágenes íntimas quedaban esparcidas por camas anónimas, por sábanas que iban a volver a ser usadas por otros y otros y otros, en cuartos de baño con idéntico olor a otros cuartos de baño parecidos, con semejantes minibares frente a la cama, con televisores dirigidos a los cabeceros y cortinas que era imposible cerrar del todo, por lo que era imposible hacer el amor en completa oscuridad.

A los quince días seguía desganado, pensó que tal vez era la edad, ya tenía cincuenta años, tal vez la excesiva repetición de una situación a la que se podía poner fácilmente un final era suficiente motivo para no intentar ningún esfuerzo extra, así que llamó a Nieves y le puso una disculpa. Nieves escuchó en silencio, un silencio triste como el de la casa cuando estaba allí solo los fines de semana. Emilio sabía que su actitud se podía calificar de cobarde puesto que prefería eludir explicaciones, una discusión acaso, pero no era cobardía sino economía. Él, que se pasaba el día hablando, negociando, convenciendo y dejándose convencer, sabía perfectamente cuándo las palabras eran funcionales, necesarias, cuándo podían alterar el curso de los acontecimientos. Ahora no lo eran, su utilidad sería nula, en este asunto las palabras llegarían tarde, serían como la polvareda que sigue al coche o a la moto o al caballo. La perspectiva de hablar por hablar le paralizaba y esperaba que Nieves comprendiera que no era necesario hacerlo.

Cuando llegó el día de la nueva cita tras las dos anteriores fallidas, Emilio optó por escabullirse y no ponerse al teléfono, tampoco era una cobardía porque ¿de qué serviría decirle que la relación quedaba interrumpida al menos temporalmente? No era necesario decirlo puesto que era evidente. Y, cada día que pasaba, el tiempo daba la razón a su proceder. Hasta que llegó un día en que retomar aquel antiguo hábito de hacer el amor con Nieves, de verla quitarse la ropa una vez más y verla ducharse una vez más y vestirse y despedirse una vez más le resultaba imposible. Sebastián, por su parte, le comunicó que estaba muy preocupado por Nieves, que estaba llevando francamente mal lo de la edad. Ésta es la gran diferencia entre ser un matrimonio, familia, y ser sólo amantes. Los amantes no tienen por qué cargar con esas cosas.

De todos modos, Emilio vivía su nueva vida sin Nieves, temiéndose alguna reacción por parte de ella, y cuando esta reacción llegó en el fondo respiró. Se presentó una noche en su casa. Ríos ya estaba recostado en la cama examinando unos informes económicos. Y en cuanto oyó la bocina de un coche supo que era ella, no porque la bocina sonase de una manera especial, sino porque reconoció su forma de tocarla. Había acabado reconociendo sus pasos, agudos y penetrantes, su respiración al otro lado del teléfono, su forma un poco brusca de depositar algo sobre una mesa, su tos.

Dudó si abrir la verja. Las dos personas de servicio, que cuidaban de la casa, tenían la noche libre, por lo que tendría que bajar al vestíbulo. Sin embargo, había que considerar que Nieves estaría viendo la luz encendida de su cuarto. Así que se puso unos pantalones y una camisa.

La esperó con la puerta abierta. Ella apoyó las manos en el marco, ocupando el umbral de entrada a la casa. La chaqueta del traje blanco se abrió dejando al descubierto un cuerpo envidiable para su edad.

—Estás muy guapa —dijo Emilio.

—Ojalá pudiera decir lo mismo de ti. No sé si te das cuenta, pero te has abandonado —dijo dirigiendo los ojos hacia la barriga de Emilio.

—Ya —dijo Emilio, que es lo que decía cuando no quería decir nada. Y se encaminó al mueble bar. Aunque no le apetecía beber nada, sirvió dos whiskys. Le puso uno en la mano a Nieves. Luego se sentó en un sofá.

—He venido para hablarte de algo muy importante. Hace una semana habría venido para intentar aclarar las cosas entre nosotros, ahora eso ya no tiene importancia. Nosotros estamos bien, el que necesita ayuda es Sebastián.

Hacía más o menos un año que Sebastián se comportaba a veces de una manera nueva, por decirlo de alguna forma. La saludaba dos veces, sin acordarse de que acababa de verla, y se enfadaba porque no encontraba algunas cosas; también se enfadaba porque los consejeros más jóvenes le aturdían con una verborrea incomprensible. Estaba triste. Nieves le convenció para acudir al médico. Y los médicos le dijeron que se encontraba en proceso de sufrir demencia senil.

Emilio, a su vez, le contó que ya hacía algún tiempo que Sebastián no rendía, que se recluía en su despacho y que se había dejado tomar la delantera por los consejeros jóvenes, lo que a él personalmente no le importaba, se había ganado su derecho al descanso, mientras que los otros aún se lo tenían que ganar. Era más, sabiendo esto iba a dar orden de que no le agobiasen, de que le dejasen en paz, procuraría mantenerle al margen de los problemas más estresantes, por lo demás todo seguiría igual. Sebastián por encima de todo era su amigo, su socio, su compañero en una lucha afortunadamente coronada por el éxito.

—Me alegra saber que no estoy sola en esto —dijo Nieves— y que por un tiempo todo seguirá aparentemente igual.

Nieves ahora era una mujer elegante y sofisticada con un punto áspero en la voz, a la que no le apetecía tocar, sólo observar cómo iba de un lado a otro del salón, la falda subrayando un culo perfecto, el jersey ajustado a un talle de veinteañera. En una de sus idas y venidas, al llegar a una esquina, se volvió y miró a Emilio con los ojos muy abiertos, asustados, ardientes, sorprendidos. A continuación se descalzó. A Emilio le horrorizaba la posibilidad de tener que rechazarla. Se bajó la cremallera de la falda. Emilio se incorporó del todo.

—Espera un momento —dijo.

Nieves se detuvo, las manos sobre el costado, por donde ya asomaba algo del encaje de las bragas.

—¿Qué quieres decir? —preguntó alarmada.

—Va a venir alguien, está a punto de llegar —dijo Emilio.

—No me lo creo —dijo Nieves con el resto de fuerza que le quedaba—. Pero si viene que espere.

—No es tan fácil —dijo Emilio ya completamente de pie—. Las personas cambian, las situaciones cambian, ¿por qué no nosotros?

—¿Y por qué ahora? ¿Y por qué? No es obligatorio cambiar.

A Emilio jamás se le pasó por la cabeza que llegaría un día en que se produjera una escena así entre Nieves y él. Nieves estaba a punto de perder los nervios, y él la comprendía, la comprendía muy bien porque la conocía y la había querido mucho y quizá aún la quisiera algo. La estaba rechazando digamos que en el momento más delicado de su vida, cuando Sebastián estaba enfermo. Así que para no sentirse tan despreciable se aproximó a ella y la abrazó e hicieron el amor un tanto mecánicamente por parte de él. En tantos años era la primera vez que hacían el amor en su casa, aunque no en su habitación, ni en su cama. Aun así era la primera vez que desnudos la cogía por los hombros y ella a él por la cintura y se quedaban mirando el jardín con sus románticos recodos en sombras pensados y diseñados para ella.

—¿Hay otra? —preguntó Nieves un tanto vulgarmente.

Emilio asintió y se puso los pantalones. Había llegado el momento de dejar de estar desnudo, y no estaba dispuesto a alargar el asunto con la postrera ducha. No quería repetir el momento de la ducha, la toalla, las reflexiones en voz alta y en definitiva una excesiva familiaridad. La intuición le dictaba que cortar aquí era lo más estético. También se puso la camisa para animarla a que se vistiera sin más y se marchase.

—Ya debe de estar al llegar —dijo Emilio, refiriéndose a la falsa visita.

A pesar de esta advertencia, Nieves se vistió lentamente. Se pintó los labios ante el espejo de la chimenea. Mirándole en el espejo le preguntó cuándo se verían y Emilio contestó que pronto, que él la llamaría. Sus miradas confluían en el espejo, lo que no dejaba de ser una forma extraña de mirarse.

Emilio continuaba sin llamar a Nieves y no contaba para nada con el bueno de Sebastián, casi se había olvidado de su existencia, arrinconado como estaba en su despacho del piso diecinueve. Sebastián teóricamente tenía bajo su mando un amplio sector del personal, pero en la práctica no tenía ni responsabilidades ni trabajo y no podía mandarle nada a nadie, así que para cubrir las apariencias le asignaron una jefa de gabinete, o sea, yo. Cada día estaba más torpón y en general era considerado un trasto por todo el personal y esto a veces a Emilio le daba pena, por eso evitaba pensar en él, y si era sincero también evitaba verle.

Cuando Nieves puso a Emilio al corriente de su enfermedad, su comportamiento en cierto modo cobró sentido, y a veces se le pasaba por la cabeza si no habría estado siempre enterado de lo suyo con Nieves y se habría dejado enfermar para olvidarse de sí mismo. Tan sólo conservaba de su pasado el gusto por vestir bien y la pulcritud. Pero enseguida sustituía este pensamiento tan desagradable por el de la propia Nieves hasta el punto de que se olvidaba de que ya no le apetecía acostarse con ella y que le daba un poco de lástima, y en más de una ocasión le habría gustado contarle sus problemas y que ella le diera su opinión o le sacara de dudas. Aunque a la hora de la verdad se resistía porque sabía que Nieves ya no mejoraba la realidad, no la hacía más apetecible. Peor aún, Nieves había sido un tapón que no le dejaba fluir la sangre.

Presentía que había llegado la hora de que sucediera algo nuevo en su vida, y sucedió. Entonces conoció a Hanna y todo cambió.

Hanna

Fue en uno de sus viajes de negocios. Generalmente en esos viajes no sucedía nada que no quisiera que sucediera, salvo retrasos en los aviones y pérdidas de equipajes. Pasaba tanto tiempo en los aeropuertos que casi le gustaban, sobre todo porque son sitios, zonas de paso donde no se piensa, al menos no se piensa en asuntos graves ni decisivos. Tienen algo de ligereza, de provisionalidad, de tiempo oscilante, se diría que es una plataforma suspendida en ninguna parte. Y había llegado a comprobar que en ocasiones no había nada más terapéutico que pasar dos horas en el aeropuerto. Era pesado, pero depurativo como una lavativa.

Cuando el viaje era largo y la agenda apretada, solía acompañarle Teresa, su secretaria desde hacía diez años. Teresa era una criatura a la que la mayoría del personal de la Torre tenía miedo. Con ella el aeropuerto adquiría un tinte mucho más irreal, puesto que se ocupaba absolutamente de todo y él podía dedicarse a seguirla con la mente en blanco. Las mismas tiendas Gucci, Cartier, los mismos pasillos, las mismas cafeterías, las mismas puertas de embarque. Los había que distinguían unos aeropuertos de otros, y se daban perfecta cuenta de las diferencias, cuando lo bonito era confundirlos y considerarlos todos hermanos, todos piezas del limbo.

En esta ocasión el viaje sólo abarcaba dos días con una única reunión de trabajo. Así que la presencia de Teresa no era necesaria. En el fondo era una manera de no pasar el fin de semana en la soledad y el silencio de su gran casa donde más que paz le acometía una gran ansiedad, hasta el punto de que a veces tenía que coger el coche y vagar por esas carreteras de Dios. Otras, emprendía largas caminatas por los bosques cercanos hasta acabar agotado. La larga relación secreta con Nieves le había acostumbrado a no ser muy social y sobre todo a no hablar de sus relaciones con las mujeres, lo que le convertía a los ojos de socios y amigos en un ser muy reservado, excesivamente reservado, en un hombre un poco raro.

Era noviembre y Berlín estaba gris. Y aunque daba sensación de frío, no lo hacía, no demasiado. Más que melancólico el ambiente era tristón, pero era una tristeza que a él no le afectaba, porque esta tristeza estaba lejos de su hogar, se podría decir que estaba visitando la tristeza ajena y que era un extranjero en esa tristeza. El viernes se celebró la reunión de trabajo en un despacho de un edificio de espejos de la plaza Potsdamer, desde donde se divisaba una fantasmagórica puerta de Brandeburgo, aunque sin este entorno el despacho podría ser un despacho de su misma empresa. Las negociaciones se alargaron más de lo previsto y comieron sobre la marcha. Sobre todo se dilataron por la minuciosidad con que analizaba todos los pormenores Xavier Climent, un joven español de gran convulsión interna. A la menor contrariedad o acierto o error ajeno o propio, se estiraba los puños de la camisa, se pasaba las manos por el pelo, la cara, la corbata, y se retorcía en la silla descomponiendo su figura. Con toda seguridad tuvo que ser un insoportable niño hiperactivo. Más que el trabajo a Emilio le agotó asistir durante tantas horas a la gran agitación de este ejecutivo.

Al salir a la plaza, ya era de noche y la temperatura había bajado unos cuantos grados. Sus anfitriones le habían propuesto cenar y luego un poco de diversión, que con toda seguridad se vería obligado a devolverles cuando visitasen Madrid, así que se disculpó diciendo que quería descansar. El joven pareció aliviado porque tampoco le debía de apetecer. La última vez que Ríos aceptó un poco de diversión había tenido que beber más de la cuenta y había tenido que hablar y dejarse manosear por chicas a las que se les pagaba para eso, lo que no le divertía en absoluto.

Emprendió andando la vuelta al hotel por una ancha avenida. A la mitad del trayecto empezó a soplar una ventisca de lluvia, y de pronto en todos los transeúntes, como por arte de magia, aparecieron un impermeable y un paraguas, pero no en él, que llegó al hotel empapado y con el pelo y las ropas revueltos. Pidió la llave en recepción y el conserje se la entregó junto con un recado. Era de Xavier Climent, y le decía que, si le apetecía asistir a la ópera esa noche, disponía de entradas. Le daba un número de móvil. Emilio se quedó algo sorprendido y trató de discernir rápidamente qué podría querer Xavier de él, no parecía alguien que perdiese el tiempo o a quien le preocuparan mucho los demás. Tomó el ascensor abstraído, barajando todas las posibilidades que se le ocurrían. Tal vez quisiera sonsacarle información, esa información que uno tiende a soltar cuando está distendido, y con la que después podría brillar un poco más ante sus jefes. Tal vez quería venderse a la empresa Ríos y marcharse a trabajar a España. No sería mal fichaje, la verdad.

Se duchó y se cambió de ropa como si fuese a salir. La noche estaba muy desapacible, el viento y la lluvia sacudían las amplias avenidas, los árboles, las chapas de los coches y las ventanas del hotel. Estaba seguro de que se aburriría en la ópera y de que aquel chico era un idiota, acaso fuese un gay que intentaba ligar. Y, sin embargo, le picaba la curiosidad. Se sentó en la cama y puso la televisión. Todo lo hablado en alemán sonaba a importante y decisivo, pero en cuanto se veían las caras de los que hablaban se desvanecía esa sensación.

Se puso en pie pensando que lo mejor sería cenar en el mismo restaurante del hotel, y cuando iba a salir se decidió a llamar a Xavier Climent para disculparse.

—¿Xavier?

—Cuánto me alegro de que hayas aceptado la invitación.

—Bueno, en realidad yo...

—No te preocupes por nada, pasaré a buscarte dentro de media hora.

Nada más decir esto Xavier colgó. La suerte estaba echada. Cogió la gabardina y bajó a esperar al bar del hotel. Se tomó un martini para animarse, era consciente de que en estas circunstancias se hacen cosas que no se hacen normalmente, porque uno se siente parte del decorado. Por eso, a pesar de que no era aficionado a los martinis, allí estaba, sentado en un taburete y con la copa en la mano en sintonía con lo que ha de ser un bar de hotel en penumbra. Le dio tiempo de tomarse varios. Al rato, un camarero se dirigió a él. ¿Emilio Ríos? Le esperaban en recepción.

No era Xavier, sino una joven la que esperaba, lo que introducía una novedad en la situación. Hablaba español con gran corrección, por lo que Emilio dedujo que bien podría haber sido estudiante en España.

—Me llamo Hanna. Mi novio me ha pedido que te recogiera. Nos espera en el teatro.

Bajo el abrigo le asomaba un vestido de fiesta. Llevaba una media melena rubio ceniza, que se le había revuelto en el trayecto del coche al hotel y que trataba con insistencia de recomponer. Luego, del hotel al coche volvió a enredársele. Mientras se la arreglaba, picoteando con la vista aquí y allá a modo de un pájaro inquieto, dijo:

—No quiero que lleguemos tarde. No quiero que te pierdas nada.

Emilio sonrió ante la manía de la gente de atribuirles a los demás sus gustos y pasiones y, por tanto, también sus miedos y debilidades y la poca objetividad con que funcionaba el mundo. Por el abrigo asomaban unas piernas muy delgadas y por las mangas unas muñecas igualmente delgadas, también las manos y el cuello eran delgados. Toda ella era etérea, quebradiza y nerviosa. No sabía si le gustaba o no.

El agua se agolpaba en el parabrisas sin darle tiempo a retirarla. La noche se descomponía como un cuadro de Picasso.

—Ya hemos llegado —dijo Hanna aparcando un tanto bruscamente ante un millón de luces dobladas y multiplicadas por el agua. La gente estaba entrando en el teatro con el ritmo con que se entra en los teatros, en las iglesias y en los actos culturales, nunca corriendo, sino con cierta parsimonia o expectante serenidad, mirando a un lado y a otro, deteniéndose levemente, se diría que buscando su sitio.

—Espera un momento —dijo Emilio—. ¿Cuánto durará esto?

—¿Cuánto? —preguntó a su vez Hanna—. Nada si tú no quieres. Creía que te gustaba la ópera.

—No lo sé, nunca he ido a ninguna y me resisto a entrar ahí.

—Pues no entremos.

—La verdad es que no quiero fastidiarte la noche —dijo Emilio—. Ve tú. Yo tomaré un taxi. No te preocupes.

—Para mí ir a la ópera no es ninguna novedad. Si quieres, podemos cenar en un pequeño restaurante que hay junto a la catedral de San Nicolás.

—Pero Xavier estará esperando.

—Que espere —dijo Hanna poniendo en marcha el coche con rápidos movimientos.

Conducía con el cuerpo echado hacia delante, intentando vislumbrar la calle entre manchas de luz.

—Perdona la franqueza, pero me gustaría saber qué quiere tu novio de mí. Y no me digas que a todos los empresarios que vienen solos a Berlín los invitáis a la ópera y luego tú vas a buscarlos al hotel y, si a última hora caprichosamente cambian de opinión, los acompañas a cenar en un pequeño y romántico restaurante.

Emilio prefirió contenerse en este punto. Tal vez estaba irritado porque se sentía zarandeado por el idiota de Xavier en una noche desagradable por las calles de una ciudad, al fin y al cabo, extraña.

—Fui yo quien le pidió que te invitase. Xavier me había hablado de ti y quise conocerte.

Emilio no se lo creyó. No se creía casi nada de lo que la gente decía. La gente mentía sin cesar y no por maldad, sino porque sin querer la mente elabora mentiras, y esas mentiras salen solas.

—¿Y qué opina de mí?

—Admira tu obra. Dice que tiene infinitas posibilidades. Dice que el futuro está en manos de empresas como la tuya.

—¿Y por eso querías conocerme?

Aparcó en una plazoleta. El aire había arreciado, la lluvia se movía descontrolada, los paraguas se doblaban hacia arriba. Cuando por fin se sentaron a la mesa, Hanna suspiró.

—Por poco no encontramos mesa. Y con este tiempo... —se quedó pensativa un instante con los ojos muy abiertos, asustados—. A veces las cosas se hacen porque sí. Y esas cosas suelen ser las más interesantes de todas.

Tampoco Emilio se creyó esto, pero ¿qué más daba? Era lo mejor que podría haberle ocurrido esa noche, algo ni muy divertido ni tampoco aburrido. Hanna le agradaba. Tenía un aire entre romántico y extraviado de lo más raro. Pero si se la observaba con detenimiento, tal como tuvo la oportunidad de hacer durante varias horas, salía a la superficie una criatura desvalida. Y fue al ladear Emilio la cabeza para recoger la servilleta del suelo y mirarla desde esta nueva posición cuando se le reveló como una criatura atormentada. Y todo lo que sucedió a partir de aquí encajó con esta imagen.

Tras la cena, Emilio insistió en regresar a su hotel en un taxi, pero Hanna no se lo permitió. Dijo que irían a su casa y así podrían tomarse una copa con Xavier. Emilio tenía una gran intuición para saber cuándo las situaciones han llegado a su fin y cuándo no se deben alargar bajo ningún pretexto para no estropearlas, y ésta era una de ellas. Sabía que no debía volver a entrar en el coche de Hanna. Pero Hanna era una criatura tozuda, atormentada y tozuda.

—La verdad es que no quiero volver sola —dijo, a lo que Ríos no dio un significado especial, puesto que tal vez le debían una explicación a Xavier al no haber aparecido por el teatro. No preguntó nada. Se dejó llevar. Ya se estaba habituando a ver las delgadas muñecas y manos de Hanna manejar el volante.

Las calles estaban despejadas, el suelo mojado, la noche brillaba sobre él, las luces se habían vuelto nítidas y redondas. Entraron en un edificio antiguo, en el que hubo que cruzar un enorme portal y luego un patio y después subir por unas escaleras que parecían surgir del centro de la tierra. Así que, cuando tras este tortuoso camino llegaron arriba y Hanna abrió la puerta, a Ríos le pareció increíble que las ventanas dieran a la calle por donde habían accedido al portal. Era un piso grande y de techos altos, y Emilio se quedó admirando la decoración posmoderna del salón. Hanna andaba tras él cada vez más agitada y sin quitarse el abrigo.

—Quiero enseñarte algo —dijo. Y por la forma de decirlo no debía de ser nada bueno.

Tenía la palidez de la desgracia.

—¿Y Xavier? —preguntó Emilio.

Pero Hanna no contestó, ya se había lanzado a andar por un largo pasillo e iba encendiendo las luces a medida que avanzaba, puñados de luces, enjambres de luces. Por aquí, decía de vez en cuando Hanna. Hasta que empujó una puerta alta y blanca con molduras redondeadas.

—Ahí está —dijo señalando a Xavier tendido en el suelo.

Primero Emilio retrocedió un paso y luego avanzó dos para observarle mejor. Tenía sangre en la cabeza y una brecha en la frente.

—¿Está... muerto? —preguntó, agachándose y tomándole el pulso. También le puso la mano sobre el corazón. Latía—. No, no está muerto —dijo algo emocionado por lo inesperado y lo trágico de la situación—. Debe de tener una buena conmoción y ha perdido sangre. Hay que llamar a un médico.

—¿A un médico? —preguntó Hanna completamente alterada.

Emilio se estaba exasperando.

—Sí, un médico, ¿o acaso quieres que se muera?

—Sería lo mejor para mí, así no podría contar nada de lo que ha ocurrido.

—¿Qué quieres decir? —preguntó horrorizado.

—Nos peleamos, lo empujé y se dio con el pico de la mesa en la cabeza. ¿Ves? —dijo acercándose al pico—. Hay sangre.

Emilio comprobó que en efecto había sangre.

—Fue un accidente.

—No, yo quería matarle. Si en ese momento hubiese tenido una pistola le habría pegado un tiro, si hubiese tenido un cuchillo se lo habría clavado.

Emilio empuñó el teléfono completamente irritado.

—¡Llama a una ambulancia o a un médico! ¡Ya!

Hanna marcó un número. Su voz en alemán aumentaba la atmósfera de pesadilla.

—Llegarán enseguida.

Emilio, con un movimiento decidido, arrancó de un sillón la que podría ser una manta de viaje y cubrió el cuerpo de Xavier para que no se enfriara. Dudó si retirarla al darse cuenta de que parecía un cadáver al que habían descubierto la cabeza.

Hanna caminaba nerviosa de un lado a otro de la habitación contándole a Emilio lo que había sucedido, con ese tono incierto que toma cualquier drama ya pasado.

Casi siempre se comprende tarde, un minuto después del momento en que se tuvo que comprender. Y cuando Hanna se dio cuenta de su error al traer a Xavier a su país y a su vida, ya era un minuto tarde, y un minuto es todo el tiempo.

Hanna pasó dos años estudiando en España y fue entonces cuando lo conoció. Xavier se encontraba muy mal porque acababa de sufrir un terrible desengaño amoroso y porque no encontraba trabajo. Ella sintió pena. Era irresistiblemente tímido y huidizo, daba la impresión de que si alguien no lo cuidaba se caería muerto de un momento a otro en cualquier parte. Así que le convenció para que se marchasen juntos a Berlín, el padre de Hanna era un empresario muy importante y podría ayudarle a situarse. Y así fue. Se instalaron en un piso grande y antiguo al gusto de Xavier, y a los cinco meses ya formaba parte de la plantilla ejecutiva de una buena firma. Al año, pertenecía al consejo de administración. Hasta ese momento, Hanna no se dio cuenta de nada, quizá porque había concentrado sus energías en allanar la carrera de Xavier y en intentar concebir un hijo, que no llegaba, y cuyas posibilidades de llegar iban disminuyendo dramáticamente puesto que su relación se había enfriado tanto que Xavier ya apenas la tocaba. Sólo le interesaban el trabajo y Dios sabe qué más. Estaba segura de que la había utilizado desde el principio, de que había fingido con ella y que cuando se encontrase por completo afianzado en los negocios, cuando pudiera prescindir del padre de Hanna, a quien juraría que también engañaba, la abandonaría.

Por supuesto, Xavier lo negaba todo. Contestaba que la obsesión por tener un hijo la estaba desequilibrando. Hanna dudaba de él, pero también de sí misma. Tal vez ella era la causante de la situación, quizá estuviese enferma, ya apenas podía bajar a la calle porque las piernas comenzaban a fallarle en cuanto oía a la gente a su alrededor, las palabras revoloteando igual que insectos por aquí y por allá. Los pasos decididos de los cuerpos sólidos y contundentes de los demás la hacían tambalearse y tenía que regresar. Entraba en el piso y recorría el pasillo como si cruzara el sueño de otra persona. Se tumbaba en un sofá y sentía frío. La asistenta le preparaba un caldo y le recriminaba que no comiese nada últimamente, le decía que se estaba quedando como un pajarito. A Hanna ahora toda la ropa le quedaba holgada, sin que tal cosa le preocupara lo más mínimo porque lo único que de verdad deseaba era estar tumbada en el sofá.

Prácticamente iba del sofá a la cama y de la cama al sofá. Los árboles de la calle formaban una barrera contra el ruido, contra el mundo, creaban un silencio que sólo se alteraba cuando Xavier, a quien le irritaba profundamente verla así, hacía girar la llave en la cerradura de la entrada. En ese momento, para no soportarle un sermón sobre la deprimente vida que ella llevaba, se encerraba en el cuarto de baño o se metía en la cama y bajaba las persianas como si estuviera dormida. Para el resto del mundo formaban una pareja perfecta, y esto es lo que ocurre con las situaciones perfectas e ideales, que cuesta sudor y lágrimas mantenerlas.

Una tarde noche desapacible de noviembre Xavier entró, dejó la cartera en el despacho como solía y subió en busca de Hanna. Ella se había encerrado en el cuarto de baño nada más oír la llave en la cerradura. Al tiempo que él llamaba con los nudillos en la puerta del baño, ella abrió la ducha y se sentó a leer en una pequeña butaca que había dispuesto para estas ocasiones. Más o menos permaneció así una hora, pero no podía quedarse allí toda la vida, por lo que no tuvo más remedio que salir, y cuando salió oyó que Xavier estaba hablando con alguien en español.

—Acabo de invitar a la ópera a Emilio Ríos, un empresario español que me interesa mucho. Como no salías del baño, no he podido consultarte. Prepárate porque tenemos que ir a recogerle.

—Yo no voy —dijo Hanna.

—Necesito hablar con él fuera de mi empresa y ésta es una buena oportunidad, está solo.

—Seguro que puedes arreglártelas sin mí.

—No, no puedo, ahora mismo está preguntándose qué quiero de él. Está sorprendido. No sabe qué pensar de mí. Tu presencia le relajará. Le diremos que teníamos tres entradas, que te comenté que le acababa de conocer y que tú tuviste la idea de que le llamase. Lo más seguro es que se aburra, por cómo ha reaccionado a la invitación no parece que le interese la música, así que nos marcharemos a tomar algo por ahí, es imprescindible que logremos crearle un clima de confianza.

—No me apetece arreglarme —dijo Hanna tumbándose en la cama.

Xavier estaba buscando la mejor combinación posible de camisa y chaqueta, tenía auténtica manía con la ropa, pero interrumpió esa tarea para advertirle:

—Dentro de diez minutos quiero verte —abrió uno de los armarios— con este vestido rojo, los pendientes de brillantes y unos zapatos negros de tacón.

Hanna no se movió de la cama, se quedó pensando cómo podría echarle de la casa. Le temía. No, no era eso. Se diría que en el fondo uno teme dejar algo aunque no le guste o le asuste, y por eso la gente soporta situaciones increíbles. Nadie puede estar seguro de que lo que le espera en adelante vaya a ser mejor que lo que ahora tiene. Con toda seguridad era este miedo vago e indefinido el que la paralizaba. Miró el vestido colgado en el armario, buscó con la vista unos zapatos negros de tacón, localizó mentalmente unas medias, pero la tarea de maquillarse le pareció que le llevaría mil años y, además, ni siquiera se había duchado. En resumen, era una empresa inabordable como cuando soñaba que intentaba correr, pero no tenía fuerza en las piernas y apenas, con un terrible esfuerzo, podía avanzar un metro.

Cuando a Xavier sólo le quedaba ponerse la corbata, fue hacia la cama hecho una furia y de una sacudida retiró la sábana y la colcha. Luego cogió a Hanna de un brazo y trató de arrastrarla al suelo, cosa que logró. Desde allí ella le daba patadas y se resistía como podía hasta que él perdió el equilibrio y al caer se golpeó en la cabeza con el pico de una mesa de desayuno rectangular que descansaba a los pies de la cama. Al verle tendido en el suelo y cubierto de sangre, Hanna sintió horror y alivio, más alivio que horror a decir verdad, el hecho de que estuviese allí sin mortificarla era bastante placentero. Claro que, en realidad, no estaba porque estaba muerto o al menos lo parecía. Hanna se regodeó con esta sensación unos minutos, pero a continuación sintió pánico. No quería quedarse allí. Pensó que tenía que actuar deprisa, que tenía que correr con zancada de verdad, no de pesadilla, que debía salir de allí e ir al encuentro del español como estaba previsto. ¿No es esto lo que querías que hiciera?, pensó. Así que buscó en sus bolsillos y encontró anotados en un papel el nombre de Emilio Ríos y la dirección de su hotel junto con las entradas para la ópera.

Ni siquiera tenía que decidir qué ponerse. El vestido rojo, unos zapatos negros y los pendientes de brillantes y encima un abrigo también negro. El ritmo se le aceleró, se maquilló y se peinó en un tiempo récord. Nada de esto podía estar sucediendo de verdad. Sacó su coche del garaje, mucho más pequeño que el de Xavier, y lo puso rumbo al hotel. Aunque llovía y hacía mucho aire, a ella, según se iba alejando de la casa, le parecía a ratos una maravilla de noche. Aún no sentía remordimientos, sólo le molestaba que el cuerpo de Xavier no se hubiese desintegrado y que tuviese que verlo al regresar, pero hasta ese momento todavía faltaba mucho tiempo.

El español no era quisquilloso, ni caprichoso, ni sofisticado. Era tan normal que le parecía adorable. Y aplaudió su idea de no entrar en el teatro porque así el hecho de que no se presentase Xavier no tendría que inquietarles. Cenaron en un restaurante muy agradable y en algunos momentos la imagen de Xavier en el suelo de una habitación de su propia casa resultaba absurda y lejana. Lo que era cierto es que de vez en cuando sentía una gran sensación de libertad y estaba comprobando que fuera de la casa había tierra firme y que el mundo no se hundía nada más bajar aquella tortuosa escalera. El español la observaba y la escuchaba con atención, la valoraba. Hanna se habría quedado con él toda la noche, pero en algún momento había que ponerle fin. Él insistió en tomar un taxi, y ella se empeñó en que fueran a su casa.

Se llevaron a Xavier en una ambulancia, y en cuanto tuvo fuerzas en el hospital le preguntó a Hanna qué le había sucedido.

—Tuviste un accidente. Te caíste y te golpeaste con el pico de la mesa. El médico dice que tienes la tensión muy alterada y que pudiste marearte —le dijo.

Xavier repasó con la vista la pared de enfrente, que es lo que se suele hacer cuando uno necesita proyectar sus pensamientos y recuerdos en algo material.

Emilio también proyectó sus pensamientos en la lluvia plateada sobre la oscuridad que se veía desde una ventana. Luego vio a Hanna, apoyada en la pared, con el vestido rojo, del que salían brazos y piernas blancos de huesos largos, de modo que sin ser alta, Hanna daba la impresión de serlo, de igual manera que sin ser una niña lo parecía. Daba la impresión de ser un brochazo rojo en la pared del pasillo y daba la impresión de que, si Emilio la olvidaba, el viento y la lluvia de aquella agitada noche la desharían en mil pequeños retazos rojos.

Emilio regresó al hotel sobre las tres de la madrugada y, mientras intentaba dormir, el azul, aclarado una generación tras otra, de los ojos de Hanna se mezclaba con el rojo de la sangre de Xavier. No se creía del todo la versión que le había dado Hanna del accidente, y no comprendía cómo había sido capaz de dejarle tendido en el suelo tanto tiempo sin pedir ayuda. Claro que él no podía sentir lo mismo que ella respecto a Xavier.

Al día siguiente, sábado, para sacudirse el cansancio de encima, se marchó a dar una vuelta por la llamada Isla de los Museos. Había despejado y había salido el sol, y todo parecía más grande. Cuando se cansó de aproximarse a estatuas y cuadros y de agacharse para leer los letreros, regresó sin prisa al hotel. En la habitación todavía estaba la cama revuelta y las toallas en el suelo del baño. Quedaban miles de lugares para visitar, pero no sentía un interés especial por ninguno. Marcó el número de Hanna, cuyo teléfono fue descolgado enseguida.

—Por fin —dijo ella—. Creía que estabas enfadado conmigo.

—Bueno, debería estarlo, pero he pensado que quizá te vendría bien venir a descansar unos días a Madrid.

Hanna ya no volvió a Berlín. Se casó con Emilio Ríos. Y Ríos siempre pensó que había tenido mucha suerte al encontrarla porque jamás descubriría nada peor en ella que lo que ya sabía.

Al año siguiente, en una de sus visitas a Berlín, Emilio se encontró con Xavier Climent. Le pareció más maduro, más consistente, a pesar de que seguía sin tranquilizarse, continuaba moviéndose y desarreglándose todo el tiempo. Nada más verle, Emilio se interesó por la herida de la cabeza que le produjo aquella desafortunada caída. Xavier no pareció dar importancia a ese accidente, aunque le confesó que aún no se explicaba cómo pudo caerse.

—Por eso se llama accidentes a los accidentes, ¿verdad? —dijo Xavier.

Como no le preguntaba por Hanna, Emilio, para crear una corriente de normalidad, le dijo que sintió lo que ocurrió con Hanna y que marcharse a Madrid fue decisión de ella.

—Está bien —dijo Xavier—. Ya no importa.

—Nunca he sabido de qué querías hablarme aquella noche en que me invitaste a la ópera.

Xavier se deshizo e hizo el nudo de la corbata mientras le decía que lo que quería era regresar a España. Quería pedirle trabajo porque necesitaba alejarse de Hanna. Le estaba volviendo loco. Estaba obsesionada con la manía de que la engañaba y de que le mentía y de que se había aprovechado de la posición de su padre para prosperar. No llevaba nada bien el no poder tener hijos y se había desquiciado. Él tenía que poner tanto cuidado en lo que decía y hacía que ya no podía soportarlo, era un infierno de vida, sin espontaneidad, sin naturalidad, sin amor, sin nada. Emilio callaba, le parecía mal hablar de su mujer con un tercero a pesar de que éste también hubiese sido pareja de Hanna.

—Ahora —dijo Xavier poniendo en juego todos los mecanismos de su cuerpo— continúa tentándome la idea de trabajar con vosotros aunque por motivos exclusivamente profesionales.

—Muy bien, ¿cuándo podrías empezar? —concluyó Ríos, que sabía separar el trabajo de lo personal.

Vicky

Ríos y yo nos comportamos como si nunca nos hubiésemos puesto de whisky hasta arriba en su despacho y como si jamás me hubiese hecho las confidencias que me hizo, cosa que le agradezco porque trabajar en otras condiciones sería muy incómodo. Observo que ha renovado sus relaciones con Hanna y nunca ha vuelto a preguntarme por Anabel, a quien yo procuro no mencionar. Tampoco le cuento nada a Vicky, que cada día se muestra más hermética.

Ahora que no está Teresa en ocasiones viene a verme aquí. Se sienta en un silloncito de pana verde del antiguo despacho de Sebastián Trenas, que he recuperado del almacén y que he colocado para ella frente a mi mesa, y nos tomamos algo: un bocadillo, un café, una bolsa de patatas fritas. Vicky fuma todo el tiempo, pero hace mucho que no se mete ninguna porquería delante de mí. No se encuentra tan a gusto como en los lavabos, así que suele estar poco rato.

Le propongo que vayamos a visitar a Teresa al hospital psiquiátrico, pero dice que esos sitios la deprimen mucho porque le da la impresión de que va para quedarse.

—¿Y tu hijo? —le pregunto.

—Está bien. Mira —dice sacando del bolsillo del pantalón un papel doblado en que se clarean los fuertes colores de un dibujo infantil.

—Es precioso —digo—. Pone para mamá.

—El otro día fui a buscarle al colegio. Pesa más que yo. Al principio hizo como que no me veía, pero luego nos tomamos una coca-cola y le hice los deberes.

—Así que estás contenta.

—Creo que sí.

Estamos así, hablando tan ricamente, cuando entra el director de Recursos Humanos y le pregunta qué hace aquí, y ella se limita a girar hacia él sus enormes gafas y quedarse mirándole sin saber qué decir.

—Ha venido a visitarme —tengo que decirle—. Es la hora de la comida.

—No me gusta que ese tío se fije en mí —dice Vicky, después de que él se haya marchado, con su voz de teléfono de cabina hecha polvo.

—No te preocupes por ése —le digo—. ¿Te apetece tomar algo más fuerte?

—¿Es que tienes coca-cola? —dice riéndose.

Me levanto y traigo la botella de whisky de Ríos y dos vasos.

Vicky me mira sorprendida desde sus grandes gafas.

—Creo que nos lo merecemos —digo.

La verdad es que sospecho que con el tiempo seré una alcohólica y que éste es el principio. Vicky por su parte me observa con interés.

—Las estrechas sois las peores —dice—, sois peligrosas. Cuando os ponéis, no tenéis sentido de la medida.

—¿Qué quieres decir? —digo sirviendo otro.

—Que no quiero que me arrastres contigo. Necesito este trabajo —dice bebiéndose de un trago lo que queda en su vaso y en el mío—. Me marcho, y más vale que devuelvas la botella a su sitio. En ti estas cosas están feas.

Anabel

Es difícil saber hasta qué punto se puede intervenir en la vida de los demás. El basurero infinito está lleno de esta incógnita mil veces repetida, lo que significa que no tiene una respuesta clara, como casi nada. Yo he intervenido al contarle a Ríos lo que Teresa me dijo de Anabel, de modo que en parte soy responsable del actual estado de Anabel y en cierto modo me obliga a seguir interviniendo.

Al día siguiente de nuestra conversación, Ríos me da orden de que no le pase ninguna llamada de ella. Así que he de inventar un cuento tras otro: que está reunido, que ha salido, que está hablando por teléfono. Y una vez y otra tengo que oír la voz paulatinamente más desfalleciente de Anabel dándome las gracias por mentirle. Mi conocimiento de la situación es comparable a escuchar una conversación telefónica o a mirar por el ojo de la cerradura. Sé cosas de Anabel que ella ignora, también sé que ahora mismo se encuentra entre nieblas, que no comprende, lo que debe de producirle una gran angustia. El haber vivido con Raúl por lo menos me ha ayudado a apreciar ciertos matices. Así que también sé que de un momento a otro se presentará aquí y que tendré que inventar alguna razón de peso para que no entre en el despacho de Ríos.

Anabel disminuye la frecuencia de llamadas, pero no la intensidad que pone en la voz, ya de por sí desgarrada, de tal forma que después de colgar siempre queda un halo de tragedia rodeando el teléfono. Y aunque tarda en presentarse en el despacho unos días, al final, tal como me temía, se presenta. Ha elegido el atardecer, o sea, un momento de la jornada en que Ríos si quisiera podría marcharse con ella. Nada más entrar, aprecio que ha cambiado o que está cambiando, tal como sugieren los granos en la cara y los kilos que ha ganado. Aún no es gorda, pero si no se detiene a tiempo podría llegar a serlo. Se ha puesto el anillo de brillantes a juego con un corazón también de brillantes que le cuelga del cuello, regalo probable de Emilio Ríos.

Le digo con la mayor naturalidad e indiferencia de que soy capaz que está ocupado.

—De todos modos, me gustaría que supiera que estoy aquí.

Le pido que se siente en el silloncito que suele ocupar Vicky y aprieto el botón del presidente.

—Anabel está aquí —digo ante la fija mirada de ella.

Ríos necesita un minuto para pensar.

—No le digas nada. Ahora salgo —dice.

Cuelgo y no digo nada. Anabel me mira con un dramatismo fuera de lugar, así que marco el número de información de tráfico para no tener que hablar.

Estoy escuchando que la carretera de La Coruña está colapsada cuando veo salir a Ríos con la chaqueta en un brazo y la cartera en la otra y aire de urgencia.

—Anabel, no sabes cuánto lo siento, pero Hanna me está esperando para llevarme al aeropuerto. ¿Por qué no me llamas el jueves o el viernes?

A Anabel no le ha dado tiempo ni de levantarse del sillón, se ha quedado literalmente con la boca abierta.

—Creo que ha dicho que le llame el jueves o el viernes —dice con su voz profunda y desconsolada. Yo le sonrío y marco el número de información del tiempo.

—Quiero saber cómo está lo de los expedientes —digo a la nada.

Ella permanece sentada, le cuesta trabajo irse con las manos vacías, le gustaría hablar por lo menos conmigo. Pero yo prefiero entablar una conversación con uno de esos antiguos seres imaginarios de Teresa, y Anabel no tiene más remedio que levantarse. Desde la puerta me dice adiós con un gesto de la mano y yo le contesto.

Para quitarme este mal sabor de boca, llamo al psiquiátrico y pido hablar con Teresa, pero Teresa, como otras veces que he llamado, está dormida, lo que significa que casi nunca debe de estar despierta.

Nieves

Uno de estos días, sorprendentemente, recibo una llamada de Nieves, la viuda de Sebastián Trenas. Y más sorprendentemente aún, me pregunta por aquellas cosas personales que guardé de su marido en una caja. Le digo que siempre me ha dado un poco de aprensión tirarlas y que si lo desea puedo llevársela.

Al mediodía me dedico a buscar la dichosa caja, que nada le importa a la viuda, en el almacén, haciendo cábalas sobre lo que querrá decirme. Y a las seis estoy en el exclusivo parque Conde de Orgaz ante una casa que es clavada a la casa de los sueños de Vicky, con una puerta clavada a la puerta negra de Vicky y unos maceteros a los lados también clavados a los maceteros de Vicky.

Nieves es menos alta de lo que recordaba. Y en un primer golpe de vista resulta bastante corriente. Pero estoy segura de que acabaré encontrando algo especial en ella, de lo contrario no se entendería que haya acaparado la atención de Emilio Ríos y de Sebastián Trenas durante tantos años. Me pide que me siente ante una mesa tan finamente lacada que da pena poner nada encima. De los altos techos cuelgan arañas de cristal clavadas a las arañas del Rastro de Vicky, y de las paredes, tapices y cuadros. En los rincones hay vitrinas que guardan objetos que deben de ser muy valiosos, los muebles en general son de época. Parece un palacete.

—A Sebastián le gustaban estas cosas —dice ella siguiendo mi mirada—. Cuando tenía tiempo, visitaba anticuarios y también asistía a muchas subastas. Tenía mucho ojo para lo bueno. Yo, al principio, echaba de menos un mobiliario más funcional, más moderno. En cambio, ahora aprecio muchísimo esta casa.

He dejado la caja con las cosas de Sebastián Trenas en la mesa lacada, y aunque les he quitado el polvo, descubro que aún quedan restos aquí y allá. Comprendo que estos recuerdos de despacho resulten insignificantes. Nieves está preguntándose qué va a hacer con ellos.

—No me parecía bien tirarlos —digo con la impresión de que es algo que ya he dicho antes.

Nieves sonríe y los ojos adquieren un matiz burlón. Tal vez radique ahí parte de su atractivo, en el hecho de que no llegue a tomarse en serio lo que los demás dicen. Me la imagino perfectamente no tomándose en serio a Emilio Ríos. Me la imagino joven y con el pelo largo, con un vestido de papel de fumar como aquella tarde de julio en que Ríos se presentó por sorpresa en su casa, un piso modesto en el centro de Madrid. Me la imagino burlándose ligeramente de sus pretensiones, pero dejándose abrazar. Me lo imagino a él desconcertado y excitado, mientras ve pasar la sombra de otro hombre por una puerta entreabierta.

Sirve el café con muñecas fuertes, de tenista por lo menos. También posee fuertes tobillos y consistentes hombros, en general huesos repletos de calcio. En cuanto a los ojos, me recuerdan a su hija Anabel como dos versiones muy diferentes de un mismo tema.

—Conocías bien a mi marido, ¿verdad?

—Bueno —titubeo—, no fue mucho tiempo. Pero creo que sí, a las buenas personas se las conoce enseguida.

—Lo conociste cuando ya no estaba bien. Se encontraba inseguro, esa terrible enfermedad. Yo me esforzaba para que todo continuara igual, no me hacía a la idea de que dejase de ser quien era y lo empujaba por las mañanas al trabajo. El que no fuese tan brillante como antes no quiere decir que ya no sirviese para nada.

Según Nieves, lo mejor que pudo ocurrirle fue morir de repente. Nunca aceptó el diagnóstico de demencia senil prematura. Estaba convencido de que un médico tras otro se confundían y no hacía nada más que someterse a continuas pruebas para comprobar el error del diagnóstico. Un día escondía algo sin importancia tras unos libros de las estanterías y hacía una marca en su agenda que indicaba que había algo que tenía que recordar y dejaba pasar un tiempo, transcurrido el cual, si al ver la marca en la agenda no lograba hacer memoria, Nieves tenía que recordárselo. Otro día escondía otra cosa y hacía otra marca y así muchos días y muchas marcas, de modo que la casa estaba sembrada de pruebas, que ella misma era incapaz de retener, era una auténtica locura. A veces, de pronto, mientras Trenas leía o veía una película, decía que una luminosidad blanca le atravesaba el cerebro y sentía la necesidad de recordar algo que hubiese escondido y en dónde y el día que lo había escondido y la sensación que había tenido al esconderlo. Y entonces todos tenían que ponerse a buscar hasta casi desmantelar la casa.

En ocasiones, no se trataba de esconder o de cambiar algo de sitio para luego recordar que lo había cambiado, o sea, para comprobar que recordaba, sino de hacer una señal imperceptible con lápiz en el marco de una puerta para que, cuando por casualidad volviera a verla, se acordase de que la había hecho. El problema surgió el día en que sintió el impulso de buscar por todas las puertas y ventanas, en las mesas y sillas las dichosas marcas imperceptibles y no las encontró. Nieves trató de restar importancia al asunto, pero él estaba obsesionado con la idea de que si no encontraba las marcas es que quizá no había llegado a hacerlas, que tal vez sólo se le había pasado por la imaginación hacerlas, que puede que se tratase de un falso recuerdo o que acaso no fuese fácil descubrir un punto entre las vetas de la madera. Ese día tuvo una crisis y hubo que llamar al médico. Lo siguiente que se le ocurrió, según le contó a Nieves días antes de morir, fue esconder una botella de whisky en alguna parte del despacho. Con esto quiso probarse de verdad, una botella no es una marca en la pared. Quiso hacerlo en un lugar donde ella no pudiese ayudarle. Y perdió, jamás encontró la botella. No fue capaz de recordar dónde la había escondido y esto le hundió un poco más. Nieves cree que su corazón no lo resistió e hizo crack.

La imagen de la botella flotando en la cisterna me parece tan triste que prefiero no mencionarla, y también porque no creo que Nieves me haya hecho venir para hablar del pasado. Lo de Trenas ya pasó, pertenece al confín de los tiempos. Entre su muerte y este momento han existido los hermanos Dorado y el brote de locura de Teresa, y la caja con las cosas de Trenas pide a gritos que la tiren a la basura. Así que me llevo la taza a los labios esperando que se revele el verdadero motivo de mi visita.

—Lo echo mucho de menos —dice—. Pero la que más sufre su falta es Anabel. En el fondo siempre la ha sufrido porque Sebastián sentía predilección por Conrado —hace una pausa bastante significativa por su duración—. Éste fue su único y gran defecto, querer más a Conrado que a Anabel.

Acabo de comprender que Anabel es el motivo de mi visita.

—Anabel siempre tuvo fijación con su padre.

—Ya —digo yo para no decir nada.

—Y últimamente Emilio ha desempeñado ese papel. Ha supuesto un gran alivio para ella. Anabel incluso decidió no volver a Francia y quedarse conmigo. Éramos muy felices las dos juntas en esta casa. Era como si Sebastián velara por nosotras.

Vuelvo a mojarme los labios, cojo una pasta, aunque preferiría algo salado, unas patatas fritas, por ejemplo.

—Emilio es amigo íntimo de la familia. Como sabes, mi marido y él fundaron la empresa, más tarde Sebastián le vendió su parte. Y... no sé cómo seguir, su comportamiento con Anabel es incomprensible. Evita verla. Tú debes de saber que evita verla. Podría hablar directamente con él, pero Anabel no me lo permite.

Por supuesto, Nieves sabe cómo continuar, quiere saber por qué Ríos margina a Anabel, pero está harta de tener que darle tantas explicaciones a una simple empleada. Da por hecho que entiendo lo que quiere. Yo ahora podría lavarme las manos y no intervenir más en sus vidas, pero me resulta difícil marcharme como si nunca hubiese venido, como si nunca me hubiera sentado en este sillón de seda adamascada y no hubiera bebido de esta taza tan antigua y como si nunca Nieves me hubiese hecho estas confidencias. Simplemente por estar aquí el mundo ha cambiado.

—También el presidente parecía muy contento de su relación con Anabel —digo.

—Entonces —dice y se sienta en el borde del sillón para poder estirar un brazo y tocarme la mano—, ¿por qué se está comportando de esta manera tan rara?, ¿por qué le hace daño a Anabel?

Yo me siento paralizada por el contacto de esta mano ajena y de los anillos de la mano y sospecho que hasta que no conteste no la piensa retirar.

—No creo que me corresponda a mí decir esto, pero creo que el presidente piensa que Anabel es su hija biológica —por cómo retira la mano de la mía se diría que quemo.

Dirige la mirada hacia la izquierda, donde hay un sillón vacío, lo que no quiere decir que mire el sillón porque ese sillón es un simple obstáculo en su mirada.

—¿Cómo ha llegado a esa estúpida conclusión?

—No lo sé —digo pensando en todo lo que sé de su romance con Ríos, de la despechada Teresa, del despechado Trenas y de la maltratada Anabel.

—Y entonces ha decidido cortar por lo sano —añade para sí en un ejercicio de introspección.

Le digo que se trata de asuntos muy íntimos que tendrían que hablar entre ellos. Y Nieves hace una mueca de decepción.

—Ha preferido huir, como ha hecho siempre. Es un cobarde.

—Puede que sus sentimientos hacia Anabel no sean exactamente los de un padre y que se haya asustado.

—¡Dios mío! —dice levantándose y andando de un lado a otro del salón—. Es monstruoso. No quiero que Anabel se entere de esto —va hacia la puerta y mira afuera—. La vida se vuelve muy complicada por no hablar claro y no decir la verdad, hasta que llega un momento en que se pierde de vista lo esencial.

—¿Y qué es lo esencial? —pregunto verdaderamente interesada.

—Ya no lo sé —dice—. Digamos que ahora lo esencial es Anabel.

Me mira y nuestras pupilas chocan. Penetran por un túnel de terciopelo negro, y lo que puedo decir de este encuentro es que el terciopelo negro de los túneles no es agradable. Pero he descubierto algo en este corto trayecto, que Nieves ya no le da ningún valor a los secretos, le son indiferentes. Es como el fumador que deja de fumar y no vuelve a sentir ningún interés por el tabaco.

—Emilio y yo fuimos amantes durante mucho tiempo y esto le ha podido crear esa duda hacia Anabel, pero ¿por qué ahora, por qué de repente, por qué no hace quince o veinte años? —se aleja hacia la otra punta del salón dándole vueltas a este asunto. Desde aquí la veo lejana como sus cavilaciones. Nieves jamás llegaría a resultarme cercana aunque viviésemos en este salón, ante esta mesa lacada, mil años.

Le digo que no he visto a nadie tan parecido a Sebastián Trenas como Anabel, le digo que incluso cogen los libros de la misma forma. Pero ella pasa por alto este comentario, y dentro de un segundo comprenderé perfectamente por qué.

—Tampoco es hija de Sebastián.

Mi sorpresa es tal que instintivamente miro hacia la puerta por si esa criatura llamada Anabel anduviese por ahí escuchando.

—Su padre era piloto, estaba casado y tenía una vida muy inestable. Era un sinvergüenza sin ningún sentido de la decencia. Ya estaba con él cuando conocí a Sebastián y a Emilio, pero ellos ni siquiera han llegado a saber que existía. Salvo un día, hace muchos años, antes de nacer Anabel, en que coincidieron en el piso Emilio y el piloto. Recuerdo que era una tarde muy calurosa y que Emilio apareció por sorpresa, y que tuve que contenerlo en la puerta para que no viera al piloto. El piloto esperaba en el salón, había subido un momento para despedirse definitivamente, pero no pudo. Aún continuamos unos meses. Y ahora nada de eso tiene importancia, ¿qué te parece?

—¿Se lo ha contado a Anabel?

—No. No merece la pena que lo sepa, no quiero echarle otra carga más encima.

—Pero tal vez su padre quiera conocerla.

—Él no sabe nada. Además, hace muchos años que no nos vemos. Estoy completamente sola.

Ya no me parece nada corriente. Cada uno de sus rasgos ha ido madurando y adquiriendo personalidad ante mis ojos. No hay nada que impresione más que una cara que parezca normal y luego no lo sea.

—No comprendo cómo me cuenta algo así, algo tan importante para Anabel.

—Estoy harta de secretos. Llevarse los secretos a la tumba es un empeño absurdo. No creo que deba irle ahora a mi hija con el cuento de que su padre es otro, ya vive bastante alterada. Pero tampoco me importaría que llegase a enterarse. Ella no va a dejar de ser quien es porque haya sido engendrada por otro.

—No voy a meterme en esto, de mi boca no saldrá absolutamente nada —digo, dando por concluida la entrevista y para que no me comprometa más.

Del fondo de antiguos pasadizos y pozos oscuros de su cara emerge una sonrisa nada inocente. Nos levantamos. Se diría que en este rato hubiese crecido, también que se hubiera hecho más fuerte y con tanto poder de atracción que parece que los cuadros, los tapices, los jarrones chinos y los ceniceros de plata van a desprenderse de sus sitios y a seguirla por el pasillo hasta la puerta de la calle.

—Gracias por la visita —dice, y permanece pensativa un segundo recordando algo—. Gracias por la caja.

La caja con las cosas del vicepresidente. Ni siquiera él sabía que las guardaba en los cajones. Los árboles están rojizos y las hojas comienzan a caerse. Sin la dichosa caja camino ligera hacia la salida del parque. Huele muy bien. No pienso en nada hasta que oigo una voz detrás de mí.

—Hola —dice esta voz.

Es Anabel en pantalón corto, zapatillas de deporte y sudadera. Está más gorda que la última vez que la vi en el despacho. La cara se le está deformando. Tiene bastantes granos en la frente y en la nariz.

—Te he visto salir y he venido siguiéndote.

—¿Por qué?

—Me gustaría saber de qué quería hablar mi madre contigo.

—¿Por qué no se lo preguntas a ella?

—¿Tú no tienes madre? —dice, como dando a entender que todas las madres son iguales y que en estas circunstancias ninguna contaría nada.

No le contesto y reanudo la marcha hacia la salida. Ella camina a mi lado, me saca casi la cabeza.

—No quiero que se meta en mi vida. Si Emilio no quiere verme, es asunto mío.

—Sólo he venido a traer una caja con cosas de tu padre.

—¿Aquella caja?... No pude llegar a tiempo de decirle cuánto le quería —dice.

—¿A quién?

—A mi padre.

—¿Por qué no te vuelves a Francia y te olvidas de todo esto?

—Ahora no puedo —dice con tal sinceridad que me conmueve—. Mira cómo me he puesto. No me darían trabajo.

—Está bien. Hasta otro día —digo con un pie en el espacio exterior.

Y ya he torcido a la derecha y he dado unos cuantos pasos cuando de nuevo oigo su voz.

—No me has dicho qué quería mi madre.

Vicky

No sé qué quiere esa mujer, le digo a Vicky, mientras fumamos y tomamos café en los lavabos. Ahora también pasamos bastante tiempo en mi despacho, ella sentada en el silloncito de pana y yo en el mío detrás de la mesa, pero no me gusta que fumemos allí y, sobre todo, que Vicky se fume alguno de sus apestosos porros, porque no sé qué ocurre en ese despacho, pero los olores se quedan adheridos al mobiliario y la moqueta como el polvo. Y no puedo soportar las caras raras que pone la vicepresidenta Lorena, cuando viene a ver a su superior y permanece unos instantes olfateando el aire.

El caso es que le cuento a Vicky la conversación con Nieves sin dejarme un solo detalle, puesto que si Nieves no respeta sus propios secretos no los voy a respetar yo. Vicky, desde que no toma nada delante de mí, por una parte está más consumida que antes y por otra se muestra más madura, seria y antipática.

—No te creas una sola palabra de lo que te diga ésa. Si te lo cuenta es porque es mentira —dice con convicción, aunque sospecho que sólo ha escuchado palabras sueltas. Esto no es del todo excepcional, lo excepcional es que su ensimismamiento es diferente al de otras veces, ahora parece que de verdad está preocupada por algo.

—¿Tú no le contarías algo así a alguien como yo?

—No, no y no.

—¿Ni aunque fuésemos amigas como tú y yo?

—Pues no.

—Está bien, entonces ¿qué hago?

—No hagas nada. Olvídalo. Es cosa de ellos. Más vale que vayas pensando en ti porque este barco se hunde.

—¿Hablas en serio?

—Muy en serio. Están en bancarrota. Lorena se cree muy lista, pero no lo es. Tendrían que haber continuado los hermanos Dorado.

—¿Y estás preocupada por eso?

—Más o menos.

—Si nos echan ¿qué piensas hacer?

—Montar mi propio negocio, estoy harta de que me manden.

—Ya, pero ¿con qué dinero?

—Con el de la casa.

—¿No te lo habían robado?

—Sí, pero lo he recuperado.

—Vaya, me alegro. Me alegro mucho.

Vicky me dice que cuenta conmigo como socia y que ya le pagaré mi parte cuando pueda. Vicky es la repera, me pregunto cómo pueden pasarle tantas cosas estando ocho horas aquí metida.

Lorena

Durante unos días, el asunto Anabel pasa a segundo plano. Hay un cierto revuelo entre los directivos que obliga a la vicepresidenta, Lorena, a entrar y salir continuamente del despacho de Emilio Ríos y del mío. También aparece con frecuencia Xavier Climent, director de Desarrollo de Proyectos, el director de Recursos Humanos, con cara de tener que reducir plantilla, y algunos consejeros más. En realidad, en los niveles superiores, la forma de trabajar es hablar mucho y entrar y salir de los despachos. Por lo que acierto a comprender, desde que los hermanos Dorado se marcharon de la empresa la situación ha empeorado bastante y Lorena lo achaca a una mano negra, a una conjura contra nosotros. En el fondo está dolida porque a Jano y Alexandro les está yendo muy bien en su nueva empresa con las energías renovables y los motores verdes, una iniciativa que considera suya y que ellos nunca quisieron apoyar.

Lorena muchas veces tiene que sentarse a esperar en el silloncito de pana verde, y ahí sentada es donde he empezado a conocerla más allá de sus ojos azules y de su aire resolutivo. Sin querer, observo cómo cada dos por tres se frota las manos con crema antibactericida y cómo a veces permanece en suspenso con las aletas de la nariz dilatadas, se diría que analizando las moléculas del aire viciado del despacho. Si tuviera que resaltar su rasgo más sobresaliente y definirla en una palabra diría que es limpia, radicalmente limpia, y hace que me sienta incómoda, algo encogida en mi sillón de este lado de la mesa. Logra que me sienta impura como si no me hubiera bañado en profundidad, ni me hubiese pasado los bastoncillos por las orejas en profundidad, como si tuviese las uñas sucias. Hasta su blanco de los ojos es más blanco que el mío. Da la impresión de que, de morir como el antiguo vicepresidente, su cuerpo no se corrompería. Se toma una manzana a media mañana y un yogur para comer y de vez en cuando le practican una limpieza de colon. No pisa los bares y en los restaurantes examina los cubiertos con recelo y si encuentra una mota en la mantelería exige que la cambien. Jamás toma el café con leche de la máquina, sino que se trae a la Torre de Cristal su propia leche de soja y un té japonés rico en calcio. Sólo bebe agua embotellada. Antes bebía en botella de plástico, pero cuando se enteró de que las moléculas del plástico pueden comportarse como hormonas se pasó al envase de cristal. Sin proponérmelo, a través de estas pequeñas charlas, empiezo a admirar su estilo de vida y a ser consciente de los peligros microscópicos que nos acechan: toxinas, bacterias, ácaros, colesterol, azúcar. Voy adquiriendo el don de visualizar mi hígado tratando de filtrar con un trabajo enorme un filete de ternera y la grasa de las patatas fritas de las que suelo atiborrarme en los lavabos con Vicky. Y hago todo lo posible para que Vicky también se dé cuenta de que trata su cuerpo como un contenedor de basura.

Así que entiendo perfectamente el sufrimiento por el que pasa Lorena cuando el director de Recursos Humanos, sobrepasando todos los límites de la higiene, saca el pañuelo, lo desdobla, se suena la nariz, y lo pliega de nuevo sobre sí mismo para volver a guardárselo en el bolsillo, pasándoselo antes, la mayoría de las veces, por la boca para limpiarse la espuma blanca que su saliva, como si fuese cerveza, le va depositando en las comisuras.

También advierto su sufrimiento cuando se menciona el sexo. Alguna vez he dicho la palabra follar y las palabras polla o coño para ver cómo reacciona, y se pone realmente tensa y me mira la boca como si mi boca fuese una taza de váter de una novela de Bukowski. Y sin querer, me fijo en una frase casual de Lorena que me hace sospechar que su horror a la suciedad procede de la infancia: «Tendríamos que usar más guantes de látex, como papá en el laboratorio». Es una frase que me hace imaginarme muchas cosas, e incluso una noche me despierto al oírla en sueños.

Se podría decir que Lorena mantiene las distancias con los hombres, menos con Xavier Climent, de quien nadie en la Torre de Cristal imagina su antigua relación con la esposa de Emilio Ríos. Pues bien, el otro día estaba Lorena sentada en el silloncito ante mi mesa diciéndome que debería usar la gran mesa extraplana de Teresa, cuando entra Xavier y se acerca a nuestro rincón para decirle que le gustaría discutir con ella algunos puntos de vista, que le gustaría que le aconsejara sobre algunas cuestiones que atañen al desarrollo de ciertos proyectos. Xavier gasta tanta energía en pronunciar estas palabras, poniéndose y quitándose las gafas y mirando a todas partes como pidiendo auxilio, que al terminar le corre un hilillo de sudor por la frente.

—Podemos comer juntos la semana que viene.

Mis expertos oídos captan cierta flaqueza en la voz de Lorena.

Los erráticos ojos verdes de Xavier asienten a la proposición y lo vemos partir solo, desarticulado, romántico.

—Me da pena —dice Lorena.

—A mí también —digo yo.

En realidad, no es pena lo que le inspira ni a mí tampoco, pero es lo más parecido a la pena. Tampoco Xavier es exactamente frágil. Y nada es lo que parece, de lo contrario los acontecimientos no se desencadenarían como se desencadenan a partir de aquí.

La siguiente visita de Lorena se produce tres o cuatro días después y la encuentro muy animada. La comida con Xavier Climent ha debido de ir bien. Sin embargo, no hay confianza suficiente entre nosotras como para hacerle ningún comentario. Lorena le propone al presidente que tenga en cuenta a Xavier en una futura remodelación de la junta directiva. Yo oigo estas cosas sin levantar la vista de mi cuaderno donde voy tomando notas de lo que me dicen que tome nota.

Varios días más tarde la encuentro decaída, triste. Le pregunto si es que la empresa va todavía peor. Dice que no, que las pérdidas son sostenidas. Entonces, achaco su estado de ánimo a Xavier.

Al día siguiente aparece con un pañuelo de seda fucsia que la favorece. Está radiante. Me trae como obsequio unos bombones biológicos. Le pregunto si es que estamos remontando y me contesta que lamentablemente están más preocupados que nunca. Así que su alegría debe de estar en relación con Xavier. Me pregunto si se habrán acostado, pero esta pregunta más que ninguna otra vuela hacia el basurero infinito.

Nieves y Hanna

¿Qué quiere Nieves, la felicidad de su hija, evitar que Ríos le haga daño como le hizo a ella? El caso es que tres días después de mi visita a su casa con la magullada caja llena de cosas inservibles de su marido, Nieves se presenta en la Torre de Cristal. El recepcionista de la piel de seda anuncia que desea ver al presidente. Le digo que la deje subir, e inmediatamente informo a Ríos de la buena nueva en medio de una sensación de horror, porque Hanna está al caer. Mi trabajo, tomado en serio, es muy estresante.

Entra como una reina, sin titubear y pisando fuerte. Me impresiona más que la última vez. Le pido que se siente en el silloncito de pana.

—¿Por qué estás en esta mesa tan pequeña? —dice observando la grande extraplana de Teresa.

—Ésa es de Teresa. Está enferma.

—Esa Teresa —dice con absoluto desprecio.

Le pregunto por Anabel y Conrado.

—Conrado es fuerte. En cuanto se retire el viejo, él será el presidente de Coca-Cola. Anabel es débil —dice con una mueca de fastidio—. Es demasiado sentimental. Se empeña en que puede arreglar su vida y ni siquiera es capaz de adelgazar.

Emilio Ríos abre la puerta de su despacho y apoya las manos en el marco y cruza una pierna sobre otra como si estuviera crucificado. La chaqueta se le ha abierto y deja al descubierto un cuerpo menudo, el pelo lo lleva un poco volcado sobre la frente. Parece mucho más joven que

Nieves, aunque no lo sea, y recuerdan vagamente al graduado y Mrs. Robinson.

—Estoy a punto de marcharme al aeropuerto —dice a modo de saludo.

Nieves se levanta y va hacia él con un aplomo admirable. Le da un beso y le arregla el nudo de la corbata.

—Sólo he venido para decirte una cosa —dice Nieves cruzando el umbral del despacho.

Ríos no la secunda, se está resistiendo a encerrarse con ella en el despacho.

—No tenemos tiempo, es mejor que nos veamos a mi vuelta —dice Ríos.

—Creo que voy a ir a despedirte al aeropuerto. Así vamos hablando por el camino.

Ríos me mira pidiendo auxilio. Yo a mi vez también le miro a él pidiendo auxilio.

—Va a acompañarme Hanna. La estoy esperando.

Ríos vuelve a mirarme. Confía en mí, en mi discreción, en mi buen hacer, en que yo milagrosamente lo arreglaré todo. Por fin cierra la puerta. Estoy tentada de sentarme en la mesa de Teresa para controlar mejor la entrada de Hanna, pero no quiero hacerlo sin el permiso de Teresa, así que llamo al psiquiátrico y pido hablar con ella. En el psiquiátrico se pasan mi llamada cuatro personas entre enfermeros y enfermeras que parece que controlan lo que ocurre allí dentro tanto como yo.

Por fin una me dice que Teresa ya está mejor y que ha sido trasladada a una casa de reposo en un pueblo perdido de Guadalajara, donde sólo llega un autobús desde Madrid una vez cada quince días. Pregunto si alguna vez de las que estuvo despierta le pasaron mis recados. Y la voz me contesta que tienen por costumbre informar a cada uno de los enfermos de todas las llamadas y recados que les dejan, lo que me suena a recochineo.

Aunque Hanna tiene el paso franco en la Torre de Cristal, el recepcionista me informa de que está subiendo en el ascensor, por lo que ya estoy preparada cuando ella entra. Me sitúo de pie cerca de la puerta y la conduzco con la mayor suavidad que puedo hacia el silloncito de pana.

—Termina enseguida —digo—. Ha tenido una visita imprevista.

Hanna me sonríe amablemente. La encuentro cambiada, envejecida. Las patas de gallo le han empequeñecido los ojos. Parecen dos redondeles de cielo vistos a través de un bolígrafo hueco. Las canas se mezclan con el pelo rubio.

—Si Emilio no termina pronto, es probable que no pueda embarcar —dice.

Y como siempre que la oigo hablar en español y asisto a la meditada construcción de oraciones que yo construyo mecánicamente y a la meditada pronunciación de sonidos, que pronuncio mecánicamente, me quedo muy sorprendida de que yo hable en esa misma lengua. Tiene el móvil en la mano y de vez en cuando teclea un mensaje. Me pregunto si alguno irá dirigido a Jorge.

—¿Estás contenta aquí, te gusta este trabajo? —me pregunta sin levantar la vista del móvil.

Le digo que sí, que cuando entré a trabajar en la Torre de Cristal nunca soñé que pudiera llegar al piso treinta y mucho menos al despacho del presidente.

—Me alegro —dice como si estuviera doblando a Marlene Dietrich—. Es muy difícil lograr lo que verdaderamente se desea.

Intuyo que Hanna sabe que sé que no puede tener hijos y lo suyo con Jorge y lo que ocurrió con la familia de Jorge, pero no sospecha que conozco su pasado con Xavier Climent. Intuyo que Hanna podría enseñarme algunas cosas sobre la vida y que yo escucharía atentamente cada una de sus frases y cada uno de sus sonidos sin perderme detalle. Pero la puerta del despacho del presidente se abre y por ella salen Ríos y Nieves con mejores caras que con las que han entrado.

—Hola, Hanna —dice Nieves.

—Hola, Nieves —dice Hanna.

Emilio Ríos lleva la chaqueta puesta y una enorme cartera de piel cogida del asa. Le da un beso a Hanna en esa zona intermedia entre la cara y la boca que es la comisura de los labios, lo que supone una manera intermedia de besar.

—Bien, ahora me marcho. Cuando vuelva, hablaremos —dice Ríos sin dejar claro si se refiere a Nieves o a mí.

Hanna me envía una última sonrisa, tan fantasmal que se funde con la madera de la puerta, de modo que permanece borrosa aún unos segundos después de irse ella. Las palabras del presidente, «Cuando vuelva, hablaremos», me dejan muy preocupada. Son palabras ancestrales en el submundo de mi memoria. Me las decía mi madre de niña cuando se suponía que había hecho algo reprobable, y el mayor castigo, el tormento, consistía en que pospusiera el castigo.

—¿Te encuentras bien? —pregunta Nieves—. Tienes mala cara.

—No me gustaría que el presidente tuviese una mala opinión de mí, no me gustaría que pensara que me meto donde no me importa.

—Nadie te ha mencionado ahí dentro. Le he dicho que Anabel no es su hija y punto. No ha querido saber más. Se siente muy aliviado.

Nieves se ha sentado en el silloncito de pana dispuesta a no marcharse. Así que le pregunto si quiere que le traiga un café de la máquina. Pero ella me pregunta si no tengo algo más fuerte. Se pasa las manos por el pelo corto, negro y abundante. Seguramente se lo tiñe, aunque nunca ha caído en la tentación de querer ser rubia como Hanna. Tampoco la tía Liz ni mi madre se consideraron nunca mujeres rubias. Ni yo misma he sentido en ningún momento esa sensación dorada que deben de sentir las rubias. Le digo que puedo ofrecerle whisky.

A pesar de que estamos solas no me parece bien servirme yo también uno y me dedico a observar cómo bebe. Me pregunta qué me ha dicho la alemana mientras esperaba. Le contesto que nada en particular.

—Es una auténtica bruja —dice.

No tengo más remedio que decirle que tanto conmigo como con el resto del personal es una persona muy, pero que muy amable. Sus ojazos negros me sostienen la mirada.

—No le gustan los españoles. No se ha aclimatado a la vida española, ni se ha aclimatado a Emilio. Se casó con él porque necesitaba salir de su país. Le insistí varias veces sobre la inconveniencia de que se casara con una mujer así, sin ningún éxito, porque los hombres siempre quieren creer que las mujeres estamos permanentemente celosas las unas de las otras y en constante competencia entre nosotras y que carecemos de escrúpulos a la hora de machacar a la que consideramos nuestra oponente.

Cuando se marcha son las ocho. Se ha hecho de noche y el mundo se ha puesto boca abajo: las luces brillantes en la tierra y la oscuridad en el cielo. La acompaño al ascensor, me asombra el aguante que tiene bebiendo, ahora sospecho que, en su casa, en su taza de té no había té.

Teresa

La casa de reposo está situada en un pueblo de Guadalajara, a unos sesenta kilómetros de Madrid por la Nacional II y luego por carreteras secundarias. El viaje es agradable. Por la ventanilla del autobús se sucede todo tipo de cosas, es como ver una película donde no ocurre nada y que sin embargo entretiene.

Teresa me está esperando en la plaza del pueblo, sentada en un banco. Lleva chándal y a primera vista no la reconozco. Esperaba encontrármela hinchada por los fármacos y resulta que le han quitado años de encima. Parece mucho más joven que en el despacho, casi una niña. No va maquillada y lleva el pelo recogido en una sencilla cola de caballo. También me despista el que fume. Como no se levanta al verme, me siento junto a ella, pero no sé qué decirle. Mi situación es completamente absurda. Estoy en un sitio en que no tengo ningún interés por estar y donde a nadie le interesa que esté.

—Qué raro es verte aquí —dice dándole una calada al cigarrillo.

—Tienes muy buen aspecto —le digo forzando una sonrisa.

Se diría que no nos hemos visto en veinte años y que se le han olvidado mis defectos y todo lo que le molestaba de mí. Me propone que demos un paseo.

—Vamos al regato —dice como una experimentada pueblerina.

Nos levantamos y echamos a caminar por una calle con vistas a un campo con algunos pinos y un arroyo casi seco, pero suficiente para alguien de asfalto como yo.

—Aquí es —dice deteniéndose en un recodo tras media hora de andar sobre la arena del arroyo.

No observo nada en el regato que no haya visto a lo largo del camino, nada que lo convierta en un objetivo en el destino de nuestro paseo. Teresa se tumba sobre la hierba y las florecillas y suspira. El cielo pasa muy lentamente sobre ella.

—Me alegra que ya estés bien —le digo sin quererer decirlo porque es insistir en que ha estado mal y también me tiendo en la hierba.

—Bueno, dicen que estoy mejor, pero no hay que echar las campanas al vuelo. No es tan fácil estar bien.

—Ya —digo—. Los compañeros te envían recuerdos.

Es una mentira que no he querido decir, pero que ha salido sola. En realidad nadie se ha interesado por ella.

—Tal vez algún día, dentro de mucho tiempo, pueda ir por allí. Aquí estoy bien, me cuidan todo el día, no dejan que piense y sobre todo no dejan que odie. Es maravilloso poder dejar de odiar.

Le pregunto si me odiaba a mí. Entonces me mira muy fijamente y con gran ingenuidad, como si le hubiesen lavado el cerebro y la vista.

—No, tesoro, a ti no.

—Entonces...

—No quiero pensar en eso.

Se enciende otro cigarrillo y me ofrece. Acepto. Echamos bocanadas de humo al aire puro del regato. Creo que comienzo a descubrir en este sitio las cosas que lo personalizan, los que serían los muebles en una casa e incluso el olor de una casa. La curva de la arena, la disposición de la retama amarilla, la morera, unos pocos pinos, las margaritas de más allá, las piedras de más acá. Teresa me ha invitado a su auténtica casa y se lo agradezco. Ahora sé que este viaje valía la pena.

—Píramo y Tisbe eran amantes —digo en voz alta—. Se mataron de una forma tonta y desgraciada en un sitio parecido a éste. La tierra se empapó de su sangre y los frutos blancos de una morera como ésta se volvieron como ahora los ves.

—Es una historia muy bonita y muy triste. Me la contó Sebastián. También me contó otras parecidas. Me encantaba escucharle. Ahora los médicos me recomiendan que no piense en cosas tristes.

—Lo siento —digo asombrada porque Trenas y Teresa hayan tenido tanta relación—. Trenas siempre hablaba con admiración de los grandes amores y, sin embargo, creo que el pobre no llegó a tener ninguno.

—Estás muy confundida —dice con una expresión tan sincera, que se diría que le han inyectado el suero de la verdad—. Sebastián ha sido el gran amor de mi vida.

Como me quedo muda por la sorpresa, añade:

—El amor siempre es extraño, sobre todo para los demás.

Hace doce años Teresa se ganaba la vida como podía. Un día se encontró incapaz de soportar por más tiempo el mal carácter de su padre, un tío de voz de trueno y bronquista, que siempre estaba de mal humor, y que a la mínima levantaba los brazos para que de su pecho saliese un sonido estremecedor, y abandonó aquel piso pequeño y mezquino hundido entre otros pisos semejantes, vestigios de los sesenta, de una calle perdida en el barrio más feo de Madrid. Nada de lo que le ocurriese en adelante sería peor que entrar en aquel portal, subir la escalera, impregnarse de sus olores y abrir la puerta de su casa, que era el reducto final, la última estación de la vida. Así que llevada por un impulso que venía de más allá de los horribles bloques de pisos con terrazas cubiertas de aluminio, abrió una bolsa, metió la ropa que cupo en ella, tomó el metro hasta la plaza de España y una vez allí buscó un hostal donde alojarse. Al día siguiente llamó a su madre para decirle que se encontraba bien, que estaba haciendo lo que quería hacer y que se ocuparía de que dentro de poco también ella pudiera largarse de esa mierda de vida que llevaba, de esa mierda de casa y de esa mierda de marido. A lo que su madre adujo que le dolía enormemente que todo lo que ella había levantado con tanto esfuerzo y lágrimas a su hija le pareciese una mierda.

Teresa quería trabajar por las mañanas y estudiar idiomas por las tardes o al revés y comenzó a buscar trabajo. Trabajó en hamburgueserías, pizzerías, bares, supermercados, hasta que recaló en un pub donde por servir copas prácticamente desnuda cobraba cuatro veces más. Allí fue donde comprendió que poseía unas piernas fuera de lo normal. Sin embargo, el ambiente le resultaba tan desagradable o más que el de su casa y le producía grandes bajones y depresiones. Algunas noches solían recalar por allí Sebastián Trenas y el director de Recursos Humanos, también en alguna ocasión Emilio Ríos. La mayoría de los hombres que veía allí le daba asco, menos Sebastián Trenas. Era evidente que iba arrastrado por los otros dos y no entraba en el juego de tratar a las chicas como seres inferiores. Si algo se aprende en un sitio así es psicología sin estudiar y a decirle cariño, cielo y corazón a cualquiera. Así que Teresa enseguida se dio cuenta de que ese hombre de ojos grandes, manos grandes y seguramente corazón grande era un romántico, alguien a quien aquel ambiente repugnaba. Solía dedicarse a su whisky y apenas miraba a las chicas por pudor.

Después de observarle y observarle, un día Teresa le preguntó para qué iba por el pub si no estaba a gusto allí. Y él le dijo que su mujer no le echaba de menos y que por tanto le daba igual este o cualquier otro sitio. Le dijo que amaba profundamente a su esposa y que no sabía qué hacer para no perderla. Le dijo que tenía una hija, pero que no era suya, sino de otro hombre, y que no soportaba ver a la niña, por lo que en parte se quedaba en el pub para llegar tarde y encontrarla acostada. Hacía un esfuerzo por quererla tanto como a su hijo, pero era imposible. Éste fue el principio de su amistad.

Teresa siempre esperaba el momento en que él entrase por la puerta, y si no llegaba se entristecía. Y hubo un día en que no llegó y a éste siguió otro y otro, y Teresa no pudo resistirlo y tuvieron que darle la baja médica por depresión. Se encontraba verdaderamente mal y no pensaba que volviera a tener fuerzas para pasearse desnuda entre hombres vestidos. Se pasaba el día en pijama viendo la televisión y durmiendo, tal como le había aterrado acabar en casa de sus padres. Hasta que una tarde, a eso de las ocho, sonó el portero automático y una voz de hombre se presentó como Sebastián Trenas, cliente del pub.

—Espero que te acuerdes de mí —dijo—, me ha dado la dirección una de tus compañeras.

Teresa le abrió y mientras Sebastián subía la escalera sintió una gran angustia. Se pasó el cepillo por el pelo. Estaba horrible. Se puso una bata sobre el pijama.

—Perdona que me haya atrevido a venir a tu casa, pero estaba intranquilo. Me han dicho que estás muy enferma.

—Bueno, ya ves qué pinta tengo. ¿Quieres un café?

—Sí, ponme un café y cuéntamelo todo.

Y Teresa se lo contó y mientras lo contaba sentía los bondadosos ojos de Sebastián sobre ella.

—En los negocios repetimos mucho una frase, todo puede cambiar, ¿tú también lo crees?

Teresa asintió con la cabeza.

—Muy bien, pues entonces cambiará —dijo.

A los ocho días entró a trabajar en la Torre de Cristal como recepcionista y a los seis meses era la secretaria de Emilio Ríos. Ella habría preferido trabajar con Sebastián, pero él insistió en que esto era lo mejor para ella. Se veían fuera de allí, daban paseos, charlaban, alguna vez intentaron hacer el amor, pero fue un desastre. A Teresa le daba igual, lo amaba por encima de todas las personas y de todas las circunstancias. Odiaba a Emilio Ríos cuando la obligaba a acompañarle en sus viajes. Porque entonces Nieves se quedaba libre y se dedicaba a Sebastián, y porque cuando Sebastián empezó a enfermar lo arrinconó sin ningún escrúpulo, y el resto de los departamentos se permitió arrebatarle todo, competencias y hasta su secretaria personal.

Fue idea de Teresa que la nueva recepcionista, o sea, yo, subiese con Sebastián Trenas porque nunca se había visto que un vicepresidente no tuviera una persona de confianza. Teresa desde su puesto favorecía y protegía la relación de Emilio Ríos con Nieves porque era la única forma de que ella tuviese a Sebastián. Hasta que Ríos se cansó de Nieves y dejaron de verse tanto. Cuando se precipitó la demencia senil prematura de Sebastián y los síntomas cada vez empezaron a ser más ostensibles, Trenas y Teresa llegaron a la conclusión de que lo que se avecinaba iba a ser terrible y que no merecía la pena esperar a que eso ocurriese.

—Lo hizo con una cantidad fuerte de vasodilatador. Normalmente lo tomaba en pequeñas dosis —dice.

El cigarrillo me tiembla en la mano y el cielo va poniéndose rosa. La verdad siempre tiene algo insoportable. En cambio, Teresa está contemplando la puesta de sol con una mirada de la infancia que lo resiste todo.

—¿Le perjudicó el asunto de las actas, os lo llegasteis a tomar en serio? —pregunto.

—Al principio no sabíamos qué pensar. Yo misma le pregunté a Sebastián qué se proponía con todo aquello, pero me contestó con evasivas. Luego Emilio Ríos y yo llegamos a la conclusión de que era una actuación motivada por su enfermedad. Quizá precipitó un poco lo que ya era inevitable.

—Anabel no es hija de Emilio Ríos, tampoco de Sebastián. Es hija de un piloto con el que Nieves estuvo liada antes de enamorarse de Emilio Ríos. Me lo ha contado la propia Nieves —digo algo emocionada porque Trenas no me delatase ni siquiera ante su mayor confidente.

—Es igual —dice—, si no es de él podría haberlo sido. Para el caso.

Pienso en Anabel, la pobre víctima de esta historia, y en que hay un tiempo muerto en la vida de las víctimas en que ni siquiera saben que lo son, como esos espacios ciegos que siempre quedan fuera del espejo retrovisor. Lo peor de las víctimas es que no gustan porque dan pena. Sebastián tendría que reparar este daño desde el más allá.

Pero ya no creo en la bondad de Trenas, ya no creo en su mirada benevolente ni en sus manos pacificadoras. Ya no creo en tonterías.

Nos levantamos y desandamos el camino a paso rápido para llegar a tiempo de coger el autobús.

—¿Viene mucha gente por el regato?

—De paso. Sólo yo me quedo ahí, para los demás es un sitio como otro cualquiera.

Cuando arranca el autobús, Teresa ya se ha dado la vuelta y camina despacio. Con las prisas ni siquiera he podido decirle adiós.

Xavier Climent

Las tragedias se desencadenan los lunes. Este lunes Emilio Ríos, tras su viaje de tres días, entra con cara descompuesta. Me pide que llame a Lorena urgentemente. De pronto, con su actitud ha conseguido que todo aquello que tenía importancia la tarde en que se marchaba de viaje ya no cuente para nada, que la frase «ya hablaremos cuando vuelva» no signifique nada.

Lorena llega con ojos hinchados de haber estado llorando toda la noche. Los dos me piden que llame a Xavier Climent.

Xavier Climent se toma su tiempo, por lo menos media hora. Ríos entre tanto habla con varios abogados y varios consejeros. Lorena entra y sale de su despacho con una gran agitación. Su cuerpo menudo parece que no cesa de correr de un lado para otro. Lleva un traje de chaqueta y pantalón negros, seguramente a tono con las circunstancias.

—Llámale otra vez —dice.

Preguntaría qué ocurre, pero la sombra de Teresa me anima a no preguntar, a no ser curiosa. Tampoco encuentro en Lorena actitud alguna de querer ponerme al corriente de la situación. Desempeñar mi trabajo de una manera responsable implica muchos matices psicológicos.

—Creo que ya viene —digo para tranquilizarla.

El ambiente es tan tenso que me duele un brazo. Cuando las cosas van mal, siempre tengo la sensación de haber contribuido a que vayan mal. Al director de Recursos Humanos los ojos le bailan más que nunca. Me pide que llame a los arquitectos para que paralicen las obras de la Torre de Cristal II, llamada que no entiendo por qué no hace su secretaria. Parece que en momentos así algunos tenemos que trabajar el doble o el triple. Por fortuna se lleva su nerviosismo a otra parte.

Poco a poco me voy enterando de lo que ocurre y voy entendiendo el estado de Lorena. Así que no me sorprende su reacción al ver entrar a Xavier. Lleva una camisa gris que le cubre la mirada de un irresistible gris verdoso. También lleva un faldón de la camisa por encima de los pantalones como si se le hubiera olvidado remetérsela, y los cordones de los zapatos medio desabrochados. Pero estos detalles ya no le dan ninguna pena a Lorena, tampoco a mí.

—¡Traidor! —le escupe a la cara Lorena.

Xavier la mira con sus bonitos ojos muy abiertos. No entiende que a Lorena le haya molestado descubrir que trabaja para los hermanos Dorado y que, sin duda, abusando de su confianza y de su amor, haya utilizado los estudios de Lorena sobre energías renovables y motores verdes para conquistarse a los hermanos Dorado. Ahora creo que Lorena debió dudar de un hombre tan vulnerable.

—Eres una sanguijuela, ¿lo sabías? —dice Lorena, a quien nunca he oído insultar ni decir tacos.

—¿No te parece que exageras? —pregunta a su vez él, quitándose y poniéndose el reloj, lo que está sacando de quicio a Lorena y a mí también.

—Para ti la ética es un asunto menor. Cada vez que pienso que has sido el único hombre con el que... con el que...

Xavier se aproxima a ella, y ella retrocede, asustada seguramente al comprobar que todavía le atrae. Que te estén clavando un cuchillo y que te guste el que te lo está clavando es lo más bajo que sentimentalmente se puede caer. No quiere mirarle a los ojos y se vuelve hacia la ventana. Imagino que ya no espera nada del mundo de ahí abajo y mucho menos del de aquí arriba.

—Haces mal tomándotelo como un asunto personal. Creía que eras una mujer de negocios.

En ese instante Lorena se gira y le propina un bofetón que le lanza las gafas a un rincón del despacho, lo que para mí supone un gran alivio. Ya no puede pasar nada peor. De todos modos, lo que más rebaja la imagen de Xavier no es el bofetón, sino que se agache a recoger las gafas, ese gesto de recoger algo del suelo en una circunstancia así no resulta precisamente airoso. Se las pone y le dice a Lorena con bastante desprecio:

—Eres una neurótica. Sinceramente creo que necesitas ayuda.

Para no alargar más tan desagradable situación, llamo a Emilio Ríos y le comunico que ya está aquí Xavier Climent. Tanto Lorena como él pasan a su despacho.

De lo siguiente que me entero es de que la Torre de Cristal, tal como me anticipó Vicky, está en la ruina y que los hermanos Dorado la quieren comprar. Xavier Climent actúa como intermediario en las negociaciones. El presidente convoca una junta urgente, a la que por supuesto no asiste Xavier. Yo, en ausencia de Teresa, lo dispongo todo tal como ella me enseñó. Ordeno los carteles con los nombres en la gran mesa de juntas, y las carpetas y lápices de material reciclado. Saco las copas. La junta dura tres horas sólo por la costumbre de los consejeros de alargarla lo más posible, puesto que ante la evidencia de la situación económica de la empresa la única salida es vender. Sólo queda pactar con los compradores, los hermanos Dorado, las condiciones de la venta.

Las negociaciones se alargan un mes, durante el cual Alexandro y Jano vuelven a entrar y salir de la Torre de Cristal. Se muestran como en sus mejores tiempos: unidos e imbatibles, rápidos como centellas, creativos en sus propuestas. Tengo que disimular una cierta alegría al verlos, no sé si por ellos, si por mí, si porque componemos el más reciente pasado que tengo en la cabeza. El primer día, cuando entran en mi despacho, no nos saludamos, pero Jano me guiña un ojo, gesto que interpreto como una forma de decirme que piensan contar conmigo. Tal vez Jano no haya olvidado que le eché una mano en momentos muy delicados de su vida. Un gesto hecho por alguien que pueda quitar o dar algo se pone en primera fila de todos los gestos hechos o por hacer, se graba en la mente. Xavier suele ir unos pasos detrás de ellos, como una percha descuajeringada o como un niño que tiene que correr para integrarse en el grupo. Lorena y él no se hablan ni se miran. Emilio Ríos en ningún momento le ha reprochado nada a nadie, sabe que estas cosas funcionan así y en los ratos libres que le dejan las negociaciones está estudiando con Lorena la forma de montar un nuevo negocio. Lorena no ha vuelto a sentarse en el silloncito de pana, creo que quiere olvidar lo que sé de ella.

A estas alturas, todos los empleados saben ya a qué atenerse y van y vienen con tanta indolencia que si fuesen cubiertos por una sábana podrían pasar por almas en pena y, aunque todos aún estemos aquí, a veces el edificio parece desierto, un edificio de oficinas abandonado en medio del mundo. Y todos nosotros parecemos abandonados en medio de este edificio.

Creo que al menos Jorge se libró de este final y llamo a su casa para decírselo.

Del más allá de Jorge contesta una voz de mujer que debe de ser la de Luisa, pero más impersonal y automática. Cuando pregunto por él me dice que no está, sin más explicaciones. Entonces me identifico.

—¡Ah! —dice—. Jorge ya no vive aquí.

—¿No vive ahí? —pregunto sinceramente sorprendida.

—No, y no sé dónde podrás localizarle. Creo que ahora está en Grecia o en algún sitio así. De vez en cuando hace un viaje para ver a los niños. Anotaré que le has llamado para decírselo, me caías muy bien.

—Gracias. Sólo quería decirle..., bueno, no tiene importancia. La verdad, no me esperaba esto.

—Mira, tengo que dejarte, he montado un salón de belleza y están llegando las clientas. Espero que vengas alguna vez, te dejaré muy bien.

Le aseguro que iré y antes de colgar ella ya está hablando con una clienta.

Ahora ya todos tenemos que ir pasando por Administración para firmar las liquidaciones y nos comenzamos a llevar a casa las pequeñas cosas que hemos ido acumulando, e incomprensiblemente al dar las dos ya nadie sale corriendo a comer. Es como si se esperase algo, un milagro o ser sacado en hombros por la puerta giratoria, algo que no sea irse como cualquier otro día, pero para siempre.

Yo también esperaba el milagro de que Jano y Alexandro contasen conmigo, pero su silencio es absoluto, no nos han pedido a ninguno que continuemos en nuestros puestos, así que me aplico a trabajar a buen ritmo en los proyectos de Ríos y Lorena. Vicky me dice que es una tontería que me machaque así porque esos dos sólo piensan en sí mismos.

Los lavabos continúan siendo nuestro refugio, lo único de la Torre de Cristal que permanece intacto. Allí le damos vueltas al tipo de negocio que mejor nos iría. Vicky apuesta por una pequeña tienda de informática.

No sólo recojo mis cosas, sino las de Teresa, las que ha ido guardando en los cajones de su mesa extraplana. Las pongo en una caja de cartón, como en su día hice con las de Sebastián Trenas, luego la llamo por teléfono al perdido pueblo de Guadalajara para contarle lo que ha ocurrido y para decirle que tiene que venir a firmar. Pero no puedo hablar con ella, tengo que contárselo todo a su médico porque Teresa ha sufrido una pequeña crisis. El médico me dice que él se encargará de todo, lo que me intranquiliza bastante. Así que hablo con el director de Recursos Humanos, le digo que la pobre Teresa al día de hoy ni siquiera sabe que ya no tiene trabajo. Entonces el director de Recursos Humanos me mira con un tic-tac más serio que otras veces y me dice que aunque yo crea lo contrario él no es ningún monstruo y que lo deje en sus manos.

Anabel

Emilio Ríos, el recepcionista de piel de seda y yo somos los últimos en abandonar el barco. Se nos hace de noche recogiendo los efectos personales y documentos que quiere conservar.

—Es toda una vida —dice Ríos.

El chófer ha estado trasladando cajas, pero aún quedan dos bastante grandes. Cuando voy a preguntarle si quiere que le ayude, el recepcionista anuncia la visita de Nieves y Anabel. Admiro la profesionalidad del recepcionista y lamento que se quede sin trabajo y al mismo tiempo me pregunto por qué Hanna no vendrá a buscar a su marido en un día tan señalado como hoy. Nieves entra casi corriendo y le da un abrazo, y permanecen así, abrazados, unos segundos. No es un abrazo erótico, no es presente ni carnal, es un abrazo del pasado, de los recuerdos, de los momentos compartidos. Anabel los está observando con mirada de bobalicona. Lleva un blusón sobre unos vaqueros confeccionados especialmente para tallas grandes. Los ojos se le han empequeñecido. Siento más lástima por ella que por mí. Se acerca a Ríos, que le da dos besos en las mejillas.

—Esta noche te quedas en casa y mañana ya veremos —le dice Nieves a Ríos.

Y añade mirando las cajas:

—¿Es esto lo que hay que llevar?

A continuación mira a Anabel, y Anabel descruza los brazos y coge las dos cajas y emprende la marcha a la puerta como una porteadora seguida por Nieves y Ríos. Antes de salir, Ríos se vuelve hacia mí y me dice:

—Gracias por todo y buena suerte.

—Igualmente —le digo, mientras me imagino a Hanna y a Jorge en Grecia, bañándose en unas aguas azules y brillantes.

Azules y brillantes, pienso admirando la luna y las estrellas. Puede que ésta sea la última vez que veo la vida desde la Torre de Cristal. Lo más probable es que no vuelva a encontrarme con la mayoría de personas que he conocido aquí. Y si algún día, andando por la calle, me tropiezo con alguna será extraño porque tendré en común con ella cosas que no tendré con nadie más, ni siquiera con aquellos a quienes quiera de verdad, hijos, un marido o varios, nietos, amigos, quizá amantes, quién sabe. Me da por pensar en J. Codes, el hombre que ayudó a empezar todo esto. Lo que aquí ha ocurrido ha sucedido sin él, por lo que tal vez merezca saber que ahora se acaba y que la traición de Ríos y Trenas no le sobrevivirá. Se me ocurre que el hecho de que él lo sepa sea una buena manera de cerrar esta historia, que sea la mejor forma posible de decir adiós a un periodo de mi vida. Así que busco el ya milenario número de teléfono de J. Codes en mi agenda profesional y lo marco como si marcara un código que abriese la puerta secreta del tiempo.

Esta vez contesta una mujer. Debe de tener más de cuarenta años. Se diría que el tiempo pasa por las cuerdas vocales dejando su particular sedimento y que para detectar la edad de una persona es mejor escucharla que mirarla a la cara. Pregunto por el señor Codes.

Ella, como es natural, quiere saber quién soy.

Le digo que le llamo en relación con Sebastián Trenas y Emilio Ríos, unos antiguos conocidos suyos. Permanece callada varios segundos. Es un silencio muy lejano, como si viniera más allá del sistema solar. Y cuando por fin habla también parece que su voz haya tenido que recorrer distancias siderales.

—Usted le llamó va para dos años, ¿no es así?

—Sí —contesto.

—Soy la hija de José Codes —o sea, que su nombre es José—. Mi padre estuvo durante meses esperando que usted repitiera la llamada. Le dejó muy intrigado y no había ningún modo de localizarla.

—Tal vez ahora podamos hablar —digo.

—Ya es tarde. Mi padre falleció hace dos meses.

—Cuánto lo siento —añado, pensando que la vida, tal como una vez le oí decir a Conrado, es una sorpresa tras otra.

—¿Qué quería decirle?

—Ya no importa.

—Mi padre no tuvo mucha suerte en la vida, por un motivo u otro todos sus proyectos fracasaban. Por eso no le gustaba pensar en el pasado, pero en el fondo no pensaba en otra cosa. Esos dos que ha mencionado antes no se portaron bien con él. Uno de ellos murió, ¿no es así?

—Sí, y el otro está en la ruina. La empresa ha quebrado. Creo que le habría gustado saberlo —digo.

—Puede ser. Gracias de todos modos.

Con toda seguridad al colgar se queda unos instantes pensando que no sabe nada de mí, se pregunta por qué me he interesado por su padre, qué puede importarme a mí este asunto, se arrepiente de no haber indagado un poco más, sin embargo, la vida continúa lo suficiente, pongamos una hora, como para que me olvide.

Nadie que haya conocido, ni siquiera Trenas en sus peores momentos, me ha apenado tanto como este desconocido J. Codes, dedicado durante decenios a sentirse desgraciado por lo que le hicieron sus antiguos socios. Creo que alguien así estaba predestinado a que le hiciesen daño. Y de no habérselo hecho Trenas y Ríos, habrían sido otros. Y si no hubiese sido nadie, habría sido él mismo.

Me pregunto si de verdad al intervenir en la vida de los demás las cosas cambian tanto como parece.

Cuando bajo, el recepcionista está esperándome. Tiene la misma cara de pasmado que yo.

—El presidente me ha deseado buena suerte, pero no me ha dicho nada de llamarme. Los otros tampoco —se refiere a Alexandro y a Jano.

El recepcionista fuera de la recepción no me parece tan majestuoso. Ahora parece un bailarín de baile de salón. Le digo que yo estoy como él y que qué le vamos a hacer. Y en cuanto puedo me despido para ir dando una vuelta tranquilamente hasta el autobús pensando que Raúl ya no sabe nada de estas cosas que me pasan. Por lo menos mañana no tendré que madrugar.

Vicky y yo

Llamo a Vicky al móvil. Ha pasado un mes desde que abandonamos la Torre de Cristal sin despedirnos siquiera. Y como guiadas por un antiguo instinto nos citamos junto a la puerta giratoria. Llego media hora antes, así que me siento en un banco que hay enfrente, al lado de una mujer con paquetes y un borracho. La mujer, con buen criterio, interpone paquetes entre ella y el borracho, y entre ella y yo. De vez en cuando los tres giramos las caras al sol, y los pájaros hacen el amago de bajar hasta nosotros. ¿Qué verán de nosotros los pájaros? ¿Sabrán que somos humanos, que no somos gorilas ni vacas? Según esta pregunta avanza hacia el basurero infinito, veo a Vicky venir hacia nosotros, como un reflejo que se hubiera escapado de alguna de las fachadas que nos rodean.

A su lado camina un niño con mayor envergadura corporal que ella. Al igual que Vicky, tiene el pelo rojizo y unos ojos grises tan brillantes que parece que me miran desde el escaparate de una joyería. Enseguida me descubre en el banco, sabe que soy la que está esperando a su madre, pero no quiere pasar por el trámite de saludarme y prefiere detenerse a una distancia prudencial y dedicarse a observar un grupo de palomas, que picotean en el suelo. Va vestido como Conrado, Alexandro y Jano, aunque en tallas pequeñas.

Vicky se sienta y saca un cigarrillo. Yo también cojo uno, y le da otro al borracho.

—Ése es mi hijo —dice—. Es muy listo.

—Tiene toda la pinta —digo maravillándome de que del ruinoso cuerpo de Vicky haya salido algo así.

Después nos quedamos mirando la Torre de Cristal. Es un esqueleto sin vida. Los cristales están sucios. Por su suciedad desfilan las nubes y más abajo las ventanas de otros edificios y más abajo figuras humanas alargadas como sombras de extraterrestres. Vicky me dice que sabe que los hermanos Dorado compraron la Torre de Cristal porque le interesa a Conrado Trenas y se limitan a esperar que les haga una oferta. Dice que hay una guerra entre ellos y que nosotras somos sus víctimas.

—Ahí estaba yo —dice señalando a lo más alto del edificio hueco.

—¿Cómo va lo del negocio? —pregunto.

—¿Qué negocio?

—El negocio que íbamos a montar con el dinero de la casa.

—Ya sabes que me robaron el dinero de la casa.

—Sí, y luego lo recuperaste no sé cómo.

—Ya, pero lo he vuelto a perder.

Vicky se ríe. Su boca está llena del humo del cigarrillo, por lo que parece un genio del que vaya a salir algún deseo cumplido.

—No me lo creo —digo—. Siempre has tenido ese dinero, pero lo has pensado mejor y no quieres meterme en tus planes.

—Está bien —dice—, he decidido que a la mierda la casa y el negocio. Ese dinero es para él, para que estudie en un buen colegio. Quiero que sea alguien importante.

—¿Y tú qué vas a hacer?

—Eso no me preocupa, ya encontraré algo.

Permanezco a la espera de que me pregunte qué pienso hacer yo, pero no pregunta. Está contemplando a su hijo como si ya fuese una estrella del fútbol. La mujer recoge los paquetes, se levanta y echa a andar con paso cansino, por lo que deja vía libre a la mirada del borracho, que se fija en mí con insistencia. Tal vez sea la única persona en el mundo a quien en este instante intereso. Le ofrezco uno de los cigarrillos de Vicky. Tiene una nariz bastante bonita y en otros tiempos debió de resultar atractivo.

Está visto que en el mundo real no se puede tener todo.

Este libro
se terminó de imprimir
en los talleres gráficos
de Editorial Nomos S. A.,
en el mes de junio de 2004
Bogotá, Colombia.